文學研究叢書・辭章修辭叢刊

現代修辭教學

張春榮　編著

本研究接受國立臺北教育大學教學實務研發補助

目次

貳　繪畫性

參　音樂性

肆　意義性

自序

　　本書《現代修辭教學》，立足於「認知論」與「表現論」，是筆者《現代修辭學》（2013，萬卷樓）的續編，實作的延伸。整體以「辭趣」為中心，統領辭格，掌握「繪畫性」（「形文」）的想像系統、「音樂性」（「聲文」）的聲音系統、「意義性」（「情文」）的思維系統，照見思想找到情感，情感找到聲音，聲音找到畫面的書寫流程，有聲有色，有光有味；直指開放性文本的藝術世界，外文綺交，內義脈注；探索其間湧現的美感與質感。

　　全書以修辭教學為目標，以「教學重點」與「題型設計」為主軸；盼能在「以教師為主導，題型為主線」中，化繁為簡，化簡為易；得以「抓重點，學深刻」，分進合擊，拓植作品的文學性與文本的藝術性。首先，在「教學重點」上，注重「知識、理解」的形塑；其次在「題型設計」上，強調「應用、分析、評鑑、創造」的具體操作；冀能學用合一，打通「說到做到」、「能知能行」的任督二脈，確立知識，培養能力，激發創意，深化情意；自文字的物質性（形音義）出發，遣詞造句，謀篇布局；由小而大，由表而裡；多音交響，分明向文學趣味、文化體現邁進。

　　論及「題型設計」，首先，在字句修辭上，多以「填空」（克漏）為主，檢視莘莘學子在繪畫性（「形文」）、音樂性（「聲文」）、意義性（「情文」）不同辭格的遣詞造句，與鍊字鍊意。其次，在篇

章修辭上，多以「賞析」、「改寫」、「續寫」、「擴寫」為主，檢視莘莘學子在「修辭三性」上的綜合運用，以及結構組織上的整體把握，讓修辭教學有助於影音欣賞與文學批評。最後，攸關「非辭格」題型，諸如「標點」、「押韻」、「排列」、「組合」等，則為語文領域的創思教學，足以觀摩相善，挑戰語言文字的實驗空間，撞擊「形音義」三位一體中巧妙組合的創意火花。

至若各類型，均附「參考實作」，提供多種解答，由筆者或北教大語創系、師大國文系、臺大中文系（修學程）學生完成，共構「一體多元，一元多相」的書寫可能。凡此多樣化的「參考實作」與「簡析」，師徒競技，各顯精采；可見文心燦發，懷瑾握瑜；燭照萬彩，熠熠交輝，在充滿活力的語言建構中，吐納珠玉之聲，舒卷風雲之色，得以彰顯書寫的變通力、流暢力與精進力；師生互動，別有會心，實為教學的最佳回饋。

綜觀近年來國內修辭教學的發展，由「理解」、「應用」，再至「創造」的教學目標上，明顯進路大抵有三：第一，讀寫結合，用閱讀帶動寫作，用寫作提升閱讀；第二、題型引導，藉由不同題型引導表達力；第三、創造力教學，以「創思教學策略」（如：腦力激盪、屬性列舉、曼陀羅、六頂思考帽等）按摩思維，激發創意，如筆者《國中國文修辭教學》（2005，萬卷樓）、《實用修辭寫作學》（2009，萬卷樓）等。而今《現代修辭教學》則承接以上脈絡，由「辭格」提升至「辭趣」；力求修辭教學與文學批評、創造力教學磨合交融，進而轉化成「會看的眼睛」、「能寫的妙手」；自「有想法、有方法、有辦法」的實作經驗中，熟能生巧，盈科後進，終成取之不盡，用之不竭的活水泉源。

　　本書得以完成，當感謝內人藹珠長期在英語修辭學、英美文學
的挹注，他山之石，多所啟迪；本書校對之功，銘感五內。總編輯
陳滿銘老師出書建議，與萬卷樓梁錦興總經理、編輯部張晏瑞、吳
家嘉的全力配合，助理劉家名、林廷芬、楊秀媛的協助，特此一併
致謝。

張春榮

謹識於臺北教育大學語創系

二○一四年十二月四日

壹　修辭三性

教學重點

「修辭三性」的重點，旨在把握「繪畫性」（意象、畫面）、「音樂性」（節奏、韻律）、「意義性」（精進、深刻）的認知，藉以分析文本的表層與裡層；並藉由三性的密切表達，三管齊下，得以披文入情，照見作者腕底風雲，妙筆生花，綻放獨特的生命之姿與語言之姿。

一　賞析

修辭運用在「賞析」上，宜與文學批評接軌，始於語言層的美感，終於意義層的質感；始於作品的感染力，終於內蘊的穿透力；得以剖析作者藝術經營的語言之姿與主題內涵的生命之姿。

大抵修辭三性的考察，「繪畫性」係以想像系統為主，力求密度，即劉勰《文心雕龍》所謂的「形文」；「音樂性」以聲音系統為主，力求速度，即其所謂的「聲文」；「意義性」以思維系統為主，力求深度，即其所謂的「情文」。「繪畫性」聚焦意象、象徵，「音樂性」注意配樂、臺詞（電影），「意義性」燭照其中的批判性、創造性，攸關人物、情節之合理與荒謬，主題之多重指涉。大抵列表如下：

一・藝術經營

（一）繪畫性（想像系統）

1.意象（場景）（細節）

（1）譬喻

（2）轉化

2. 象徵（場景）（整體）

（1）傳統

（2）個人

（二）音樂性（聲音系統）

1. 配樂（氛圍）

（1）聲情相諧

（2）聲情不諧

2. 臺詞（對話、獨白）

（1）押韻

（2）類疊

二・主題內涵（意義層）

（三）意義性（思維系統）

1. 批判性（人物、情節）

（1）設問

（2）反諷

2. 創造性（人物、情節）

（1）悖論

（2）層遞

如此一來，面對電影、戲劇、小說、散文、詩，均可藉由「藝術經營」與「主題內涵」的分析，客觀把握作品的繪畫性與音樂性，藉由生命經驗的體現，以意逆志，彰顯作者意義性的辨證與開拓，表現「賞析者」（批評者）獨到的真知灼見，文心相映，迴響不絕。

二　改寫

改寫，力求「內容繼承，形式革新」、「內容革新，形式變化」的高明轉化。就廣義而言，亦即文本互涉的再造性，大凡有中生有的改寫與非原創的改編。包括詩、散文、小說不同文類的「改寫」與小說、戲劇、電影不同形式的「改編」，均是再造想像的開拓，脫胎換骨，鎔鑄新趣。

就狹義而言，改寫是一種「題型」，注重同一作品的重新安排。如古典詩改為現代詩，相同題材會有轉化成不同的意象、韻律、語感與內蘊；古典詩改為現代散文，則注重詩文之間的轉換，將詩中含蓄意境改寫現代語感的鮮活情境；又如古典詩改為現代小說，則宜自一、敘事觀點，二、人物性格，三、情節設計，四、場景描寫；分別加以展現新視角、新思維與新手法，綜合妙用，直指青藍冰水的優質改寫。

改寫注重脫胎換骨，新瓶裝舊酒，始於改變（變異、倒置），終於改良（更新、更優），堪稱前人與今人的同臺競技，激發創意的試金石。

三　續寫

續寫，力求「質的提升」，著眼於「時間」（向前、向後）的接續，更著眼於「因果」（前因後果、一因多果）的變化開展，是一種一波未平一波又起的「延長法」，或鬆綁原來的結局，或以原來故事終點為起點，再掀波瀾，展現更精進的「故事接龍」。

至於名言佳句或短篇小說的續寫，均宜注重意義擴大與深化。

名言佳句的續寫，以頂真、映襯（對比）、層遞為主，漸進開展，形成更縝密、更深入的推衍論述。短篇小說的續寫，以邏輯性（合理性）、變異性（可信度）為主，掌握情節發展的「始於合理，終於荒謬」或「始於荒謬，終於合理」的兩大模式，注意整體的照應與轉折。

四 擴寫

擴寫，力求「量的擴充」，著眼於「空間」的多面向，更著眼於「細節」的鋪陳，自「共相的分化」與「多樣的統一」中臨即描寫，盡其鋪陳展現行文細緻富麗之美，堪稱極態盡妍的「增加法」。

歷來擴寫，可分擴句、擴段、擴篇。擴寫重點主要有三：一、思維的豐富性；二、運材的多樣性；三、描寫的細膩性。至於就結構而言，擴寫是「總括」之後的「條分」，「緒論」之後的「討論」，「泛敘」之後的「具寫」，「說理」之後的「事例」，「抒情」之後的「景觀」，旨在展現書寫的流暢力，其中多以雙襯（對立的統一）、排比、摹寫（配合五種感官經驗的描寫）為主要表現手法。

五 同義手段

同義手段（synonymic selection）是修辭的核心概念，強調一句話，可以百樣說。」一個抽象概念可以有千姿萬態的顯影；任何立意，都可以換句話說，換個更有魅力的方式來說，變身添姿，充分展現「語言藝術的加工」，充分映射充滿意象、音感、寓意上書寫的「變通力」。

同義手段的變通力，即「形、音、義」上的觸類旁通，「繪畫性」（形文）、音樂性（聲文）、意義性（情文）上分進合擊的舉一反三，「色香味俱佳，形音義兼美」的繪聲繪影。以「不要自尋死路」為例，自繪畫性上，可以變通意象，轉換成「一根草，一點露」（借喻）、「不要一棵樹上吊死」（借喻）、「生命會尋找它的出口」（轉化）；在音樂性上，可以增添音義相諧之美，變成「轉個彎，路更寬」（押韻）、「一條路直直走，慢慢走，走久了，也就通了」（類疊、頂真）；在意義性上，也可以再加類比衍生，變成「天下沒有走不通的路，只有想不通的人」（映襯）、「讓走過的路成為你的資產，不要成為你的負債」（映襯）、「山不轉路轉，路不轉人轉，人不轉心轉」（層遞）、「行至水窮處，轉彎有活路」（仿擬），此即修辭三性的本領所在，得以讓一般概念的格言，重新展現意象、聲音、情理的豐贍變化之美。

六　造句

字詞如鐵，鍛句成鋼，造句有「文法」、「修辭」兩類，「文法」注重「通不通」的邏輯性，「修辭」強調「好不好」的藝術性。

積極修辭的造句，由名詞帶出意象，由動詞帶出節奏，由組合帶出「形音義」俱美的新感性，展現生猛有力的創造性。

論及「形音義」，三管齊下，自繪畫性切入，造句以譬喻、轉化為主；自音樂性著眼，以雙關、類疊為主；自意義性構思，則以設問、映襯為主。

七 填空

　　填空以字詞（單字、複詞）為主，以動詞、名詞為主。

　　大抵填空始於克漏的正確，次於鍛字鍊句的生動，終於完形的巧妙；力求協調性、深刻性與創造性。

　　就修辭三性而言，優質填空的向度有二：

　　第一、形義鮮活，統一中求變化，出人意外。

　　第二、音義皆美，變化中求統一，入人意中。

題型

說明：

一、「賞析」力求綜合運用，與文學批評接軌。透過修辭三性的分別剖析，可以對電影、小說等藝術特色，有更明確的掌握。其中參考實作，由學生完成；簡析由筆者撰寫。

二、「改寫」、「續寫」、「擴寫」是字句修辭與篇章修辭的設計，藉由造句與結構的運用，激發學生「有中生有」、「有中生好」的表達力與創造力。

三、「同義手段」、「造句」、「填空」題型，旨在訓練學生三管齊下，活用意象、節奏、意義，展現多元多樣的美感與質感，懷瑾握瑜，直指「求變、求新、求好」的創意書寫。

一 賞析

題目一

自修辭三性賞析電影《深夜加油站遇見蘇格拉底》。

參考實作

（一）繪畫性

電影中有許多意象，像主角一開始慢跑時看見加油站的那一個人

將鐵門開啟，加油站內充滿著黃光，成為主角徬徨時的一盞燈，為他指點通往光明的方向。再加上譬喻，蘇格拉底說：「喜怒哀樂人之常情，就像四季變化。」他以四季變化喻指情緒的波動，逝者如斯，不必拘泥。其次，在誇飾上，如蘇格拉底在一瞬間就到了樓頂上，還有一次是輕鬆地坐在體育館裡上方的欄杆上。一般人是無法輕易的到那種地方，然而蘇格拉底輕鬆做到，這是一種誇飾的超常，局部變形。

至於藍色和藍天意象，不斷在影片中迭現，形成象徵。由於電影裡的拍攝角度時常採取仰角，象徵正面的人生和向上的希望，就如人們抬頭仰望，一片海闊天空。雖說主角大多時候穿著藍色的衣服，藍色代表憂鬱，同時天空藍色，給人自由、無限的感覺。

（二）音樂性

首先，在臺詞上，出現不少警句。最著名的是「死亡並不可怕，可怕的是大多數人根本有真正活著。」藉由頂真，點出大多數人生活的盲點。其次，蘇格拉底的分析：「永遠都是當下這一刻！當下這一刻就是時間，時間就是當下這一刻。清楚了嗎？」藉由頂真、回文，在流利往返的節奏中揭示人生的精義，不在過去，不在未來，只有當下一刻，才有力度，才是真實，才是全部所在。

至於影片配樂則反映主角內心狀態，讓觀眾能理解他心中的波濤洶湧。像一開頭，主角從惡夢中醒來，在半夜慢跑看見加油站時，那段音樂神秘詭譎，代表著當下的氛圍，也同時代表主角做夢之後的疑慮和對未來捉摸不定。其次，蘇格拉底叫主角站在桌子上蹲馬步時，那配樂聽起來逗趣、有點急躁，最後以「蹦！」一聲收尾，主角也倒下，暗示著主角無法平靜內心，缺乏耐性，所以終會倒下。至於男主角受傷後因憤怒而打碎所有獎盃時，哀傷、平緩的音樂代替了獎盃碎裂的聲音，反映出男主角心境的複雜變化。

電影中配樂，同時運用類疊手法，暗示著主角未來。如主角騎摩托車趕時間的場景出現兩次，摩托車的聲音聽來急躁刺耳。第一次他快撞上車時煞住了，雖沒發生事故，但是到體育館時卻發現他受傷；第二次則是主角確確實實撞車，導致骨折而無法出賽。另一段運用類疊手法，是蘇格拉底為主角踩油門，而主角怎麼踩都無法完全啟動，蘇格拉底與他對話一番，主角再踩時，引擎便啟動了，每一次踩油門發出的引擎聲都象徵著人生無法突破的瓶頸，然而在停歇一下後，反而能順利突破。

（三）意義性

電影中交織映襯、設問、反諷、悖論。以映襯為例，男主角和喬伊，他們脫鞋子的動作就有反差：喬伊脫鞋優雅且不疾不徐；主角丹則是急躁的隨意脫去鞋子，鞋子東倒西歪，就像他當時的人生一樣雜亂無章。

電影中出現許多設問，像蘇格拉底問主角丹：「如果你沒獲選奧運代表怎麼辦？」還有兩人對話：「你怎麼知道我不代表你的直覺？」「你是說我捏造出你這個人？」蘇格拉底善於設問，又往往不正面回答主角的，他要主角從自己的內心深處找出答案，與自己的心靈對話。

其次，在反諷上，如教練對主角說：「你可能可以通過預賽，只要……別先把小命送掉。」是教練對主角的批判，因主角太過狂妄自大，一心只想超越，教練擔心他終有一天會自食惡果。

複次，在悖論上，如蘇格拉底說：「有時候一定要發瘋才能大徹大悟。」指出人常常在受到刺激，經過一場混亂後，才會了解某些以往沒有想過的東西，然後重整秩序，煥然一新。

我最喜歡最後主角代表柏克萊大學出賽情形，從他出場時，周遭的一切變得很安靜，但是每一個細小的聲音卻都被放大，像他的手沾

上滑石粉時，看似是一個平常動作，卻透過鏡頭的 zoom in 和聲音的放大，將這種小小的動作詮釋得很仔細，似乎每個小細節都難能可貴。在上場前，他全心投入，使得觀眾被他的每個動作吸引，也跟著全神貫注活在當下；甚至連播報員的驚嘆，也在此時化為寧靜。而當蘇格拉底和丹的聲音在互相問答時，那一刻更讓人動容：「你在哪裡，丹？」「此地。」「幾時了？」「此時。」「你又是什麼？」「此刻。」兩個不同的聲音，好像不同的人在對話，但其實是主角內心的對白，主角內心接受蘇格拉底，甚至蛻變為蘇格拉底，但他同時也保留最原始、最純粹的自己，他們互相交談，經過撞擊後，相融和諧，昇華為平靜，回歸當下的呼吸，眼前的動作。（王文郁）

 簡析

就繪畫性而言，一開始的夢境是預言的示現，預告未來的發展。其次，神祕人物蘇格拉底最後消失，成為一個聲音，一個意念，藉由兩人「由衝突至和諧」的對話，漸漸彰顯蘇格拉底是象徵人物，內心「超我」的象徵，經由影片中「超我」的不斷訓練，由「本我」、「自我」的矛盾衝突，最後走向「超我」的清明安定。最後，影片結束在丹雙環的精采演出，定格在丹落地後，雙環碰撞互擊，彷彿鼓掌一般，可視為雙環的擬人轉化，不禁擊賞喝采。

就意義性而言，影片末蘇格拉底帶丹去登山，藉由撿到一塊石頭，向丹揭示「過程」的重要，不必在乎撿到什麼，不要有太多的「預設」、「目地性」，並點出生命中最重要的三個單字：「悖論」（Paradox）、「幽默」（Humor）、「改變」（Change），丹體會道：「悖論？人生是個謎，別浪費時間想破頭。幽默？要有幽默感，尤其要能自嘲。改變？世事恆變。」在自問自答中，展現丹豁然貫通，洞悉表相後的深蘊，照見人生的真諦。

題目二

由修辭三性賞析幾米《微笑的魚》。五百字以內。

參考實作

（一）繪畫性

片中意象，始於「魚」、「玻璃瓶」的魚缸的出現，終於一再出現構成「魚」、「瓶」的象徵。「魚」一躍而為「智慧長者」、「領航員」的象徵。「瓶」有「屏障」、「平靜」的多義。

從男子帶著魚兒返家開始，光源如影隨形。暗示魚兒在漆黑中點亮了男子的心房，溫熱了他的世界。熒綠的光芒，代表了生機，成為男子的亮點，重新審視最熟悉卻也是最陌生的城市和一去不再復返的童年時光。夢中男子成為了一條被囚禁的魚。鏡頭拉遠，呈現男子在大魚缸中，呈現虛實顛倒的畫面，原始的觀看者與被觀看者錯位，男子驚醒，有所領悟。最後在男子將玻璃瓶中的魚放入大海，人和魚相互成全，相親相近於海上，一片和諧。

（二）音樂性

動畫中沒有臺詞對話。首先，誇大的魚鰭擺動聲響、撞擊著玻璃缸的聲響，超現實的感應，分明是主角主觀的感知，與魚兒磁場同幅共震。其次，背景襯樂的三度轉換：恬靜→懸疑→輕巧，則情節三大轉折的號角。繼而男子與魚兒悠游大海，觸動邊界時的巨大聲響，竟成一記警響，點醒了幻夢。愕然發現了自己實則身陷「囚禁」的世界。

（三）意義性

片中夢境的反諷最為強烈，藉由「人看玻璃瓶中的魚」、「魚看玻璃中的裸泳男子」的衝突，揭示男子思維的盲點，點出人類「自以為是」的偏執，不知「換個角度，世界不一樣」。

其次，「不論天晴、天雨，她似乎都在等著我，等著我給她一個深情凝視的眼神。」對可謂愛戀的投影，寂寞的投射。男子的衣物在風中逐件褪去，最後裸身一躍。此時，魚兒脫離了魚缸。男子解放了魚，也解放了自己，此即悖論中「相反相成」的真諦。片尾熒綠光芒的魚，最後躍出海面與男子的輕輕一吻，代表了真正的享有，並非單方面的擁有，而是相互成全的雙贏。（鄭雅芬）

簡析 就繪畫性而言，「夢境」是全篇關鍵所在，異想世界的呈現，何嘗不也是變形「預言的示現」，另一種殘酷真實。

就音樂性而言，「夢境」中音樂隨著驚醒，嘎然而止，有所變化。又男人被綠光魚缸引至郊外，在樹林中由大人變成小男孩，嬉戲玩耍，音樂變得輕鬆流利，相互呼應。

就意義性而言，由一己執念之愚，經由「魚」的引導，走向相忘於江湖的「愉」與「娛」，直指享有而不擁有的和諧深諦。

題目三

比較以下三段文字的繪畫性、音樂性、意義性，你認為何者為佳，詳加說明理由。

（一）故天將降大任於斯人也，必先苦其心志，勞其筋骨，餓其體膚，空乏其身，行拂亂其所為，所以動心忍

性，增益其所不能。（孟子）

(二) 惟夫計窮慮迫，困衡之極，有志者往往淬礪磨練，琢為美器。何者？心機震撼之後，靈機逼極而通，而知慧生焉。（袁中道）

(三) 生命被逼到了最後邊界，一切才變得深刻。（余秋雨）

參考實作

（一）繪畫性

　　《孟子・告子下》及袁中道的文字敘述，比較無法讓人第一秒就有所聯想；給人的感受較偏虛象，難以立即有畫面浮現眼前。能見到繪畫性的，大約只有「將降大任於斯人也」的「天」運用擬人修辭。

　　單就繪畫性而論，余秋雨的文字略勝一籌。藉由他的文字，彷彿看到一個人攀爬在陡峭的崖壁上、一失足便粉身碎骨；然而從那樣的地方所見到景致，卻會是教其他事物皆失色的絕豔。繪畫性最常使用的修辭有譬喻、轉化。本篇可見「轉化」之運用；生命，怎麼會有邊界呢？余秋雨描繪的文字平淡樸實，但意象卻清晰分明；一個人，及他如何活出生命的美好，活靈活現在眼前上演。

（二）音樂性

　　讀來是否順暢、流利，是音樂性的證明。在《孟子・告子下》中，有意安排四字句，節奏鮮明；相較袁中道該篇的音樂性似乎就不及《孟子・告子下》出色，讀來有些拗口不順；而余秋雨作品雖然短小，兩句皆以仄聲結尾，以「去聲」一再強調。

　　或許前兩例皆是古文，對慣於閱讀白話文的我而言、在朗誦方面

有些障礙；但兩段古文之中，至少《孟子‧告子下》的音樂性是勝過袁中道。若將《孟子‧告子下》與余秋雨做評比，反覆誦讀，便會發覺《孟子‧告子下》無論在韻律、音調起伏上，皆遠遠勝出。

（三）意義性

國中時便背誦過《孟子‧告子下》，說明著真正有才的人、往往是經過人生歷練及時光累積，從而踏上頂峰；袁中道作品同樣旨在詮釋「不經一番寒徹骨，哪得梅花撲鼻香」的道理，不得不說中國古人的智慧真能處處受用；同樣余秋雨先生，表明的訊息亦相差無幾。

三例在傳達內涵上，可說英雄所見略同，可說不分軒輊。

（四）整體性

就整體性而言，我認為余秋雨在三者之中尤佳。姑且放置時代性的問題於一旁，就修辭三性而言：該作品雖在音樂性稍稍不及《孟子‧告子下》琅琅上口，仍比袁中道的文字平易近人；其在繪畫性與意義性的表現上，可說可圈可點，無聲勝有聲。（陳姿羽）

 簡析

三段文字均為攸關生命中「打擊」與「撞擊」的不同表現，孟子此段以排比見長，「其」六次類字，最為突出；袁中道此段以提問（自問自答）、「心機」、「靈機」的銜接（「機」類字）變化，一意流轉，剖析「智慧」產生的過程。余秋雨此段貴於婉曲，斷崖似的留白，拉大時空，有言外之意。

一般莘莘學子對余秋雨此段文字往往只注重轉化（抽象概念的具象化）視角，未能自婉曲的內蘊，比較出孟子、袁中道的差異，在於前二例直接敘述，明白說理；而余秋雨則間接敘述，耐人尋味。

題目四

比較三篇最短篇，你認為何者最佳，自修辭角度（象徵、反諷、悖論、婉曲）加以賞析說明。

（一）

受不住戀人們排山倒海的抗議，愛神愛芙洛蒂來敲了正義女神阿絲特莉亞的門。

「可以借我妳的天秤嗎？」

阿絲特莉亞考慮良久，最後將自己矇眼的布解了下來。

「拿去。」她把布交給了愛芙洛蒂。（茶米茶〈原罪〉）

（二）

「我要離婚。」

「可以啊，不過你得再幫我找一個老婆。」

「我就是受不了你才要跟你離婚，我怎麼可能還去害別人。」

「隨便，不幫我找，你就繼續當我老婆。」

她下樓跟妹妹說：「爸媽又在打情罵俏了。」（晶晶〈離婚〉）

（三）

今天不知道是怎麼了，看辦公室裡的每個人都不太順眼，應該說是越看越討厭。

「難道是憂鬱症的前兆嗎？」下班前，我突然想起幾天前看到的資料。正擔心的時候，突然間燈一暗。

「經理，祝你生日快樂！」大家邊唱著生日快樂歌邊捧著蛋糕走到我身邊。

「你有沒有發現大家一整天都在模仿你？」帶頭的副理非常興奮的講解起模仿的訣竅，每個人都哈哈大笑。（茶米茶〈驚喜〉）

參考實作

賞析說明如下：

1 象徵

最短篇（一）裡，有兩個象徵；藉意象不斷的重複出現，形成象徵。首先出現的「天秤」在一般人的印象裡，即代表著公平；然而正義女神阿絲特莉亞隨後解下的矇眼布，卻又是另一個所謂「公平」的工具。

2 反諷

而最短篇（二）中，敘事者的父母雖說著要離婚、然而雙方皆無實際的行動；但讀者透過故事的漸進，可以看出敘事者的父母不過是拌嘴，甚至敘事者口中的「打情罵俏」，更佔大多篇幅。這篇作品，可說是毫無疑問屬於抑揚裡的開低走高，喜劇收場。

最短篇（三）中經理與副理的應對，充滿反諷。經理擔心憂鬱症之際、看見大家捧著生日蛋糕為他慶賀，極其溫馨；但當副理告知今日所有讓自己厭惡的行為，皆是模仿自己時，可說急轉直下，開高走低，笑不出來。

3 悖論

上述最短篇（三）中，主角就像楊照所言：「拜倫厭棄、咒罵這個世界，卻依舊被他所厭棄、咒罵的這個世界歡迎、擁抱，如此弔詭的矛盾統一」，對身邊人的表現感到不順眼，卻在副理講解起模仿的訣竅時，哭笑不得；寥寥數語，呈現雙襯中對立的統一。

4 婉曲

最短篇（一）裡，正義女神阿絲特莉亞受到愛神懇求、將自己的「公平」出借；出人意料的是，她的正義並非常人以為的天秤，而是矇眼布。委婉說明人生在世，若要做到真正的公平，其實沒有什麼標準；唯一能夠做的，或許就是遮蔽自己的雙眼，用心看，才不會有所偏頗。

另外最短篇（三）中，員工對經理進行的模仿，無非也是一種婉曲的表現；他們以慶生為由，行模仿之實，讓經理在鏡照中，體會他平日給人的感受。

最短篇的形式，可以濃縮至兩百字；而最短篇最能看出結構是否完整，有無冗言贅字，在在考驗作者功力。（陳姿羽）

題目五

自修辭三性，選出你最欣賞的簡訊，並說明理由：

1. 雖然我說門都沒有，但你不會爬窗戶進來嗎？（張英）
2. 前，男友：我會，去你的！婚禮。（潘書瑋）
3. 既然你們的真愛無價，有價的就留給我和孩子吧！（陳錦雲）
4. 爸媽，我們有種要結婚了。（李秉杰）
5. 永遠想著永遠，永遠只是永遠，永遠沒有永遠。（廖志坤）

參考實作

1 雖然我說門都沒有，但你不會爬窗戶進來嗎？（張英）

這是則令人會心一笑的簡訊，簡訊的功能是用文字將不容易表達的

言詞傳達給對方。看到這則簡訊，我的腦海中馬上聯想到這應該是位很強勢的女生和想苦苦哀求她的男生對話，男生可能做錯了事惹女生發火，女生一氣之下對男生說：「門都沒有！」而女生畢竟是喜歡男生，但是話已出口，又拉不下臉，於是便從簡訊中，給腦袋直線思考的男生明白線索——爬窗戶進來！看似是個無理選項，而爬窗戶又是滑稽舉動，想像一個大男生在窗邊徘徊鬼鬼祟祟，終於鼓起勇氣拉開窗戶伸進去……肩膀卻卡在窗框之中的搞笑情景！但其實，代表女生心中已經原諒惹她生氣的情人了。

2 **前，男友：我會，去你的！婚禮。（潘書瑋）**

這則簡訊在文字的聲音上，利用標點符號巧妙的頓點，使得句子產生不同的意義。這則回復簡訊，一般應為——前男友：我會去你的婚禮。被前男友邀約而出席尷尬的場合，可能充滿無奈。但作者卻別出心裁的利用逗點將句子切割，反而形成一則「嗆」前男友的簡訊，巧妙的將不文雅的粗話顯現出來！將女生心中對前男友的怨恨傾瀉而出。我想，前男友收到這則簡訊後，絕對不會想要前女友出席了！

3 **我們有種要結婚了！（李秉杰）**

這則簡訊的語氣可以猜想應該是男生口吻，因為女生不太會說「有種」，而「有種」又是具有挑釁意味的詞，看似對長輩不敬，然而放在這句中，便可以知道原來「種」是指小孩！另指「我們有小孩要結婚了。」似此「有種」二字，增加新意，加入現代口語的巧思，極具創思。

4 **既然你們的真愛無價，有價的就留給我和孩子吧！（陳錦雲）**

「真愛無價」的大前提應是兩人都是單身，自由戀愛。而這則簡訊卻是已婚老婆發給對劈腿老公的斷絕宣言，既然老公和外遇情人聲稱兩人在一起是無價，那老婆也在痛心之餘，理智的回應要求贍養

費。真愛這則簡訊開高走低，首句並不是抨擊老公和小三，用「真愛無價」這四個字表現愛情的可貴，接著轉折變化，揭示「有價的」就留給我和孩子吧。和無價的愛情對比，麵包是失去愛情後唯一的依靠。（以上均白富怡）

5 **永遠想著永遠，永遠只是永遠，永遠沒有永遠。（廖志坤）**

　　以音樂性來說，短短十八字內有六個「永遠」，複杳之餘，整句話幾乎都被「永遠」佔據。這種經過精心設計的特殊筆法，造成一唱三嘆、反覆吟哦，猶如宿命般的迴圈不斷循環。

　　以意義性切入，這是標準的三層結構。第一層描述停留在空想的狀態，第二層指出目標無法達成，第三層後設批判，事與願違。似此悲觀基調的警醒句子，類似賣牛奶姑娘的寓言，勉人即時行動，勿過於鑽牛角尖。（黃藹寧）

簡析

第一例具繪畫性。在映襯（「講」、「傳」）中兼婉曲，仍是一種告白。

第二例具音樂性。在標點符號的善用中，藉由重新標點，表達強烈不滿的情緒。「去你的」語帶雙關。

第三例具意義性。自前後映襯（「無價」、「有價」），帶出務實的離婚宣言。

第四例具音樂性、意義性。藉由雙關的一詞二義，增添「有種」的新義，比起「有小 baby」的單純說法，增添「承擔」、「負責」的態度。

第五例具音樂性，強調要正視當下。應有「不奢求永遠，永遠太遙遠」的領悟。

題目六

　　就繪畫性、音樂性和意義性比較兩首詩的異同：

1. 每一棵仙人掌都舉起雙手

　　鼓掌

　　掌，站著

　　掌聲，也站著

　　用力給仙人掌掌聲

　　也給刻苦的澎湖掌聲　　（渡也〈仙來個掌聲〉）

2. 像猛握得可以出汗的拳頭

　　狠擊一切

　　從不毛的砂礫

　　就憑這付鋼針的尖銳

　　打出一副響噹噹的硬漢招牌

　　就將一輩子

　　緊握成一對亢張的刺蝟

　　　　迎向飛沙迎向

　　　　走石迎向霹靂迎向風暴

　　任何叫囂

　　都顯得多餘　　（張春榮〈仙人掌〉）

參考實作

（一）繪畫性

　　第一首詩運用轉化，把仙人掌擬人成可以鼓掌和站著。此外，以仙人掌象徵刻苦的精神，來譬喻澎湖的仙人掌，暗喻澎湖的刻苦精

神。

第二首詩運用譬喻，接著以白描手法，將仙人掌外貌做了一番描述，從不毛的砂礫到迎向風沙、走石、霹靂和風暴，讓讀者彷彿看見了仙人掌在艱苦環境中成長特性，結尾「任何叫囂都顯得多餘」，呈現的是一副安靜仍一枝獨秀的畫面。

（二）音樂性

第一首詩中，作者用仙人掌的「掌」，掌聲的「掌」，作為同音的連結。「掌」和「站」為雙聲，造成在節奏的和諧。此外，該詩的題目〈仙來個掌聲〉的「仙」原應該「先」字，作者以同音的「仙」字替代，除了扣合仙人掌主題外，也藉由飛白修辭讓人在解讀時莞爾一笑。

第二首詩中，作者使用許多疊字（「響噹噹」）、類字（「迎向飛沙迎向走石迎向霹靂迎向風暴」），形成聲音上不斷吟詠反覆的效果。此外，該詩中也使用疊韻複詞，如「霹靂」、「叫囂」，增強整首的協調性。

（三）意義性

第一首詩中，從一開始仙人掌上的刺像舉起雙手，到像鼓掌，再至仙人掌孤挺挺站立，一層又一層的推進（層遞手法），最終將仙人掌的刻苦精神和澎湖精神緊扣，表達澎湖刻苦精神。

第二首詩中，從仙人掌外貌開始描寫，像猛握拳頭，到仙人掌不毛環境，打造成硬漢招牌，到迎向飛沙走石、霹靂風暴，默默承受著，可謂層層推進。但第二首詩缺少了第一首詩的雙關寓意。（陳治群）

就繪畫性而言，第一首善於轉化，尤其「掌聲」的形象化最為鮮活；第二首善於譬喻「可以出汗的拳頭」、「鋼針」、「刺蝟」，形成博喻。

就音樂性而言，第一首善於雙關（「仙」、「先」）、頂真（「掌」）、類字（「站著」、「掌聲」）；第二首則有類字（「迎向」）、疊字（響噹噹）。

就意義性而言，第一首兼用借代，以「仙人掌」借代澎湖，善用映襯變化，對比鮮明有力；第二首結尾強調「知者不言」，飽滿的沉默勝於「叫囂」的鬥氣，婉曲勝於自誇。

張春榮：《現代修辭學》（臺北市：萬卷樓圖書公司，2013 年 9 月初版）。

二　改寫

姻緣天注定

參考實作

（一）繪畫性

1. 男女之事，就像一大筐黃豆裡面碰巧有那麼兩顆紅豆，而且，這兩顆紅豆碰巧不前不後、不左不右，肩挨肩、面對面的擠壓在一起。（王鼎鈞）

2. 姻緣像圓一樣，有的是露珠，有的是珍珠，有的是淚珠。（張春榮）

3. 強摘的水果不甜，強求的姻緣不會久遠。（諺語）

（二）音樂性

1. 「緣」！往平庸的地方想，它平庸，往奇妙的地方想，它奇妙。綜合起來想，它真的有些不可思議。（王鼎鈞）

2. 婚姻是美感，是偶然；好姻緣是質感，是必然。（章容）

3. 夫妻本是緣，善緣惡緣，無緣不合。（對聯上句）

4. 姻緣沒有如果，只有如此。（秋實）

（三）意義性

1. 千里姻緣一線牽，巧婦常伴拙夫眠。（〈竹枝詞〉）

2. 最理想的姻緣，是男生很醜，女生很醜，但他們彼此相愛，無人干擾。（錦池）

> **簡析** 繪畫性中第一、二例以譬喻說明，第三例結合映襯（情景），強調「自然」，無法「勉強」，正所謂：「追求而不強求」。
>
> 音樂性中善用類字，強調「緣是不必有理由」，是生前注定，前世今生，莫錯過姻緣。
>
> 意義性中第一例是反諷，第二例是悖論，醜夫拙婦自有「不和諧的和諧」的天然奇觀。事實上，不管前世今生，種種千絲萬縷的姻緣，唯由衷期盼：「願天下有情人終成眷屬，願天下眷屬都是有情人。」

題目二　自修辭三性加以改寫以下成語：

熟極無感

參考實作

（一）繪畫性

1. 熟悉是一位魔術師，對美麗殘酷，對醜陋仁慈。（歐悠大）
2. 摸著情人的手，甜蜜又顫抖，摸著老婆的手，好像左手摸右手，一點感覺都沒有。（順口溜）
3. 熟悉是創作的白內障，會阻礙你的美感經驗。（村農）
4. 熟悉生出輕蔑和孩子。（馬克吐溫）

（二）音樂性

1. 熟悉！熟悉！熟而知悉，熟而不稀奇，熟而不珍惜，熟而輕易

放棄。（秋實）

2. 美女娶回家就不是美女，英雄回到家就不是英雄。（諺語）

（三）意義性

1. 愛情最怕由熟悉變成習慣，習慣變成無感，無感變成「熟悉的陌生」，「熟悉的陌生」變成麻木不仁。（村農）

2. 最理想的感情狀態是有一點熟，不能太熟；有一點黏，不能太黏；軟 Q 適中。（張春榮）

簡析

繪畫性中，前三例多用譬喻具體詮釋，第四例藉轉化，指出習慣成自然，看不見身邊的幸福。

音樂性中多用類字，指出「熟悉」對任何「新感情」、「美女」、「英雄」都是光環的減弱、消逝，反觀陌生化、新穎性，則有新的美感效應。

意義性中第一例謂頂真兼層遞，指出「降弧」效應；第二例則指出如何保有「對立統一」的悖論，才是統合「陌生化」（生疏化）與「熟悉化」的最高境界。

題目三　將以下六個繪畫性的句子由映襯的視角加以改寫：

1. 天外一鉤殘月帶三星。（秦觀）

2. 人是一條繩子，懸掛在野獸和超人中間。（尼采）

3. 生命是一塊毛玻璃，你無法看清玻璃後的未來世界。（錦池）

4. 不要做別人嘴巴的奴隸。（俗諺）

5. 我倆一箭之遙，卻咫尺天涯，終成金星與火星。

6. 科學和宗教是觀看世界的兩扇窗。（張文寶）

參考答案

1. 黑夜很大

   星星只是一點點

   寂寞很大

   人只是一點點（楊雨樵）

2. （1）人心惟微，道心惟危。（《尚書》）

   （2）人的自然趨向，不是人道，而是魔道。（余秋雨）

   （3）不要模稜兩可，做好人，你心太壞；做壞人，你心太好。（秋實）

3. 生命不是「是非題」，也不是「選擇題」，而是「是非不易分」、「兩難」的弔詭題，很難一窺究竟。（秋實）

4. 不要別人講你一句好話，你就笑起來，講你一句壞話，你就跳起來。

5. （1）世界上最遙遠的距離，不是天各一方，而是我站在你面前，你卻不知道我愛你。

   （2）世界上最遙遠的距離，不是生與死的距離，而是我站在你面前，你卻看不見我。（泰戈爾）

6. 科學求真，講究信念，是相對論；宗教求善，講究信仰，是絕對論。（筆者）

 簡析

1. 繪畫性，以譬喻為首，發揮想像力；意義性以映襯（對比）為基礎，展開思維力。

2. 事實上一個完整的譬喻（詳喻），在喻體上重想像力，在喻解上重「分析、比較」的思維力，繪畫性與意義性往往綜合運用。以「人生」為例，如：

（1）人生就像初一、十五的月亮，不是那麼圓滿，也不是那麼不圓滿。

（2）人生像極短篇，在乎精悍，不在乎長短。

（3）人生就像長途爬山，你不能決定它的長度，但是你可以決定它的高度。

（4）人生就像放風箏，逆風時昂揚高舉，越上青天；順風時輕鬆飄搖，逍遙自在。

（5）人生就像騎摩托車，遲早會飆太快出意外，早出事早受傷，晚出事晚受傷，沒有不碰個頭破血流。

（6）人生就像心電圖，如果一帆風順，代表你就掛了。

無不在喻體出現後，接著在「喻解」上加以「分析、比較」的思辨說明。當然由映襯也可以衍生至排比。如：

> 人生是一齣戲劇，用野性過日子，是鬧劇；用感性過日子，是悲劇；用知性過日子，是喜劇；用悟性過日子，是悲喜劇。（筆者）

讓繪畫性、音樂性、意義性充分結合，展現形音義相諧的演繹與歸納。

題目四　將負面詩句改成正面立意：

1. 夕陽無限好，只是近黃昏。（李商隱）

2. 獨恨太平無一事，江南閒殺老尚書。（張乖崖）

3. 酒是穿腸毒藥，財是下山猛虎，色是刮骨鋼刀，氣是惹禍根苗。（韓湘子）

4. 千里姻緣一線牽，巧婦常伴拙夫眠，世事都從愁裡過，月如無恨月常圓。（〈竹枝詞〉）

参考實作

1. 夕陽無限好，只因近黃昏。（秋實）

2. 獨幸太平無一事，江南閒殺老尚書。（蕭楚材）

3. 無酒不成禮儀，無色路斷人稀，無財不成世界，無氣反被人
   欺。（呂洞賓）

4. 千里姻緣一線牽，巧婦常伴賢夫眠，世事都從歡裡過，月如無
   喜月不圓。（呂自揚）

簡析　更動一、兩個字，負面看法變成正面凝視；正所謂「人生如刺
繡，要看反面，也要看正面。」

第一例指出因黃昏而倍覺珍惜，沒有嘆息。第二例則唯恐天下
太平，而非唯恐天下不亂。第三例謂「酒、色、財、氣」亦有
其必要之惡，有其善用之優點。第四例謂所有婚姻，自「合則
雙美」觀之，吵吵鬧鬧，就是喜感，就是幸福；自「離則兩
傷」觀之，過度期待，過度要求，均成反諷。

題目五　將賈島五言絕句〈尋隱者不遇〉改寫成散文：

松下問童子，

言師採藥去，

只在此山中，

雲深不知處。

参考實作

在青松下，我問了青衣童子，他說師父採藥去了。我問他：「你

知道你師父會在哪裡？」青衣童子搖了搖頭，然後說道：「師父他就在這座山裡，在那白雲深處的地方。」那白雲深處的地方，我怎麼去找？怎麼去找一個飄然如一片雲的隱者？而且，白雲深處，是指白雲初起的地方，還是白雲最多的地方？這個童子給我的答案可真像一片雲，縹縹緲緲，難以落實，可是他這個答案又很耐人尋思。

　　遠望彌合山頂的白雲，我想，隱者，你是意比雲閒的隱者，你是心若雲白的隱者，你在白雲裡，而白雲也在你心裡。白雲是另一個不染人間煙火的你，你和奇花異草同在，同屬在獨絕的山頂，你和奇花異草同是山中靈氣的結晶，同是大自然特有的風景，是不？（張春榮）

簡析

1. 「改寫」不等於「翻譯」，而是文本互涉的再造性。本篇自「雲」的意象加以發揮，隱者是融入大自然的風景，「雲」的性質「虛白」、「流動」、「舒坦」應是隱者精神風貌的寫照。

2. 至於余光中將此詩改寫成新詩：

那童子笑笑說

師父一早就上山去了

他身子一向好

也不全為了採藥

要是我陪您去找

只怕我們先迷了路

師父卻一個人回來

雲，實在太深了

連樵夫也不想出門

不如且坐在這松樹下等

讓我去掃些松針來

給您煮茶（〈尋隱者不遇〉）

則自童子的獨白加以開展，發揮新趣。

題目六　將柳宗元五言絕句〈江雪〉改寫成現代詩：

> 千山鳥飛絕，萬徑人蹤滅。
>
> 孤舟簑笠翁，獨釣寒江雪。

參考實作

翻開唐詩
噹的一聲掉下一把鑰匙
以一根絲繩繫著，想必是
用來開起封凍了的江水
千山有鳥沒有翅膀
萬徑有人沒有足印
那垂釣的老者瞪我一眼
瞪什麼瞪
反正飼養在我心中的那尾魚
絕不許上你的鉤
至於江中的雪
在它化為春水之前
你要釣就釣吧（洛夫《唐詩解構‧江雪》）

簡析　洛夫將自己擺進「江雪」場景，於是形成「獨白」的對話趣味，有點奚落垂釣老者只能釣出一江雪白，卻釣不到我內心的「愉悅」，超然江外，來去自在，不受任何誘餌干擾。

〈江雪〉另有姜耕玉〈釣雪〉、沈志方〈雨中讀柳宗元〈江雪〉〉新詩改寫，有興趣者可以一併參考。

題目七

將杜甫「獨留青塚向黃昏」改寫成現代詩。

參考實作

獨
過來或過去，都是
一樣的孤單

留
過去或過來，都是
一樣的故鄉
青塚
用真誠的生命灌溉
一片永不乾枯的愛

向
繼續瞭望著
來過和去過的地方

黃昏
無限好的垂暮，凝結
無限好的慨歎，消散（林于弘〈過昭君墓〉）

簡析

1. 此詩解構原句，建構五種情境，改寫成五首小詩，分進合擊呈現五種「再造性」的新貌，豐富了原句的內涵，照見二元對立的統一，化「青塚」的最終身影成主體性的精神亮點。似此手法，並見其〈流行性感冒〉，見林于弘《航行，在詩的海域》（臺北，《麋研齋》），頁 95。

2. 另亦可參羅青〈採菊東籬下——高呼陶淵明〉，亦自「採」、「菊」、「東籬」、「下」展開四節立意。

題目八　將以下極短篇〈尋夫記〉，換男生視角，加以改寫：

從十八歲開始，母親就對我耳提面命：「天底下的男人，有的英俊瀟灑，有的聰明伶俐，有的家財萬貫……，這些好處都不過是次要的，最要緊的是做人牢靠，穩若泰山……。」

某次郊遊，我終於發現了一個出類拔萃的男孩，高大壯實，膚色健美，渾身掛戴著水壺、豬肉、綠豆、乾糧、急救包……。他走路時抬頭挺胸，步伐勻稱，全神貫注青山綠水，氣質非凡。

到達目的地之後，他立刻幫忙起火、澆水，汗流浹背。我混在眾多女孩子裡面，一會兒向他要水喝，一會兒到處張羅鏡子，整理頭髮，一會兒又高談天下事，絕不放過任何捲舌音。……結果呢？他始終不認識我。

待打道回府的時候，我百般無奈，垂頭喪氣的收拾地上的果皮紙屑……。突然，他走到我身旁驚呼：「嘿！這個年頭悶聲不響做事的人真是太難得啦！」

半年後，他成為外子。

參考實作

還沒十八歲，父親就常常對我耳提面命：「天底下的女人，有的溫柔婉約，有的聰明慧黠，有的勤儉持家……，這些好處都不過是次要的，最要緊是千千萬萬不可是個嘮叨聒噪的女人，像你媽那樣，我當初就是……。」

某次郊遊時，我看見了她。乍見時我整個人簡直驚呆了，以至於無法好好形容她的樣貌。從登山步道一步一階走上來時，我忍不住又偷瞄了她的側臉──卻差點和她四目相對。我察覺自己的狼狽，全身掛戴著水壺、豬肉、綠豆、乾糧、急救包……，看起來就像個呆子，我只好專心一致的踏著腳下的登山靴，期待她不要注意到我的蠢樣。

到達目的地後，照例要幫忙起火、澆水，我擔心汗如雨下會讓我聞起來像發情的野獸，只得離她遠遠的。但她和一群女孩子嘰嘰喳喳過來要水喝，礦泉水交到她手裡時我甚至震了一下，差點把水掉到山溝裡。她表情略顯尷尬，接了水，轉過身就走了，我心裡暗恨自己笨手笨腳。遞水時我發現她左眼瞼下有一顆痣，真美。

自始至終我都站得遠遠看她，假裝自己認真地在撥弄炭火。她沒有再走過來要水或任何東西。但我可以聽到她和其他女孩笑鬧的聲音，雖然不清楚。我想她應該是南方人吧，捲舌音聽起來不太地道。我突然想起父親的耳提面命……。

直到炭火熄滅她都沒有再走過來。大部分的人都已經三三兩兩地散了，少數還在笑鬧著，她在收拾剛剛那群女孩留下來的果皮紙屑，餘暉把她的裙子染成更鮮豔的橘紅色。我把炭火、烤爐都收拾好，連帳篷也已一絲不苟的綁好，登山靴的鞋帶已經調整三次，再不去幫忙，似乎說不過去。

「嘿！這個年頭悶聲不響做事的人真是太難得啦！」

話一出口我就後悔，這種語氣豈不是顯得輕浮又毛躁！我還在兀自焦急時，她已把頭抬起來。我發現她的眼睫毛好長，眨巴眨巴的，眼睛閉起來時，眼睫毛還會輕掃過眼瞼下那顆痣。我還在想要提些什麼來當話頭，卻看見她額頭髮際處沁著一層細汗……。

半年後，她成為內人。（林琬婷）

簡析　女人看男人，和男人看女人，各異其趣。「窈窕淑女，君子好逑」，美心美姿應是打動男人的雙重魅力。而會注意到「額頭髮際處沁著一層細汗」的男人，是否也當注意頸部鎖骨的海岸線？而這樣的男人絕非魯男子。

題目九　將以下簡訊改寫成笑話：

地拖了，碗洗了，衣服曬了，狗餵了。媽，愚人節快樂！（Christine）

參考實作

念國小三年級的兒子對正在廚房中洗碗、忙做家事的媽媽說：

「媽，今天是母親節，你就不必忙著洗碗、做家事了，你好好去休息一下吧！」

媽媽聽了十分感動，沒想到兒子竟然這麼善體人意，懂得為母親分勞，要來幫她洗碗。不過，兒子接著又說：

「媽，你去休息嘛，這些碗就等到明天再洗嘛！」（小明）

簡析　此則簡訊是開高走低的反諷。如果最後接「媽，母親節快樂！」則是貼心的小孩。笑點是自媽媽的「會錯意」上爆發，打破母親的期待，形成又氣又好笑的陡轉。如果最後接的句子是「這些碗，我幫你洗。」當是親子間一陣暖流。

顏藹珠、張春榮：《英語修辭學（一）》（臺北市：文鶴出版公司，1992 年 12 月初版）。

三　續寫

題目一　名言佳句後，續寫兩句：

（一）活到老，學到老。

（二）公說公有理，婆說婆有理。

參考實作

（一）

1. 活到老，學到老，活得越老，領得越好。

2. 活到老，學到老，一事不學，拙到老。

3. 活到老，學到老，大器晚成，真正好。

4. 活到老，學到老，志工到老，熱情不老。

5. 活到老，學到老，學是寶，一生一世學不了。（秋實）

（二）

1. 公說公有理，婆說婆有理；看看都有理，想想都沒理。

2. 公說公有理，婆說婆有理，都說自己最合理，合理非真理。

3. 公說公有理，婆說婆有理，公婆都有理，媳婦都無理。

4. 公說公有理，婆說婆有理，小人說歪理，君子說真理。（筆者）

簡析　「續寫」旨在延長，更上一層樓。「活到老，學到老」，第一例就領退休金而言；第二例自「拒絕學習」加以批評；第三例提出老是「為霞尚滿天」，境界全開；第四例點出「人老心不老」，熱力四射；第五例強調學無止境。

至於諺語的「公說公有理，婆說婆有理」，第一例指出片面說法均為一隅之見；第二例更精確指出「合理非真理」反詰，第三例點出大家庭中媳婦難為；第四例自排比中呈現眾說紛紛，智者自辨。

題目二　續寫以下名言佳句。四十字以內：

忘記背後，努力向前。

參考實作

1. 忘記背後，揹著沉甸甸的悲苦愁緒，步履唯艱；努力向前，擺脫桎梏，走一步，進一步，越走越進步。（沈香）

2. 忘記背後，痛苦的人沒有悲觀的權利，更沒有多餘的時間浪費；努力向前，釋放生命的能量，酣暢淋漓，才是真正的王道。（林淑貞）

3. 忘記背後，須知當你背向太陽時，你只會看到自己的陰影；努力向前，當陽光缺席時，你本身就是陽光。（村農）

4. 忘記背後，努力向前；休戀逝水，放眼未來。緊緊握住過去，只能握住殘花落葉；兩手打開，才能擁抱現在，擁抱未來的金字塔。（錦池）

簡析 「忘記背後,努力向前」,前三例採拆開方式,一分為二,分別補充說明,形成映襯對比的敘述。

其中以第三例結合類字(「背」、「陽光」),最為流暢有力。至於第四例,則直接續寫,自「擁抱現在」加以演繹申述。

題目三 續寫四句,完成段落:

人活在這個世界上,……。

參考實作

(一)歷時性

1. 人活在這個世界上,是一個工具性的存在,能否活得精彩,活出意義,要看自己生命情調的抉擇。

2. 人活在這個世界上,不要變成別人的負擔;來到廚房不要嫌熱,佔了便宜不要賣乖,要認真實在。

3. 人活在這個世界上,不外乎立德、立言、立功,總要盡心盡力,在修養、著作、事業上,交出具體的成績。

4. 人活在這個世界上,須知這個世界沒有你想像中那麼好,也沒有你想像中那麼壞,不必杞人憂天,故步自封。

5. 人活在這個世界上,要和世界同步成長。這是個資訊網的世界,雲端科技,天涯比鄰。

6. 人活在這個世界上,須知世界是一面鏡子,讓我們看清自己的位置,也看到存在的限制,懂得謙卑。

7. 人活在這個世界上,須知這個世界的食物鏈,就是大魚吃小魚,小魚吃蝦米,蝦米吃巴泥。(筆者)

（二）共時性

1. 人活在這個世界上，窮者愈窮，富者愈富；強者愈強，弱者愈弱。

2. 人活在這個世界上，越聰明越受聰明苦，越成名越受成名累，越糊塗越有糊塗富，越痴呆越有痴呆福。（改自馬致遠〈薦福碑〉）

3. 人活在這個世界上，生來還債，老來無奈，病來懈怠，死去痛快。（林容萱）

4. 人活在這個世界上，要用志氣戰勝稚氣，用理性壓制惰性，用理解融化誤解，用溫情包容無情。（林玟君）

5. 人活在這個世界上，沒有永遠的朋友，只有暫時的敵人；沒有永遠的成功，只有暫時的失敗。（劉芊伶）

6. 人活在這個世界上，想愈多，心愈狹；想愈少，心愈廣。（楊依欣）

7. 人活在這個世界上，有關係就沒關係，沒關係就有關係；有錢容易變壞，變壞容易有錢。（錦池）

簡析　「歷時性」把握時間先後關係，推論演繹，進一步衍生深化；「共時性」呈現空間並列風格，重排比鋪陳，平行開展。

大抵歷時性續寫中常見譬喻（五、六、七例）、類字（一、二、三、四例），銜接呼應，統一變化；共時性續寫中常見映襯（五、六、七例）、排比（一、二、三、四例），共相分化，比較剖析。

題目四　續寫九句，完成段落：

那年輕的生命，⋯⋯。

參考實作

（一）歷時性

1. 那年輕的生命，年輕得自以為是，彷彿世界就在手中。手中的青春，是可以揮霍的金幣，發出毫無遮攔的笑聲；笑向所有的挑戰，挑戰所有的不可能，睥睨一切，毫無懼色。（周婷）

2. 那年輕的生命，是張不老的臉，充滿無盡的能量，像電流一樣，熱力四射，盡情揮灑，絕不留白；天真浪漫，不知人世的艱辛與險惡。（紀怡君）

3. 那年輕的生命，像清晨的花朵，張大花瓣，吸收朝露，接受陽光的洗禮，綻放青春的美好，迎向燦爛的明天，自歌自舞自開懷，永遠望向遠方，擁抱未來。（紀怡君）

4. 那年輕的生命，能歌就歌，能舞就舞；不管別人側目瞠視，完全不懂得收斂，更不懂得好好珍惜。往往在及時行樂的揮霍中，忘了青春像肥皂泡沫，瞬時消失，化為烏有。（沈香）

5. 那年輕的生命，高舉熊熊火把，積極進取，揮向前方，揮出光明的理想，燒去徬徨雜草，燒出旺盛的鬥志，昂揚的理想，照向美麗的願景，毫不退縮。（張春榮）

（二）共時性

1. 那年輕的生命，火一樣的熱情，風一樣的行動，沒有韁索的想像，沒有恐懼的阻礙，沒有世故的遲疑，水裡敢跳，火裡敢闖，世界是你的，世界也是我的。（錦池）

2. 那年輕的生命，夢沒有邊界，心沒有枷鎖，未來還太久，而昨天已經太遙遠，只有現在的喧鬧，是最真實的探險，踏著無畏的青春風火輪，跌倒也要前進，狂妄也要放歌，世界是我們無憂的遊樂園。（阮馨儀）

3. 那年輕的生命，獅一般雄傲，虎一樣的耽視，沒有疆界的獵場，沒有規則的遊戲，沒有阻礙的狂縱，崖谷敢躍，棘林敢闖，壯志是你的，雄心是我的。（阮馨儀）

4. 那年輕的生命，貓一般的天真，豹一般的敏迅，沒有責任的限制，沒有市儈的算計，沒有時間的追趕，狂風敢迎，激流敢行，機會是你的，未來是你的。（阮馨儀）

5. 那年輕的生命，一抹微笑燃燒天空，一雙赤足行遍天下，一聲朋友相照肝膽，有青春可以揮霍，有浪漫可以瀟灑，有天真可以勇敢，是光燦燦的水晶，是明亮亮的火炬，是你我的曾經。（陳雅菁）

簡析　歷時性中兼用譬喻（一、二、三、四例）、頂真（第一例）、類字（三、四、五例）；共時性兼用映襯、排比（一、二、三、四、五例），完成對年輕生命的認知；對青春按個讚，青春無敵，發光發熱不必留白，挑戰可能的極致。

題目五　完成李白絕句〈越中覽古〉最後一句：

越王勾踐破吳歸，
義士還家盡錦衣。
宮女如花滿春殿，
□□□□□□□。

參考實作

1. 只今唯有鷓鴣飛。（原作）
2. 喧天鑼鼓映新旗。
3. 大旗狂擺炮花飛。
4. 滿城幼老盡歡頤。（張文寶）

簡析 此詩前三句盡是勝利歡喜，二、三、四例採承上排比鋪陳，與傳統「起承轉合」的結構不同。李白原作，前三句開高，最後一句走低，形成「物是人非」的歷史反諷。

至於二、三、四例純屬排比，未有陡轉，缺乏深層變化，無法與原作相抗。

題目六　完成屈復絕句〈偶然作〉最後一句：

百金買駿馬，
千金買美人，
萬金買高爵，
□□□□□。

參考實作

1. 何處買青春。（原作）
2. 重金辦新婚。
3. 億金買山林。
4. 兆金買銀行。（章容）

簡析 全詩由「百、千、萬」進升，形成結構推力，反觀二、三、四句雖在「重、億、兆」上延展，然如此一來，結構過於機械扳重，詩意缺少變化。

原作第四句形成轉折，與前三句正是虛實相映，自激問中提出「青春無價」、「青春沒得買」、「我的青春小鳥一去不回來」的深意，耐人尋味。

題目七　完成晶晶最短篇〈刷牙〉最後一句：

「你去刷牙。」

「我漱過口了。」

「你不刷牙，給我出去。」

「為什麼是我出去，不是妳出去？」

　他就這樣把老婆給氣跑了。

　現在他每天刷牙，

　□□□□□□。

參考實作

1. 老婆仍無音訊。（原作）

2. 最後老婆回來了。

3. 終於牙膏用完了。

4. 結果牙齒有點疼。（張明覺）

簡析 最短篇貴於反諷，書寫事與願違的意外。二、三、四例流於散文敘述，未能翻轉跌落。

反觀原作留下懸念，懸而未決，留下巨大的想像空間，也揭示「改習慣」要及時，否則「回不去」了，再也難以挽回。

題目八　以下隱地〈AB〉，續寫完成最後結尾：

時間是個魔術師，經過了三十年的歲月，一切往事真假難分。今早，我的辦公室裡就發生這樣一件奇事：

A 和 B 都是我的同學。A 是女同學，B 是男同學，B 和我住校時同住一室，我們是上下鋪，平時焦不離孟，孟不離焦。後來 B 和 A 戀愛，我不免幫他們傳傳信，偶爾也做做他們的和事佬。然而，中學時代，感情不成熟吧，畢業後各分東西，每個人都走著自己的路，他們也都各自成家，相同的是都移民到了美國，A 在東部做牙醫，B 在西部，他是一位婦產科醫師。

昨天下午 A 突然說要來看我，原來她人在臺北，她在同學家臨時得到我的電話，她告訴我，她搭明晨的飛機返美。她在我辦公室坐了半個小時，三十年的歲月，一時不知從何說起，又彷彿什麼也說不完，臨走，她放下了一罐茶葉，還問我和 B 可有通信，我搖搖頭。

奇怪的事發生了。今天下午畢業後幾乎和我失去連絡的 B，突然也來了電話，他說回國開會，好不容易在朋友家弄到我的電話，我說：「你這個電話還是來遲了，如果你昨天撥這通電話，我會告訴你，A 在我辦公室，她正在和我喝茶聊天，你當然會飛奔而來，看看三十年不見的 A。」B 說：「真的嗎，真的嗎？」

他趕到我辦公室，還沒喘口氣，就急著問我：「A 可
不可能臨時改班機，說不定還在臺北？」我要他撥幾
個知道 A 行蹤的同學的電話，他得到的確實消息，A
已於今早十時三十分坐華航飛回美國了。

B 悵然若失，重新向我要了 A 在美國的電話和地址，
匆匆忙忙就走了，我把 A 送給我的茶葉送了給他，我
說：「你們兩個不約而同都帶了一罐茶葉給我，你的
我收下，她的一罐你帶回美國喝，至少，你沒握到她
的手，這罐茶葉還留有她的手溫，你提著回去，也算
是一種隨緣。」

……。

參考實作

1. 當 B 結束會議回到美國後，小心翼翼地打開茶葉罐，撲鼻而
來的香氣使他憶起中學時代與 B 單純的愛情，而三十年後再
度品嚐這段回憶，竟有如美酒一般甘醇，他拿起手機撥給 A。
「Hello！」B 的聲音顫抖著，並下意識的玩弄纏繞的電話
線。「This is B……。」自此，兩人熱線不斷。某日，B 來到
華盛頓開醫學研討會，B 住進 A 為 B 安排的飯店。在最後一
晚，兩人共進晚餐，又到 B 的房間聊天聊到午夜。

此時的 B 已無法抗拒這水到渠成的浪漫，在昏暗的燈光下，B
吻了 A。兩人纏繞著往大床移動，就在 B 解開 A 第三顆扣子
時，A 輕輕推開他，臉上掛著兩條淚痕，「我不想……不想傷
害我們的家庭。如果繼續下去，我們都會後悔的。」

B 起身，一臉歉意的說道：「對不起，我是無心的。」並開車

送 A 返家。一路上，兩人約定要當一輩子的朋友。

2. B 握著 A 送的茶罐，指甲因為手指太過用力而泛白、口中反覆練習該和 A 說些什麼。懷著興奮的心情一進家門，便迫不及待地躲進書房，關上門的一瞬間，只隱隱約約的聽見妻子問道：「這茶哪兒來的呀？」

深吸一口氣，B 撥了 A 電話。

「Hello！」是 A 的先生接。頓時 B 的腦中一片空白，支支吾吾地表示他打錯電話，就趕緊把電話掛掉。此時的西雅圖下著濛濛細雨，B 點了一根菸抽著，凝神望著窗外細細雨絲，想起從前種種，大步邁向電話，按下重撥鍵。

他的運氣不錯，這次是 A 接。只是這一次，B 只是愣愣的聽著那一聲聲逐漸不耐煩「Hello！Who is speaking？」他的舌頭生了根似，吐不出半個字來。在 A 掛掉電話後，B 捻熄了叼在口中的菸，「算了吧！」他對自己說。

找出積了厚厚灰塵的畢業紀念冊，將那張寫了 A 連絡方式的紙條夾入其中。走出書房，見到太太正為自己泡著 A 送的茶。他走上前去，用他從不曾用過的方式，溫柔地抱住他的太太。（方慧芳）

 簡析

再續前緣，第一例是「發乎情，止乎禮」的冷靜版，畢竟「深情一輩子」而「激情只有一陣子」。

第二例是「幻滅是成長的開始」的殘酷版，實然不等於想當然，交會時互放的光輝幻滅在現實的連絡中。

題目九　續寫張春榮極短篇〈接力〉：

　　她看見自己的名字在公費大學榜單出現，歡喜的掉下淚……自小學二年級，爸媽在地下工廠爆炸時傷亡，透過福利基金會，她一直由遠在桃園的「大哥」領養。最先來看她的大哥姓陳。他說他現讀大一，代表班上來探望她。而她每月認養費都由班上同學分攤。當時她怯怯的聽說，不知該說些什麼。等到升上國中，陳大哥來函說他們畢業分發各地，投入消防救火行列。並要她好好用功，同時大一學弟將繼續認養。

　　再來看她的大哥姓林。頭理三分平頭，臉圓圓的，很會說笑，綽號「笑彌勒」。她說他喜歡「孫悟空」哲學。孫悟空在《西遊記》每次遭到挫折，都說：「哭不得，只好笑了。」這段話一直深深印在她的心田，成為她寂寞受傷時的座右銘。

　　等她讀高一，林大哥班畢業，再來看她的大哥姓吳。談起大專聯招，她問吳大哥：「怎麼會想唸消防系？」他想了一想：「各行各業，都需要人才……」而後正色道：「還有，唸官校，可減輕家中經濟負擔。」另外，問起認養一事，他笑說：「這是系上『愛的接力』。輪到我們學弟班跑第三棒。」聽在心裡，感念之餘，更堅定她好好用功讀書的信念。

　　喜坐書桌前，她取出紙筆，將這個好消息通知升大四的吳大哥全班，信末道：「枯桑知天風，海水知天寒。再來第四棒，由我自己跑，我將成為另一個起點。」

　　……。

參考實作

1. 信還捏在她的手裡，吳大哥渾厚溫暖的聲音言猶在耳，但此刻，她的眼淚卻忍不住得像斷了線的珍珠。她還來不及和吳大哥分享考上社工系的喜悅，已經看見報紙標題斗大的字寫著「浴火英雄勇闖爆竹工廠　一死一重傷」，要不是吳大哥那句「愛的接力」，她是無法咬著牙堅持到現在。然而，她雖然即將接力第四棒，愛的第三棒；吳大哥卻再也無法有力的拍拍她的肩膀，為她加油。

   拭去淚水，重回書桌前，她取出紙筆，這次，她決定寫一封寄不出去的信：「吳大哥，你放心，我一定會成為一個起點，一個會製造更多起點的『起點』！」

2. 一次演講比賽，她把吳大哥們「愛心接力」說出來，在一片掌聲雷動中，校長接下麥克風，表揚她所分享的「愛的精神」，並且發起「一人十元，助人十年」的活動，鼓勵大家把每個人小小的力量，集結起來，就能發揮大大的作用。並且強調，隨時都可以幫助人，不需要等待。於是，大伙兒紛紛掏出一元、五元、十元，沈甸甸的愛心箱，在她的眼中，閃耀著白色的光芒，逐漸放大模糊。

   她迫不及待要告訴吳大哥：「我已經開始第四棒，而且有了無數的起點！」

3. 一到假日，她必定排除萬難到「幼幼育幼院」幫忙謝神父照顧孩子，孩子喜歡她說的故事，也喜歡黏乎乎的在她身邊撒嬌。但新來的偉凡卻總是畏縮的躲在一邊，冷酷的望著遠方，似乎有許多難言的心事，她試圖打破僵局，想和偉凡建立關係，但偉凡就像封了石膏一般，不為所動。

那一天下午，郵差帶來了偉凡的包裹，玻璃罐頭裡頭有無數架飛機，每一架都寫著不同的祝福，紙條上寫著：「請把這些愛的祝福發射到你所思念的地方。」

抱著玻璃罐，偉凡笑了，她也笑了！

4. 經過一個月的努力，她用行動劇「愛的接力」，終於獲得學校學生五十人的簽名認同，組成「愛心社」，她與地方慈善團體合作，開始一連串幫助偏遠地區孩子的課輔活動。雖然，犧牲假日時光，她卻能找到更多志同道合的人，一起接下這愛的接力，她清楚的知道，這一棒，正往前衝！

她更相信：未來，會有更多愛的接棒手！（以上劉芊伶）

簡析

此篇〈接力〉已為完整作品。但一個極短篇的終點，可以再成為另一個起點，另一個支點，讓餘波盪漾。

續寫「愛的接力」，正是用愛召喚愛，讓愛的溫暖回流，成為正向能量的激發，正所謂「心中有愛，讓我們更值得信賴」。芊伶四種續寫，寫出「涓滴之恩，湧泉迴向」，正是「愛心變清流，清流繞地球」，讓人間的冰河，化為暖流。亦是「學會照顧自己叫成長，學會照顧別人叫成熟，學會照顧多數人叫成就」的人生真諦，薪火相傳，熠熠揚輝。

題目十一　完成以下故事，一千字以內：
　　喪禮時，死者的手機響起……

參考作品

亞女安靜的站在人群後方，和眾人的慌亂與恐懼一起聆聽熟悉的

鈴聲。他是不可能再接起電話的了，沒有人知道手機擱在那裡，只是一逕地任它響。那鈴聲細長而悠遠，在初夏的風裡挑逗一生一場的過境像記憶遷徙，像思念。

「您的電話，轉接到語音信箱……」

天色暗了，人群漸散，那鈴聲還在響。有些人不信邪地想聽音辨出手機的位置，有些人害怕於不尋常的聲音早早離去。在人影浮亂間，亞女將自己的手機放進制服口袋。他取下別在胸口的白花，擱置在椅子上，轉身離去。

從他離開以後，亞女便沒開口說過話。對照看來，反倒像離開的是他。他點起一根菸，另一手插著口袋，信步往後頭人跡罕煙的方向走。走沒幾步路，他頹然地將含在唇間的菸取下，也不怕燙，捻熄在手上，指節一放鬆菸便落在地上了。

他是不抽菸的。

從小，他就是一個乾淨清秀的少年。笑起來總是抿唇。眉角都笑得彎彎的。他是不抽菸的，到死前都是。

亞女順著蜿蜒的小徑漫步而上。

荒草蔓生，一切恍如過往。雜草間一條細細碎碎的、步伐踏出來的道路，泛黃的草尖倒向兩頭，累積成經年累月的追尋和迷惘。

新月在灰色的天幕裡隱隱垂吊，灰色的月光把這個時間籠罩住的地方停滯了，一切都不再前進。這裡的江水不會流動，樹上的葉子不會再冒出新芽，宛如死亡造訪過的是非之地。然而唯一不存在的，則是他。

亞女忽然想起他曾經帶他去做過的唯一一件打破乖孩子常理的事。那一天晚上，他敲了敲他的房門口，他開了門，他站在門外背著手對他笑。還是那樣，笑起來眉眼彎彎，燦爛得沒心沒肺。

他說：「哥哥，你帶我去刺青吧。」

亞女沒有問他為什麼。

　　那個夜晚，青色的靜脈蜷伏在柔軟的頸窩裡隱隱跳動著，象牙白的肌理線條向後方延伸，然後漫佈其間，裸露在空氣裡十七度的溫床——年老刺青師佈滿皺紋的雙手，沉默的、精準的、幽婉的，劃開細胞與細胞的隔閡，一朵聖潔的墨色之蓮在少年皮膚裡溫柔綻放。細密雅緻，文字與符號、意象與圖像錯置而成的圖騰，刺青師捻指間一脈淺淺的時間之流，用虔誠當基底，細細提煉絕美的哲學。

　　「為什麼？」他忍不住問，深深吸了一口菸。

　　「總要有些地方和你不一樣，你才找得到我。」他說。皮膚還紅腫，將制服套上。而他深深吐出那口菸，灰白的煙霧在迷濛的狹小室內漲大起來，兩張一模一樣的臉孔在模糊的視線裡深深對望。

　　過長的褲子下緣窸窣的拂過沙地，不急不徐的，唰、唰、唰，最後，停在一個死寂的上游泉潭邊。

　　亞女低頭深深凝視著水面裡自己的殘像。

　　有一個少年的身影，晃樣在水裡他的身後，模糊的面容在漣漪裡慘白一片，背著手，對著他淺淺的笑。

　　電話響了，他從口袋裡拿出手機，水裡的少年也自口袋裡拿出手機。他將手機附上耳邊，水裡的少年也將手機附上耳邊，水裡的少年開口，他也跟著悄悄地開口。

　　風吹了過來，領子被翻開。脖頸間黑色的紋身一路延伸，在水裡，彷彿接通兩個世界的線路，他們用他們獨有的身體和方式，進行一場橫跨夢境的對話。

　　您的思念，不曾轉接到語音信箱……（陸怡臻）

 簡析 本篇續寫兄弟之情，死者是弟弟，和哥哥亞女間的關係曖昧。全篇以倒數第三、四段最幽微，最突出；在特寫的細節中渲染夢幻情境，也點出殘念中的思念無限。

四　擴寫

題目一　將以下句子排比擴寫一百字：

愛她的誠懇，就不要嫌她笨拙無趣。

參考實作

愛她的誠懇篤實，就不要嫌她笨拙無趣；
愛她的活潑外向，就不要嫌她輕挑浮誇；
愛她的溫柔體貼，就不要嫌她懦弱無能；
愛她的靦腆矜持，就不要嫌她小家碧玉；
愛她的乾脆俐落，就不要嫌她粗枝大葉；
愛她的奉獻犧牲，就不要嫌她愚昧落伍；
愛她的精明幹練，就不要嫌她氣焰高漲；
愛她的單純可愛，就不要嫌她未經世事；
愛她的美艷妖嬌，就不要嫌她招蜂引蝶。（佚名）

簡析　擴寫力求「量的擴充」（排比），呈現「多樣的統一」、「共相的分化」，照見「一體多元」、「一元多相」的共時性畫面。
本篇能連續用九組排比，可見書寫者的流暢力。

題目二　將以下句子擴寫為一百字：

臺灣缺水，不怕，少用一點。

參考實作

臺灣缺水，不怕，少用一點；

物價太高，不怕，多賺一點；

治安不好，不怕，自己小心；

交通太亂，不怕，早點出門；

公園太少，不怕，打高爾夫；

金融風暴，不怕，大家分攤；

企業出走，不怕，趕走外勞；

股市不振，不怕，黨產護盤；

武力犯台，不怕，老調重彈；

飛彈試射，不怕，愈打愈遠；

媽的總統，民眾不怕，才怪！（佚名）

簡析　本篇用十組排比，但最後一句由升反跌，開高走低，語意陡
轉，帶出反差，形成反諷。

題目三　將以下句子擴寫一百字：

你不是那些政客，擅長漁翁得利。

參考實作

你不是那一些政客，擅長漁翁得利。

你不是那一些民代，擅長作秀。

你不是那一些高層官員，擅長慢半拍。

你不是那一些媒體，擅長火上加油。

你不是那一些名嘴，擅長信口開河。

你不是那一些「紅頂商人」，總想佔政府便宜。

你不是那一些「聰明人」，總想渾水摸魚。（佚名）

簡析 本篇用七組排比，結合婉曲敘述，話說一半，剩下留白的讚
揚，讚揚對方實事求是，認真認分，言行合一，並非大混小混
之輩。

題目四　將以下句子擴寫成一百字順口溜：

到了北京，才知道自己官職太小。

參考實作

到了北京，才知道自己官職太小；

到了東北，才知道自己膽量太小；

到了山東，才知道自己酒量太小；

到了山西，才知道自己覺悟不高；

到了上海，才知道自己穿得不好；

到了蘇州，才知道自己結婚太早；

到了深圳，才知道自己鈔票太少；

到了海口，才知道自己身體不好。（順口溜）

簡析 正所謂：「十個指頭有長短，荷花出水有高低。」同樣，人是
「不比不知道，比了嚇一跳」。

藉由八組排比，始知「能人背後有能人」、「自己沒有想像中那
麼厲害」，正是「比較」敲醒夢中人。

題目五　將以下激問，擴寫成一百字：

世事如同局一棋，算什麼？

……

参考實作

世事如同局一棋，算什麼？

一旦無常萬事休，忙什麼？

死後一文帶不去，慳什麼

榮華富貴眼前花，傲什麼

前人田地後人收，佔什麼？

欺人是禍饒人福，卜什麼？

得便宜處失便宜，貪什麼？

穴在人心不在山，謀什麼？

聰明反被聰明誤，巧什麼？

人世難逢開口笑，苦什麼？

食過三寸成何物，饞什麼？

誰能保得無常事，謅什麼？（濟公）

簡析　藉由十二組激問排比，直指人生的「忙、盲、茫」。提不起，放不下，看不破，想不通；熙熙攘攘，全為自尋煩惱，正是「作繭自縛，執迷不悔」，賺得一輩子的忙碌，尋虛逐妄，捕風捉影，虛中握虛；到頭來，必將有多麼痛的執迷不悟，進而有多麼痛的領悟！

這樣的激問，批判人的天真無知，結合反諷，引人深思。

> **題目六** 將以下因果複句，擴寫成一百字短文：
>
> 因為少了一根釘子，蹄鐵不見了。
>
> ……

參考實作

For the want of a nail the shoe was lost,

（因為少了一根釘子，蹄鐵不見了，）

For the want of a shoe, the horse was lost,

（因為少了一隻蹄鐵，馬兒失蹤了，）

For the want of a horse, the rider was lost,

（因為少了一匹馬，騎士失職了，）

For the want of a rider, the battle was lost,

（因為少了一個騎士，戰爭打敗了，）

For the want of a battle, the kingdom was lost——

（因為少了一場勝仗，國家滅亡了——）

And all for want of a horseshoe-nail.

（而這一切卻都肇始於少了一根蹄鐵釘。）（富蘭克林）

簡析 本篇藉六次遞升，剖析層層因果關係，正是因小失大，連環相扣，越演越烈；蝴蝶效應，不可小覷。劉禹錫謂：「禍福之胚胎也，其動甚微」，但這些關鍵細節，魔鬼躲在裡面，連鎖反應，自成因果，歷歷在目，終成大禍，無法挽回。

題目七　將以下喻體，擴寫成一百字短文：

女人沒有了男人，就像魚沒有了腳踏車。

……

參考實作

女人沒有了男人，就像魚沒有了腳踏車。

女人沒有了男人，就像狗沒有了手機。

女人沒有了男人，就像貓沒有了溜滑梯。

女人沒有了男人，就像猴子沒有了照相機。

女人沒有了男人，就像鸚鵡沒有了電腦。

女人沒有了男人，就像老鷹沒有了太陽眼鏡。

女人沒有了男人，就像鯨魚沒有了航空母艦。

女人沒有了男人，就像漁船沒有了挖土機。

女人沒有了男人，就像雪橇沒有了戰車。

女人沒有了男人，就像月亮沒有了名牌包。

女人沒有了男人，就像禿子沒有了梳子。

女人沒有了男人，就像瞎子沒有了鏡子。（秋實）

簡析　此為諷刺的譬喻，藉由十二組排比博喻，一再強調魚不需要腳踏車，狗不必要有手機，貓根本是用跳的，猴子用不著照相機，鸚鵡不必上網查資料，老鷹眼力超強，鯨魚本身就是航空母艦，漁船在海中用不到挖土機，雪橇好用不必勞動戰車，月亮不必靠名牌包來撐場面，禿子不需要梳子，瞎子不用照鏡子，亦即指男人僅屬點綴品，非必需品。

題目八

以「不要想太多」為主題，擴寫成四百字短文。

參考實作

千萬不要做現代兩種人「杞人」與「庸人」。杞人憂天，天不傾而憂天傾，整天擔心受驚；庸人自擾，地不裂而恐地裂，鎮日坐立不安。何苦讓明天的風來吹熄今天的火，何必在鋼筋大樓上再鋪稻草；何須把明天的烏雲拉來遮住今天的太陽，何必為今天的太陽點蠟燭，多此一舉。

固然說「人無遠慮，必有近憂」，但也不要想太多，正所謂「三思而行，再思可也」。須知躊躇的琴弦，只會奏出憂鬱的樂章；空想的船，只會停在港灣腐爛。切莫畫蛇添足，杯弓蛇影；更不必風聲鶴唳，草木皆兵；不要讓空想瞎猜，變成壓倒駱駝的最後一根稻草。不要只會用黑色思考帽，忘了黃色思考帽；只有驚慌的心，沒有冷靜的腦與溫暖的手。

空想不能當飯吃，瞎猜只會自亂陣腳，無濟於事。不要看到一點火花，就當作火災；不要看到激起浪花，就認為要發生海嘯；不要看到流星，就認為地球要毀滅。正如不要看到摩門教徒跟你說「早！」就說神職人員在勾搭你。不要看到男生褲子鼓鼓的，就說他們都是強姦犯。悲觀的人只會埋怨風浪太大；樂觀的人知道要調整風帆，乘風破浪。凡事不能只有悲觀的想法，而應有樂觀的方法、辦法。畢竟「說一丈不如做一尺，彈五指不如伸一拳。」

凡事有想法，有方法，有辦法，才能「知止而後有定，定而後而靜。」找到對策，找出良策。須知憂愁是胃最可怕的毒藥，一萬個 0 到最後還是 0。只有沉得住氣，才能尋找生命的出口；只有謀定而後

動，才能走一步，進一步，越走越進步。畢竟實踐，才能出真知；發一分光，散一分熱，才能有益人生。當你背向太陽時，你會看到巨大的陰影；只有迎向陽光，陰影才會變小，才會消失。

　　總而言之，統而言之，一個人應做自己該做的，再做自己想做的，而不是被「想太多」困住，被「只會打嘴泡」絆倒，光說不做，浪費精力，虛擲光陰。（秋實）

簡析　首段由「杞人憂天」、「庸人自擾」立論；第二段自「想太多」的缺點引申；第三段在引申之餘，提出樂觀面對，才是正途。第四段總括「面對問題」的「坐而言，不如起而行」，點出「做自己該做的」理性察覺，而非感性陷溺，徒留「講到嚇死人，做到笑死人」之譏。

張春榮：《修辭新思維》（臺北市：萬卷樓圖書公司，2001 年 9 月初版）。

五 同義手段

題目一

一個概念，可以有不同的語詞，以「很棒」為例，舉出同義詞。

參考答案

1 超屌、屌爆、酷斃、真讚、超強、很行、厲害。
2 好樣的、給力、牛B、啵棒、真有你的。
3 優質、非凡、高明、絕佳、極品、殊勝。（筆者）

> **簡析** 第一組偏口語，生活中的大白話。第二組偏大陸口語。第三組偏文言，較為典雅。其中「殊勝」即為佛教中用語，如「因緣殊勝」。

題目二

以「事與願違」為例，舉出同義的成語或諺語。

參考答案

（一）成語

1.弄巧成拙 2.揠苗助長 3.抱薪救火 4.以魚驅蠅 5.畫蛇添足 6.得不償失 7.買櫝還珠 8.欲蓋彌彰 9.開高走低

10. 欲避反趨　11. 時不我與　12. 功敗垂成　13. 徒勞無功　14. 因小失大　15. 豬羊變色

(二) 諺語

1. 好心被雷吻　2. 偷雞不著蝕把米　3. 賠夫人又折兵　4. 吃不到羊肉惹一身腥　5. 公親變事主　6. 人算不如天算　7. 越補越大坑　8. 很會揀，揀到賣龍眼　9. 撿了芝麻，丟了西瓜　10. 偷了別家的鳥籠，丟了自家的黃鶯　11. 好心做壞事　12. 機關算盡太聰明　13. 煮熟的鴨子飛了　14. 會贏的球，打到輸　15. 種瓠生菜瓜　16. 飼老鼠咬布袋　17. 人前手牽手，背後下毒手　18. 看得到，吃不到　19. 先打臉，再摸頭　20. 泄尿的換個泄屎的　21. 賞花竟是折花人（筆者）

> 簡析 「事與願違」即矛盾的反諷，心想沒有事成，不和諧的人生經驗，其中包括「命運」、「天真無知」、「表裡不一」三類，往往令人扼腕、悲憫，或批判。

題目三

將「把握當下」自繪畫性、音樂性、意義性加以改寫，各造一例。

參考實作

(一) 繪畫性

1. 現在是黃金，過去是水月，未來是鏡花。

2. 不要讓今天被昨天打敗，被明天寵壞。

（二）音樂性

1. 現在，現在，才是真實存在；把握，把握，才能握住今生。

2. 把握當下，當下即是；路就在腳下，腳下就是人生，人生就在路上。

3. 人生就是當下瞬間，一念之間，呼吸之間。

（三）意義性

1. 你怎能把期待放在已成過去的過去？同時把期待放在還沒來的未來？

2. 時間並沒有站在你這邊。（章容）

 把握當下，亦即關心眼前的一呼一吸，起心動念；進而「眼觀鼻，鼻觀心」，傾宇宙之力，活在當下一瞬，把瞬間當永恆來過。

有關「把握當下」的名言佳句，另有：

（一）繪畫性

　1. 不要羨慕天邊的彩霞，而忘了腳邊的玫瑰。（諺語）

　2. 你不能兩次踩在同一條河水之中。（赫拉克利特）

（二）音樂性

　1. 一鳥在手勝過兩鳥在林。（諺語）

　2. 一個今天抵得過明天。（諺語）

（三）意義性

　1. 虛空有盡，恆持剎那。（聖嚴法師）

　2. 用心聆聽並感受親人朋友的善意，擁有每一個今天，

做愛做的事，這些事即時可行，又何必等到罹患癌症？（楊育正〈不再期待明天〉）

題目四

自同義手段觀點，將「不要想太多」，自繪畫性、音樂性、意義性上加以改寫。

參考實作

（一）繪畫性

1. 不要讓空想瞎猜，變成壓倒駱駝的最後一根稻草。
2. 不要看到一顆雞蛋，就想到一座養雞場。
3. 不要讓明天的風來吹熄今天的火。（筆者）

（二）音樂性

1. 不要看到黑影就開槍，看到老虎就燒香。
2. 一夜想出千條路，明朝依舊磨豆腐。
3. 時到時擔當，沒米就煮番薯湯。（諺語）

（三）意義性

1. 空想能當飯吃？吃空氣能吃得飽嗎？
2. 何須畫蛇添足，杯弓蛇影？何須風聲鶴唳，草木皆兵？能解決問題嗎？
3. 不要看到摩門教徒跟你說「早！」就說神職人員在勾搭你。不要看到男生褲子鼓鼓的，就說他們都是強姦犯。（筆者）

簡析 繪畫性第一例是暗喻，第二例是誇飾，第三例是轉化（形象化）。音樂性三例均句末押韻，琅琅上口。

意義性中第一、二例均是激問，第三例是誇張的諷刺，批判對方「自我欺瞞」的告知。

題目五

自同義手段觀點，將「人生不可能沒有遺憾」，自繪畫性、音樂性、意義性上加以改寫。

參考實作

（一）繪畫性

1. 一旦「有」，就會「囿」。
2. 玫瑰多是帶刺，花開花落，尖刺還在。

（二）音樂性

1. 人生不可能十全十美。
2. 鞋小割腳，鞋大磨腳，沒有辦法剛剛好。

（三）意義性

1. 人生有一好，沒兩好。
2. 如意是上天送給我們的一座銀礦，不如意是上天送給我們的一座金礦。（張明覺）

簡析　繪畫性中第一例就字形上揭示「有」的限制性（「有」）。第二例以「刺」借喻人生的刺點、痛點。音樂性中第一例類字（「十」）、第二例為類（「鞋」、「腳」）疊（「剛剛」）。意義性中兩例均為映襯，而「不如意是上天送給我們的一座金礦」其實是悖論，指涉「不如意」之必要，「遺憾」殘念之積極作用。

歷來攸關的名言佳句有：

1. 天地之大也，人猶有所憾。（《禮記‧中庸》）

2. 胭脂淚，相留醉，幾時重，自是人生長恨水長東。（李煜〈烏夜啼〉）

3. 不應有恨，何事常向別時圓？人有悲歡離合，月有陰晴圓缺，此事古難全。（蘇軾〈水調歌頭〉）

4. 千里搭長棚──沒有個不散的宴席。（《紅樓夢》26 回）

5. 巧妻常伴拙夫眠，千里姻緣一線牽。

   世事都從愁裡過，月如無恨月長圓。（清〈竹枝詞〉）

6. 世上的一切福分，都有刺，能學宗教家看淡，大有好處。（思果〈得的幻滅〉）

7. 站在生命的任何一刻，向前看是悵，向後看是憾。

   悵是還沒有絕望的心情；憾則是無可挽回、無可彌補、全然的無可奈何。

   俗話說「世事不如意者十之八九」，大概就是因為，往往不是悵就是憾。（李黎《別後》）

8. 生命中的殘缺部分

   原是一本完整的自傳裡

   不可或缺的　內容。（席慕蓉）

9. 世上的悲劇有兩種，一種是得不到你想要的，一種是得到你想要的。（王爾德）

10.你總是要擔心某些事，你才會舒服。(《跳火山的人》)

11.世有四事，不可久得，何謂為四：一者有常必無常；

二者富貴必貧賤；三者合會必別離；四者強健必當死。

(《法句譬喻經》)

題目六

自同義手段觀點，將「人生是一場反諷」自繪畫性、音樂性、意義性上加以改寫。

參考實作

(一)繪畫性

1. 人生是當你拉肚子苦尋不著衛生紙時，身上只剩一張千元大鈔。

2. 人生是駕著命運的方向盤，橫衝直撞，撞向前面的斷崖，衝向崖下的大海。

3. 人生是當你是瞎子時，送你一副眼鏡。

4. 人生是當你是聾子時，送你 MP3。

5. 人生是當你在沙漠口渴奄奄一息時，送你一袋黃金。(章容)

(二)音樂性

1. 人生是越期待掌聲的人，越容易獲得噓聲。

2. 人生是早上歡歡喜喜參加喜宴，下午哭哭啼啼參加喪禮。

3. 人生是情義相挺，挺得內外不是人。

4. 人生是明明沒有國王的新衣，還要說自己有穿，並且穿得多漂亮。

5. 人生就像「伊底帕斯王」，從緝捕兇手開始，到最後發現自己
　 才是兇手。（沈香）

（三）意義性

1. 人生是給沙漠居民一根釣竿，當他們想喝水時，給他們一袋黃
　 金。
2. 人生是大混小混，一帆風順；苦幹實幹，提早完蛋；吊兒啷
　 噹，掛滿勳章。
3. 年輕時愛吃無錢吃，中年時愛吃無時間吃，老年時愛吃無牙齒
　 吃。
4. 人生是想要的得不到，得到的卻想踢掉。（秋實）

針對人生的「表裡不一」、「事與願違」，繪畫性中五例均以情
境呈現。音樂性中第一例類字（「聲」）、第二例疊字（「歡歡喜
喜」、「哭哭啼啼」），第三例頂真（「挺」），第四例頂真
（「穿」）。意義性中第一例在反諷中兼映襯，第二例兼排比，第
三例兼層遞，第四例兼悖論（雙襯）。

歷來攸關名言佳句，另有：

　 1. 我要把雙手伸出來讓世人看，我雖然奪得了這麼多土
　　　 地，死後卻連一點塵埃也沒有帶走。（亞歷山大）
　 2. 今天很殘酷，明天很殘酷，後天很美好，但一般人都死
　　　 在明天。（馬雲）
　 3. 我們老得太快，卻聰明得太遲。（瑞典格言）
　 4. 有著美好人生者，應趁著年輕時死去。否則，就該盡量
　　　 尋求長生。然而百分之九十五的人，都扮演錯誤角色。
　　　 美人活到八、九十歲，而醜女二十二歲便結束一生。
　　　 （三島由紀夫）

題目七

自同義手段觀點,將「不要迷戀過去」自繪畫性、音樂性、意義性上加以改寫。

 作

(一)繪畫性

1. 不要讓過去回過頭來咬你。
2. 不要陷在過去的泥沼裡,動彈不得。
3. 不要在過去的廢墟挖一條回不去的坑道。
4. 當你背向陽光,過去的陰影就越來越長。(沈香)

(二)音樂性

1. 不要對「過去」過不去。
2. 過去就是去了,現在才是真的在。
3. 去年的空酒瓶還能喝出去年的鄉愁?(錦池)

(三)意義性

1. 鏡子只能越照越老,無法越照越年輕。
2. 回憶過去只能當酒喝,不能當飯吃。
3. 不要住在過去的舊夢,不願醒過來,虛擲現在的時間硬幣,提早到達未來的墓地。(林淑貞)

 除了現在,我們一無所有。因此,身心靈應與時間同步,乾淨俐落。繪畫性中四例都是轉化,「過去」概念的具象化。音樂性中三例的類字(「過」、「去」、「在」、「去年」)。意義性中的

前兩例是映襯，第三例是層遞（「過去」、「現在」、「未來」）。

歷來收關名言佳句，另有：

　1.最是人間留不住，朱顏辭鏡花辭樹。（王國維）

　2.沒有一人，啜飲他吐出來的水，

　　沒有一蝶，來尋去年的花。（王鼎鈞）

　3.草長如忘，苔深似鎖，只怕是

　　找得回蒲扇也找不回螢火

　　找得回老桂，也找不回清芬（余光中〈還鄉〉）

　4.忽然想起

　　但傷感是微微的了

　　如遠去的船

　　船邊的水紋。（瘂弦〈水紋〉）

　5.像每一滴酒回不了最初的葡萄，我回不了年少。（簡

　　媜）

　6.記憶是一把刀

　　把今天的心情割傷（朵思〈刀〉）

　7.明天的酒杯，莫再要裝著昨天的傷悲。（〈跟往事乾

　　杯〉）

　8.過去讓它過去，來不及。（《心動》）

　9.Let's pass the past.（《惡爸臨門》）

　10.老對打潑的牛奶哭泣，也不是辦法。（西方諺語）

題目八

　　自同義手段觀點，將「堅持做對的事」自繪畫性、音樂性、意義性上加以改寫。

參考實作

（一）繪畫性

1. 堅持做對的事，就像走在大路上朝著遠方亮光邁步前進。
2. 刀在石上磨，人在事上磨，人在對的事上磨光磨亮。

（二）音樂性

1. 自古忠臣烈士沒有個好下場，還是要做忠臣烈士。
2. 更大的能力，是更大的責任；一生的堅持，是一生的志業。

（三）意義性

1. 我孤獨，我寂寞，我堅持，我無悔。
2. 做該做的事，是責任；明明有壓力，仍做該做的事，是勇氣；明明有壓力，明明知道很難成功，仍堅持做該做的事，是信念，是志業。
3. 做對的事，是本分；堅持做對的事，是勇氣；明明知道不會成功，仍堅持做對的事，是魄力。（以上錦池）

簡析 繪畫性中兩例均譬喻，第一例明喻，第二例略喻。音樂性中第一例類字（「忠臣烈士」），第二例類字（「更大的」、「一生的」）。意義性中第一例是排比，第二、三例是層遞。

歷來攸關名言佳句，另有：

　　1. 在德不在鼎。（《左傳・宣公三年》）

　　2. 自反而縮，雖千萬人吾往矣。（《孟子・公孫丑上》）

　　3. 誠之者，擇善而固執之者也。（《禮記・中庸》）

　　4. 苟利社稷，生死以之。（子產）

5.正其誼不謀其利，明其道不計其功。（董仲舒）

6.無意苦爭春，一任群芳妒；零落成泥碾作塵，只有香如故。（陸游〈卜算子・詠梅〉）

7.孔曰成仁，孟曰取義，而今而後，庶幾無愧。（文天祥）

8.粉骨碎身渾不怕，要留清白在人間。（于謙〈詠石灰〉）

9.良心清明使人永享歡樂聖誕。（富蘭克林）

10.試著讓你胸中那把稱為良心的神聖之火，永遠閃閃發光。（華盛頓）

11.善行乃唯一不敗的投資。（梭羅）

12.有德必有勇，善人絕不膽怯。（莎士比亞）

13.今日你行善，明日為他人遺忘，不論如何，還是要行善。（德蕾莎修女）

14.如果你行善，人們說你自私自利，居心叵測，不論如何，還是要行善。（德蕾莎修女）

15.做對的事，就是被人說雞婆也要去做，雞婆就是正義感。（《光陰的故事》）

題目九

自同義手段觀點，將「光說不做」自繪畫性、音樂性、意義性加以改寫。

參考答案

（一）繪畫性

1.只會放煙火，不會生火煮飯。

2. 愛叫麻雀不長肉，空心大樹不成材。

3. 言論的花開得愈大；行為的果子結得愈小。（冰心）

4. 口水灌溉的土壤，開不出甜美的果實。（秋實）

5. 思想的巨人，行動的侏儒。

6. 嘴巴的革命家，行動的殘障者。

（二）音樂性

1. 蔣幹！蔣幹！光講不會幹！

2. 他只會「畫老虎」、「畫蘭花」。

3. 講得驚死人，做得笑死人。（台諺）

4. 說話一條龍，做事一條蟲。

5. 舌燦蓮花，講得到；口沫橫飛，做不到。

6. 象牙塔內頂呱呱，流汗戰場軟趴趴。

7. 說起來慷慨激昂，做起來搖搖晃晃。

（三）意義性

1. 只聞樓梯響，不見人下來。

2. 只會彈手指，不會用手扶。

3. 畫餅充飢的高手，紙上談兵的才子，望梅止渴的將軍，具體行
   動的矮子。

4. 他是「說話」達人：「大話」、「假話」、「空話」、「屁話」。

5. 一夜想出千條路，明朝依舊磨豆腐。

6. 光說不練——假把式。

7. 坐而言，不如起而行；起而行，不如行而善。（張明覺）

簡析

1. 繪畫性中第一、二例是借喻；三、四、五、六例是轉化，抽象概念的具象化，多採詞組（□□的□□）格式，前面為抽象，後面為具體。

2. 音樂性中第一例「蔣」和「講」雙關，第二例即「虎爛」（臺語）的析詞，「爛」和「蘭」花雙關。三、四、五例均用類字，六、七例均用疊字。

3. 意義性中一、二例是映襯，先肯定後否定；第三例是排比；四、五例是反諷，似褒實貶；第六例是歇後語的反諷；第七例是層遞。

　就同義詞而言，「光說不做」亦即「空砲彈」、「空嘴薄舌」、「有口無心」、「口水多過汗水」、「空口嚼舌根」、「空口說白話」、「只剩一張嘴」、「嘴巴比身體大」。

張春榮：《一把文學的梯子》（臺北市：爾雅出版社，1993 年 7 月初版）。

六　造句

題目一

以「男人」為主語，自繪畫性、音樂性、意義性各造一例。

㊣考㊣作

（一）繪畫性

1. 男人像酒瓶，再怎麼強還不是會打破？
2. 男人要學會把命運當葡萄酒般喝。

（二）音樂性

男人像酒，要很久才會成熟。

（三）意義性

1. 像男孩的男人，既迷人也傷人。
2. 每個男人不過是大一點的男孩。（筆者）

簡析 1. 繪畫性中兩例是譬喻；音樂性中「酒」和「久」雙關。意義性中第一例「既迷人也傷人」是悖論中對立的統一（雙襯），第二例是反諷，諷指男人永遠「長不大」，心智未成熟。

2. 音樂性中，如果把「很久」換成「醞釀」、「發酵」、「沉澱」、「封存」，則是自意義性上加以發揮，不自雙關上見巧。

題目二

　　以「人生」為主語，自繪畫性、音樂性、意義性各造一例。

參考實作

(一) 繪畫性

　　人生像美食，酸甜苦辣，要有多層次、多口感，才夠味。

(二) 音樂性

　　人生是隨波逐流，隨緣隨喜；看你怎麼歡喜做，甘願受。

(三) 意義性

　　用野性看人生，是鬧劇；用感性看人生，是悲劇；用知性看人生，是喜劇；用悟性看人生，是悲喜劇。(張明覺)

簡析 第一例是明喻，第二例是類字(「隨」、「喜」)，第三例是層遞。

　　至於歷來有關「人生」的名言佳句如下：

(一) 繪畫性

　　1. 人生就好像在玩拼字遊戲，我們努力的尋找一個字，有時拼對，有時拼錯。(《鋼琴師》)

　　2. 人生就像坐火車旅行一般，有人先到站，就先落車了，我們未到站的人，還繼續坐下去囉！(洪素麗)

　　3. 人生有如一面當眾表演小提琴獨奏，一面又隨著演奏，學習這種樂器。(利頓)

（二）音樂性

　　人生就是這樣，年少時怨恨自己年少，年邁時怨恨自己年邁。（余秋雨〈三十年的重量〉）

（三）意義性

1. 人生只有走進去，才能了解；但是必須往前看，才活得下去。（齊克果）

2. 人生並不是你勝我敗的角逐，而更像一場前仆後繼的荒野接力賽。（余秋雨〈三十年的重量〉）

張春榮、顏藹珠編著：《電影智慧語》（臺北市：爾雅出版社，2005 年 9 月初版）。

七　填空

題目一　分別自繪畫性、音樂性、意義性上填上適當語詞：
民主是人民作主，自作自受。

（一）繪畫性

1. 民主進了加護病房，打著欺騙和謊言的□□。
2. 在民主的土壤裡，栽種仇恨的□□。
3. 民主先生被超級狐狸精盯上，這個掌握男人劣根性的女人，名叫□□。

（二）音樂性

1. 民主，民主，人民拿去□。
2. 民主是有夢最美，□到誰？希望相隨，□到誰？
3. 台灣民主是相對的權力，□□的□□。

（三）意義性

1. 民主是選前，你是□，我是□；選舉後，你是□，我是□。
2. 民主的殘燭，一端照亮□□，一端照亮□□。
3. 台灣民主是個□□，選出陳○○；台灣民主不是個□□，扣押陳○○。

參考答案

（一）繪畫性

1. 點滴
2. 罌粟
3. 權力

簡析　第一例將「民主」擬人，將「欺騙和謊言」擬物。由於民主有病，所以「打點滴」，不能「打果汁」。

第二例分別將「民主」、「仇恨」擬物，因此用「罌粟」比「種子」更見「美麗而醜陋」的形象。

第三例將「權力」擬人，她的本名叫權力。因權力是最大的春藥。

（二）音樂性

1. 煮
2. 美、衰
3. 絕對、勢利

簡析　第一例藉「主」和「煮」雙關，有所諷刺。

第二例藉由頂真加以延展，提出激問。至於「隨」、「衰」利用音近，加以轉折嘲諷。

第三例藉由「相對」、「絕對」的同異詞的，「權力」、「勢利」第二字的字，抨擊民主是晃子，骨子裡不是「民意」，不是「公義」，仍是集權貪腐的「勢利」。如自類字著眼，可以填上「相對」、「公義」，兼及押韻。

（三）意義性

1. 主、民，民、主
2. 謊言、欺騙
3. 笑話、笑話

簡析　第一例藉由映襯（對比），指出選舉前後的嘴臉，判若兩人。選前騙選票，選後騙鈔票。

第二例結合民主的轉化（擬物）指出風中殘燭，黑影幢幢，只見謊言滿天，欺騙充斥。和「偉人像兩頭燒的蠟燭，一端照亮別人，一端照亮自己」相比，真有天壤之別。

第三例藉由雙襯敘述，指出目前民主的雙重性，既是「充滿絕望的冬天」，也是「充滿希望的春天」；不義與公義並存，笑話與正道共構。

題目二　分別自繪畫性、音樂性、意義性上填上適當語詞：
命運天注定，七分靠打拚。

（一）繪畫性

1. 我們掌握著命運的□□□，向前橫衝直撞，像喝醉了酒駕車的司機。

2. 命運是為你心愛的人建造一條□□之橋。（《我的野蠻女友》）

3. 命運像狂暴的旋風，把人如落葉般捲在它的漩渦裡，那時，人的意志就受到了考驗。於是當意志的□□消隱遠去，上場的是盤旋在陰沉天空的命運的□□。（樂衛軍）

（二）音樂性

1. 時也，運也，命也，非我□□也。（《六合三俠傳》）

2. 總覺得一切的一切都是偶然，偶然的後面有一個□□。

3. 千金難買早知道，□□□□想不到，人生常吃後悔藥。

4. 成功三部曲是：□□因緣，□□因緣，□□因緣。（聖嚴法師）

5. 希望在左手，努力在右手，命運在□□。

（三）意義性

1. 命運把經常快樂繁華的事放置一個人手中，看他如何使自己下場□□。

2. 當命運對妳開玩笑時，你一定要□。你說嘛，□□，難道要哭嗎？

3. 命運是絕對的跋扈，□□的□□。

4. 死亡讓所有人變得平等，讓素昧平生的人也會為彼此命運□□。（《最後十四堂星期二的課》）

參考答案

（一）繪畫性

1. 方向盤

2. 希望

3. 號角、蒼鷹

全四例均將抽象擬物，於是「命運的方向盤」、「希望之橋」、「意志的號角」、「命運的蒼鷹」。

其中第三例藉由「意志的號角」和「命運的蒼鷹」相關性，結合一開始「命運像狂暴的旋風」、「人如落葉」的相關性，意象紛飛，極具畫面的感染力，作者文采煥發。

（二）音樂性

1. 所能
2. 必然
3. 千千萬萬
4. 隨順、把握、創造
5. 雙手

簡析 第一例中藉由虛字（「也」）的四次重出（類字），特別突顯時代、時間、時運的三重作弄，兜出身不由己的深沉悲哀。

第二例藉由類字（「然」），揭示「偶然」和「必然」的辯證關係，點出沒有什麼是意外，凡事看似偶然，實則必然。

第三例藉由疊字（「千千萬萬」）極其形容人生難測，變化莫測，往往令人瞠目結舌，始料未及。

第四例、第五例分別藉由類字（「因緣」、「手」），層層深入。第四例指出成功的進路，始於隨機行事，次於見機而作，終於開創新機。第五例分進合擊，強調命運仍在自己手中（亦即「運命」），命運實則「希望」加「努力」的綜合成果。

（三）意義性

1. 悽慘
2. 笑、不笑
3. 絕對、殘酷
4. 落淚

簡析

第一例，藉由擬人、反諷，揭示命運的「殘酷」本質，往往開高走低，陡轉直下；爬得越高，摔得越重。

第二例藉由擬人、激問，提出面對殘酷命運的積極態度，只有用笑化才能消解、扭轉命運的軌跡，形成精神的超越。

第三例藉由映襯、類字（「絕對」）、押韻，強調命運所向披靡，戰無不勝。第四例藉由擬人、映襯，指出死亡面前，人人平等；物傷其類，自然一掬同情之淚。芸芸眾生，不管再怎麼打拚，終究要走向命運的終點站，站名叫「死亡」。

題目三　分別自繪畫性、音樂性、意義性上填上適當語詞：

人生不可能沒有遺憾。

（一）繪畫性

1. 唱片□□，總是發生在最常聽的那首歌上。
2. □□越是合你的腳，外型就越不好看。
3. 彩雲易散□□碎，甘蔗沒有雙頭□。
4. 狗永遠少一根骨頭，女人永遠少一件衣服，男人永遠少一個□□。

（二）音樂性

1. 過猶不及，人生沒有□□□。
2. 人生是有一好，沒兩好；到頭來：三好加一好，□□。
3. 人生不是一個人的，喜歡；也不是□□□□。
4. 人生是越想面面俱到，越是□□□□□。

（三）意義性

1. 守其缺，不可求其□：因為盛滿非□，至囑，至囑……（《冷金箋》）
2. 我現在必須要離開你了，我要走到那個轉角，然後轉彎。你待在車裡，然後離開。唉，生活總不能□□□□。（《羅馬假期》）
3. 你總是要□□某些事，你才會舒服。（《跳火山的人》）
4. 一個人的福分總有個□□。

參考答案

（一）繪畫性

1. 故障
2. 鞋子
3. 琉璃、甜
4. 女人

簡析　第一例以放「唱片」為例，指出剛巧不巧，就是出狀況，最想聽的聽不到，聽到的並非你最想聽的。

第二例以「鞋子」為例，指出外型好看的，往往穿起來不舒服；穿起來舒服的，往往外型不好看，魚與熊掌，不可得兼。

第三例分別以「彩雲」、「琉璃」、「甘蔗」為例，指出各有各的極限，不可能永遠保持美好狀態，感慨之餘，宜回歸清明理性。最後值得一提的「琉璃」意象，另雙關「流離」。王鼎鈞《碎琉璃》一書即寫流離中的美好與幻滅。

第四例分別以「狗」、「女人」、「男人」為例，指由於人多欲求不滿，往往一直以「得不到」為憾。問題是「得不到，終生遺憾；得到，遺憾終生」，一旦得到，又是美好的幻滅，跌入「永遠不滿足」的黑洞裡。

（二）音樂性

1. 剛剛好
2. 四好（死好）
3. 一個人的
4. 面面俱不到

簡析　第一例藉由疊字，人生就是不和諧，「剛剛好」、「恰恰好」永遠稍縱即逝。此例若自意義性入手，則可填上「超完美」、「零缺點」。

第二例藉由臺語發音「四好」、「死好」的雙關，指出過度的「好」，到頭來反成「不好」，變成「好了」中的「了」，諷刺之意，見於言外。至於網路上又喜歡將「四好」、「死好」，寫成「夕鶴」。

第三例藉由類字（「一個人的」），強調一個人不能全得，人生並非「我喜歡有什麼不可以」，一個人再怎麼喜歡，總不能無限量。

第四例藉由「面面俱到」至「面面俱不到」的事與願違，在類字逞能的音節中帶出事與願違的反諷。

（三）意義性

1. 全、福
2. 盡如人意
3. 擔心
4. 限度

簡析　第一例指出「人無十全，瓜無滾圓」、「滿招損，謙受益」的道理，因此，知全守缺，凡事不可求太盡，福分不可求太過。

第二例是電影中公主（奧黛利赫本所飾）對心生好感的記者最後「分開」時感慨。即使貴為公主，也不能心想事成，為所欲為；重回宮中，她將重新扮演公主的角色，為國家利益，自己的兒女私情只能黯然割捨，留在內心深處。

第三例指出「人生不如意事，十常八九」，一定要有些擔心，有些忐忑，有些懼怕，現實裡原本沒有那麼多完美，事與願違才是人生；不完美才是真正的活著，另一種「完美」。

第四例強調知福惜福，每個人的福分有一定的額度，並非無限量供應，不可任意虛擲蹧蹋。過了「限度」，福分提早結束，難以挽回。

貳　繪畫性

教學重點

　　繪畫性是以語言文字或鏡頭為媒介的想像系統，力求理念的感性顯現，開拓空間智能的圖像美感；藉由意象的感染召喚，情境的栩栩如生，綻放語言藝術之花，直指「色香味俱佳，景中有情有理」的創造性書寫。

一 譬喻

　　譬喻是天才的標幟，神思的萬花筒；誠為文心燦發的試金石，文字的魔法師，為想像力的將帥，堪稱修辭中的「辭格王」。

（一）組合成分：本體＋喻詞＋喻體＋喻解

　　譬喻的重點在「喻體」的奇思妙想，化不類為類；更在「喻解」的解析說明，演繹揭示，別有見解。以「文學」為例，可以喻成：

1. 文學是白楊樹的湖中倒影。（龍應台）
2. 文學是上帝的眼淚，用來鑑照人的思想。（聯合報副刊小語）
3. 文學像眉毛，不是人最重要的部位，沒有也能生活，但卻可能面目可憎。（楊翠）

第一例僅有「喻體」，指出文學是美感經驗的折射；第二例有「喻體」、「喻解」，指出文學應是聖潔的淚珠，充滿無限的悲憫，映射

凡人的七情六欲。第三例指出文學看似無用，可以把眉毛剃掉，但
猶如五官少了眉毛，生活會變得乏味。

因此，諸如：「你長得很像你爸爸」、「你的左手像你的右手」、
「大象左邊的屁股像右邊屁股」、「孔子是最偉大的教育家」均為事
實陳述，「本體」和「喻體」沒有變化，未能化不類為類，均非譬
喻；而是文法中的「準判斷句」。

（二）表現功能：化抽象為具體，化平淡為生動

譬喻除了力求鮮活生動外，可以和誇飾、反諷結合，形成兼格
的多重指涉。如：

    1. 新娘是婆家的牙籤。（諺語）

    2. 新娘是婆家的狼牙棒。（沈香）

    3. 新娘像新聞報紙，只光鮮一天。（秋實）

前兩例是誇飾的譬喻，第一例誇指新娘嫁入富豪，卑微無地位；第
二例誇指新娘氣焰高張，不把婆婆放在眼內。第三例則在譬喻中兼
反諷，新娘的保鮮期只有一天，折舊率很高，第二天就成「舊娘」
了。

其次，在小說中最高明的譬喻，不單純只是意象景語，而能渲
染氣氛，形成若隱若顯的伏筆，暗示結局，則是譬喻意象運用的高
明極致所在，值得多加揣摩。

二 轉化

轉化是充滿主觀情意的動態演出，藉由移情、內模倣的心理作
用，展開「人性化」、「物性化」、「形象化」的抒情、寫景、敘事與

說理。

（一）改變視角，創新感性

　　轉化的精神在於「換個角度」，讓靜態、抽象的景物或概念，展開新的視野，新的能量。以「蠟燭」為例。

> 1. 熬不過一個黑夜的
>   那支燭光
>   淚流滿面的癱在窗臺上（向明〈結果〉）
> 2. 蠟燭是喜歡站著看，用火張開看的眼睛，卻把看到的一切都還給了灰燼。（杜十三〈蠟燭〉）
> 3. 真理的蠟燭常常會燒傷那些舉燭的手。（布埃斯特）

前兩例是人性化，第一例可說「紅燭自憐無好計，夜寒空替人垂淚。」（晏幾道〈蝶戀花〉）的現代版，以「熬」、「淚流」、「癱」寫出「痴等」的情境。第二例是「蠟炬成灰淚始乾」（李商隱〈無題〉）的存在體悟，具有自我毀滅的因子，到最後終究灰飛煙滅。第三例是物性化，點出「真理會傷人」，尤其高舉「為真理」旗幟的偽君子每每經不起「真理」的檢驗。

（二）形象思維，寓意入理

　　轉化的進境，在化主觀情意為客觀理蘊，讓人性化、物性化、形象化不只是純粹抒情寫景。如：

> 1. 鷹犬沒有資格問主人：「骨頭在哪裡？」（秋實）
> 2. 當狼有不同意見時，羊群要通過素食主義的決議案，亦無濟於事。（英吉）

兩例均藉由情境的呈現，揭示「主僕」、「強弱」間的宰制關係，反諷之意見，見於言外。這樣的轉化，由感性中折射知性，自景物的動態演出映照弦外之音，耐人尋味。

三　借代

借代旨在突出重點，概括要點；以接近的聯想呈現特寫畫面，強化鮮明形象，召喚多重的趣味。

(一) 突出重點，強化形象

借代以部分代替整體，以特徵代替本體，以具體代替抽象，力求行文鮮活生動。以「做人要硬起來」為例，可以變化借代，如：

1. 你的腰不彎，別人就不能騎在你背上。（馬丁路德・金）
2. 做人要有硬頸精神，有胸膛，有肩膀，多鈣質，握緊拳頭。（秋實）

第一例「腰」、「背」均代指「人」，亦即侵門踏戶，「騎到你頭上」，軟土深掘。第二例「頸硬」、「胸膛」、「肩膀」均代指人要扛得住，擡起頭，撐得住，頂得住，「鈣質」代指「霸氣」，「拳頭」代指準備反擊。

(二) 概括要點，變化敘述

好的借代，除了能歸納總括外，更能結合反諷，增添趣味。以「四不一沒有」為例，可以有不同的指涉。

1. 不拖地、不洗衣、不煮飯、不倒垃圾，沒有和顏悅色。（相

聲小品）

2. 不兼課、不閱卷、不做行政、不演講，以上四點都沒做到。
（張堂錡）

3. 不婚、不養、不生、不育，沒有願景。（新聞標題）

第一例「四不一沒有」指懶妻，沒有古代的「三從四德」，只有現代的「三從」（從不體貼、從不照顧、從不溫柔）、「四得」（說不得、罵不得、碰不得、打不得）的反諷。第二例中「四不」是張堂錡教授師大「世界名人智慧語」演講中的妙語，隨後「一沒有」的開高走低，自我調侃，自然讓臺下聽眾哈哈一笑。至於第三例則批判臺灣社會現狀，每下愈況，前景堪憂，愁雲慘霧，百業蕭條，年輕人只好「四不一沒有」。

四 誇飾

誇飾旨在極態盡妍，積極渲染，逸出常軌，駭人聽聞；用以強化內心主觀感受，用以急速跳接，帶出想像可能的奇特世界。

（一）加快速率，超常感知

誇飾打破慣性，跳脫一般經驗，馳騁特殊異常的想像，預言駭人視聽的情境，進而感染感悟。以瞬間變老為例，如：

1. 朝為媚少年，夕暮成老醜。（阮籍〈詠懷詩〉）

2. 君不見高堂明鏡悲白髮，朝如青絲暮成雪。（李白〈將進酒〉）

3. 滴滴，精神才黎明

答答，肉體已黃昏（白靈〈鐘擺〉）

第一例壓縮時空，摹寫內心感知的強烈震撼；第二例自「青絲」、「雪」的跳躍意象；湧現時間強烈撞擊的驚愕；第三例更縮短一天為秒殺瞬間，瞬間老化，寫出宏觀中內心感受的殘酷真實。

（二）局部變形，極其渲染

誇飾並非事實，而是虛擬；並非常態，而是奇幻；並非確定，而是假設。尤其在感情世界，最易跨越寫實，渲染情意。如：

1. 要分離除非天做了地，要分離除非東做了西！
   要分離除非官做了吏，你要分時分不得我；
   我要離時離不得你！就是死在黃泉也做不得分離鬼。（民歌〈分離〉）
2. 親愛的！不見你，每分鐘如一世紀。即使炎熱的沙漠爬行一萬里，我也想來看你一眼。即使要穿越千山萬水，驚濤駭浪，我也會把一顆心放在你腳下。為了博取你一笑，我願和百萬大軍搏鬥，不管傷得體無完膚。PS.你今晚有空嗎？（笑話）

第一例強調除非世界變了樣，乾坤顛倒，否則至死不渝，與子偕老，永結同心；第二例鋪陳渴望相見，不怕煎熬，不畏艱難，歷劫歸來，全為與對方相聚。最後的 PS，開高走低，揭示真相，不免讓人啞然失笑，原來前面的信誓旦旦只是約會的煙火秀。

五 示現

示現打破時間的不可逆，自由穿越時空；藉由「追述」（回

憶、閃回）、懸想（現在、異想）、預言（未來、閃前），虛擬實境，形成結構變化（今昔今、今昔未、實虛實），展現不同情境的想像與省思。

（一）重建情境，凝視詮釋

示現是詩、散文、小說、電影中極重要的技法。追述示現，旨在對過去（空白）有所交代，有所修正，如電影《追風箏的孩子》、《扭轉奇蹟》、《靈異第六感》、《隔離島》等。其次，懸想的示現，旨在藉由對比（現實、超現實），形成反諷，如電影《我的野蠻女友》、《告白》、《黑天鵝》等。至於預言的示現，旨在未來驗證，歷歷在目，有所領悟，如電影《聖誕頌歌》、《深夜加油站遇見蘇格拉底》等。

（二）穿越時空，體會因果

示現除了重視栩栩如生的虛擬實境外，更重視多種組合的錯綜複雜。其中因果關係的變化，莫不走向悖論的相反相成，讓人身陷千絲萬縷的糾葛，無法自拔。尤其以電視劇《步步驚心》為例，馬爾泰若曦（劉詩詩飾）已知歷史結局，意圖扭轉改變，仍無法擺脫命定的發展，身陷泥沼，與四阿哥（吳奇隆飾）結下不解之緣，糾葛恩怨，終至香消玉殞，重回現實，變回張曉，不勝噓唏。尤其在博物館，再遇現代的四阿哥，四阿哥根本不認識她。此中除了悖論的弔詭外，更浮升著事與願違的反諷。

六　象徵

象徵，始於意象的成長，終於前後照應，群聚統一躍升為象

徵，成為全篇的主旨關鍵亮點。大抵整體象徵，屬於篇章修辭，除
了傳統固定象徵外，更注重作者創造性嶄新的象徵，綻放多義的光
輝，豐富整體藝術的內蘊。

（一）一象多義，多方折射

象徵絕非暗示一種意思，而是多義的交織。以「太陽」為例，
可以暗指崇高、時間、情欲、希望，如海明威《太陽依舊升起》、
黑澤明《夢・烏鴉》、李永平〈日頭雨〉、白先勇〈遊園驚夢〉、電
影《太陽帝國》等中的「太陽」，給予讀者、觀者更多義向度的感
知與感悟。

（二）貫串前後，深化寓意

好的象徵，前呼後應，若隱若顯，自成草蛇灰線的脈絡，卒章
顯志。以琦君作品〈橘子紅了〉改編的電視劇為例，劇中「紅」色
代表秀禾嫁過來，從此衣食無虞，幸福快樂；然而造化弄人，與六
叔繾綣；臨盆產子，終至血崩而死，「紅」又代表災難；同樣馮小
剛導演的電影《夜宴》，「茜素紅」代表燃燒的欲望，也代表血光之
災，照亮「婉兒、皇后、皇上」三位一體的一生。

至於〈橘子紅了〉中自「橘」與「吉」諧音立意，則是音樂性
中的「雙關」。

七　其他

其他如移覺、轉品，亦屬充滿繪畫性的辭格。移覺亦稱「通
感」，力求感官經驗的挪移互通。如：

1. 蟬聲向密林畫一條長長的破折號。（陳義芝）

2. 樂觀的人，每種雨聲聽了都不冷。（張惠妹〈我要快樂〉）

第一例中用視覺的「破折號」轉換，代替一般聽覺「激昂高響」的習慣寫法；第二例中用觸覺、心覺「不冷」轉換，代表一般聽覺的「滴答」寫法，即是發揮感官經驗的新感性，增強視覺、觸覺、心覺的特殊感受，形塑鮮活語感。

　　至於轉品，活用詞性，亦稱「轉類」，最能凸顯色彩意象，帶出更簡潔句法，折射多義的趣味。如：

1. 紅了番茄，綠了醫生。（西方諺語）

2. 今年高粱，黃得很搶眼。（章容）

第一例指番茄營養價值高，人吃了較不會生病，醫生沒生意上門，不免臉變鐵青色。「紅了」、「綠了」既有動詞功能，又有視覺的鮮明效果。同樣，高粱大豐收，一片輝煌，讓「黃」當動詞用，比起「黃高粱長得好」，更讓人照見「金黃」流晃的成熟律動。

題型

說明：

一、本題型主要採用填空，旨在讓學生透過克漏，動動腦，檢視其想像力與表達力。

二、實施時，往往出現「高、中、低」不同等級的答案，宜由教師分析比較，說明其中差別的理由所在。

三、實施時，學生答案有可能別出心裁，或與原作分庭抗禮，甚或青出於藍，則宜特別當場指出，予以鼓勵。

一　譬喻

> **題目一　完成以下譬喻，空格字數不拘：**
> □□□□，就像去看牙醫，你補牙不會很疼，不補更疼。

參考實作

1. 償還欠銀行的卡債
2. 絕望的渴盼
3. 天人交戰
4. 重視環保
5. 保護荒野

6. 搶救地球

7. 避免溫室效應（以上筆者）

簡析

1. 由「喻體」（「看牙醫」）、「喻解」（「補牙不會很疼，不補更疼」），再倒過來推測「本體」，其中指涉糾葛心理，要能反思複雜情境做類比的聯想。

2. 因此，最能切合「既期待，又怕受傷害」的「人與自己」，擴至「人與社會」之間的幽微互動，大至「人與自然」，的矛盾對峙，經濟與環保的拔河；均成為思索、考量、體會的答案。

題目二　完成以下譬喻，空格（本體、喻體）字數不拘。

□□□□，像□□□□，一發不可收拾。

參考實作

1. 他情緒失控，像火山爆發，一發不可收拾。

2. 瘋狂購物刷卡，像天雷勾動地火，一發不可收拾。

3. 臨老入花叢，像木造房子失火，一發不可收拾。

4. 謠言滿天飛，像骨牌效應，一發不可收拾。

5. 愛到最高點，像水庫洩洪，一發不可收拾。

6. 久蟄的心有靈犀，像星火燎原，一發不可收拾。

7. 精神病患殺紅了眼，像猛虎出柙，一發不可收拾。

8. 怨恨啃噬親情，像白蟻入侵屋內，一發不可收拾。

9. 群情激憤，像瓦斯外洩氣爆，一發不可收拾。

10. 致命的吸引力，像汽油桶點燃，一發不可收拾。

11. 選舉雙方口水四射，像潑婦罵街，一發不可收拾。

12. 大伙吃壞肚子，上吐下瀉，像瘟疫蔓延，一發不可收拾。

13. 不願面對的真相，像排山倒海，一發不可收拾。

14. 氣溫急速下降，像暴風雪驟至，一發不可收拾。

15. 地球反撲，像天崩地裂，一發不可收拾。

16. 人才流失，像長江潰堤，一發不可收拾。（以上筆者）

簡析

1. 此題藉由喻解「一發不可收拾」（「沛然莫之能禦」），想像出本體、喻體的相似情境，亦即找出兩者的因果關係，描述問題的嚴重後果。

2. 「一發不可收拾」即跨越臨界點，不可遏抑，大勢已去。因此，譬喻往往與令人驚心動魄的誇飾連線。

題目三 完成以下譬喻，空格內（三個喻體）字數不拘。

天空是□□的□□，□□的□□，□□的□□。

參考實作

1. 天空是雲的故鄉，鳥的時鐘，湖水的鏡子。

2. 天空是飛機的溜滑梯，太陽的蹺蹺板，降落傘的舞台。

3. 天空是童年幻想的搖籃，中年追逐的地平線，晚年玩味的庭園。

4. 天空是哲學家的古堡，史學家的望遠鏡，文學家的萬花筒。

5. 天空是火箭的競技場，流星的墳場，太空人的戰場。

6. 天空是李白的知音，李商隱的情侶，蘇軾的手足。

7. 天空是烏雲的傷心月台，豔陽的越野賽地，星星的歡唱夜店。

8. 天空是風箏的戀人，彩霞的化妝台，天燈的廣場。

9. 天空是眼睛的大海，想像的景點，靈魂的仙境。

10.天空是隱者的畫布，智者的明鏡，仁者的胸懷。（以上筆者）

簡析) 1. 此題藉由三個喻體（即「博喻」），檢視莘莘學子聯想的流暢
力。

2. 三個喻體，除了並列外，以能具兼相關性（「多樣的統一」）
較佳，如第四、五、六例。其中又能兼具層遞關係，則更
優，如三、十例。

題目四　完成以下譬喻，空格內字數不拘：

文學是□□的□□，哲學是□□的□□。

參考實作

1. 文學是世上鑑照人類的一滴眼淚，哲學是上帝召喚人類的一道
陽光。

2. 文學是魔性通往人性的小橋，哲學是人性通往神性的天梯。

3. 文學是浪漫的水中撈月，哲學是現實的大海撈針。

4. 文學是黃昏時的點點星光，哲學是冬夜裡的北極星。

5. 文學是酸甜的雞尾酒，哲學是苦澀的黑咖啡。

6. 文學是人生沙漠中的綠洲，哲學是綠洲旁的月牙泉。

7. 文學是感性與知性的碰撞火花，哲學是知性與悟性凝結出的露
珠。

8. 文學是楊柳與曉風的殷殷輕拂，哲學是太陽與月亮的默默對
望。

9. 文學是人生撲滿裡的錢幣，哲學是人生存摺上的數字。

10. 文學是在花園裡找剛剛飛走的蝴蝶，哲學是在大草原上找千年前奔走的獅子。（以上筆者）

> 簡析　1. 文學與哲學各有範疇；文學講究美不美，好不好；哲學焦距對不對，善不善。因此，兩個喻體宜鮮明對襯（對照），使人一目瞭然，淺顯易懂。如第一、三、五、九、十例。
> 　　2. 如果自哲學層次高於文學而言，第二、七例兼層遞比較，則更形出色。

題目五　完成以下譬喻，空格內（喻體、喻解）字數不拘：
　　傲慢是□□，□□□□；偏見是□□，□□□□。

參考實作

1. 傲慢是頂禮帽，只看上頭；偏見是枚胸針，永遠斜著眼看人。

2. 傲慢是把自己放在放大鏡前，無限膨脹；偏見是把別人放在哈哈鏡前，全部變形。

3. 傲慢是玻璃製品，自以為金雕玉琢；偏見是戴上有色眼鏡，說別人都不乾淨。

4. 傲慢是站在孤峰頂上，自以為能摸到天；偏見是自己站歪了，卻以為天塌下來。

5. 傲慢是含著金湯匙，以為高人一等；偏見是門縫裡瞧人，把人都看扁了。

6. 傲慢是紙糊的華麗的牌樓，禁不起風吹雨打；偏見是閉上一隻眼，看不清事實真相。

7. 傲慢是雙目失明的雄獅，自以為仍是萬獸之王；偏見是歪著脖子的烏鴉，什麼都看不清。

8. 傲慢是迷戀雲端的海市蜃樓，騙騙自己；偏見是井底的青蛙，只有小鼻小眼。

9. 傲慢是用公分來量自己，發覺自己是巨人；偏見是用公里來量別人，發覺別人都是侏儒。（以上村農）

> **簡析**
> 1. 「傲慢」與「偏見」是攣生兄弟，兩個都是「錯覺」的祭品；傲慢的缺失，在於自我的極大化；偏見的缺失，在於對別人的看走眼。
> 2. 攸關「傲慢」與「偏見」的喻體、喻解上，以能發揮兩者的相關性，同時辨析兩者的差異性較優。較優例句分別有第一、二、四、五、九例。

題目六　自譬喻兼及諷刺，完成以下造句：

女人沒有了男人，就像□□□□□□□。

魚沒有了腳踏車

> **簡析**　此例真正意思「女人可以沒有男人」，因魚不需要腳踏車，諷刺「男人根本沒什麼作用」。女人可以靠自己，撐起半邊天。當然，如果換成底下喻解：
> 　　1. 就像屋頂沒有天窗。
> 　　2. 就像荒原沒有陽光。

3. 就像雨林沒有出口。

4. 就像山頂沒有滑翔翼。

5. 就像高空沒有降落傘。

6. 就像登陸月球沒有火箭。

7. 就像現實沒有魔法。

則為正面肯定男人的必要，毫無諷刺意味。

題目七　自譬喻兼及諷刺，完成以上造句：

他說的話像老太婆的牙齒，□□□□□□□□。

参考答案

沒有一顆是真的

簡析　藉由「老太婆的牙齒」，諷刺對方說的話「都是假的」，言不由衷，均為謊言空言，不能當真。此即「寧可相信世間有鬼，也不要相信男人的嘴」。

題目八　自譬喻兼及誇飾，完成以下造句：

一個聒噪的女生是□□□鴨子。

参考答案

五百隻

簡析 以「五百隻鴨子」極其形容一個女生之聒噪無比，這是數量的誇飾。由此類推，兩個聒噪的女生是菜市場、夜市或夜店。

題目九　自譬喻兼及諷刺，完成以下造句：

人生如打電話，□□□□□，□□□□□。（鄒振宇）

參考答案

不是你先掛，就是我先掛

簡析 「先掛」雙關，一指掛掉電話，一指先死。如果填成「不是你付錢，就是我付錢」，就缺少譬喻中間雙關的趣味。

題目十　一個喻體可以有不同喻解，完成以下喻解：

政府官員像屋頂，……。

參考實作

1. 用久了自然淘汰，進入歷史的焚化爐。
2. 自以為高人一等，要老百姓低頭進來。
3. 要為老百姓遮風避雨，不怕風吹日曬。
4. 高高在上，看高不看低。
5. 應裝太陽能板，採綠能設計，自然採光。（筆者）

簡析
第一例是客觀正視官員的歷史定位，用白色思考帽。

第二例是一般主觀認定，官大架子大，用紅色思考帽。

第三例自其優點觀之，好的政府官員視民如傷，用黃色思考帽。

第四例自其缺點觀之，欺上瞞下，狗眼看人低，用黑色思考帽。

第五例自創意出發，優質政府官員宜打破官僚習氣，用綠色思考帽。

題目十一　自不同思考帽，完成以上喻解：

做人就像兵乓球，⋯⋯。

參考實作

1. 再怎麼乒乒乓乓，有輸有贏，最後都會到土丘裡報到。
2. 會打的看門道，不會打的看熱鬧。
3. 小而圓，小而精，小而美。
4. 輕飄飄，隨拍滾動，沒有原則。
5. 即使被踩扁，放進熱水裡燙，還是可以圓回來。（沈香）

簡析
第一例白色思考，做人不管再怎麼顯赫張揚，終究「城外土饅頭，一人分一個」，此即陳黎新詩〈戰爭交響曲〉的寓意。

第二例紅色思考，人生就是一場球賽，全看你個人心態。

第三例黃色思考，強調人再怎麼渺小，也可以小得精彩，不必畫地自限。

第四例黑色思考，隨波逐流，隨風搖擺，完全受命運左右。

第五例綠色思考，能善加利用，再造第二次的春天。

題目十二　自不同思考帽，完成以下喻解：

偉人像兩頭燒的蠟燭，……。

參考實作

1. 一端照亮別人，一端照亮自己。
2. 點點滴滴都是熱淚。
3. 一樣的長度，兩倍的光度。
4. 提早報廢。
5. 跨越時空，點亮一根根火把，薪火相傳。（筆者）

簡析

第一例白色思考，為國為民，終成典範。

第二例紅色思考，如人飲水，冷暖自知。自有其煎熬、悲喜。

第三例黃色思考，生命雖短，但發光發亮，召喚當代的眼睛，照亮歷史。

第四例黑色思考，勞心勞力，鞠躬盡瘁，油盡乾枯，英年早逝。

第五例綠色思考，人生有限，但精神無限；一端照亮眼前，一端無遠弗屆，照亮未來。

題目十三　以朋友為題，將以下譬喻段落，改成反諷敘述：

朋友如一面鏡子，可以反映事實真相，可以洞燭日常行為得失，可以照見內心的孤單寂寞。透過彼此交會時互放光輝，肝膽相照，必能擴大視野，去除偏見；繼而改正過錯，砥礪向上；進而笑言晏晏，相互支援。如此一來，相

信在人生的道路上，迎向任何挑戰，必能活出品味，活出精采。（錦池）

參考實作

1. 朋友是披著羊皮的狼，平日惺惺作態，到時把你咬得體無完膚；朋友是黃鼠狼給雞拜年，不懷好意，準備將對方啃得毛髮無存；朋友是大草原的禿鷹，等到你倒下來時，把你啄食得只剩枯骨。

2. 朋友是人肉販子，把你賣掉還要你替他數鈔票。朋友是落井下石的高手，當你掉落海裡，飄浮在水面等待救援時，他會再把你按入水中，讓你溺斃。朋友是最標準的小人，近之則不遜，遠之則怨，沒有利用價值時，翻臉不認，形同陌路。（筆者）

簡析　當本體和喻體形成「和諧關係」，是生動譬喻，但兩者間一但行成「不和諧」、「對立衝突」，則形成天真無知與事與願違的反諷（第二例）。因此，我們才會語重心長的激問：「有你這樣的朋友，還需要敵人嗎？」

題目十四　以「老師」為題，運用譬喻完成一百多字的短文：

老師是一艘船。每年乘載著不同的旅客，帶領著他們到達他們所想到的地方。路途即使遇到暗礁激起了水花，船依舊會不顧一切的向前航行，遇到暴風雨，船會盡快帶他們離開暴風圈。直到進了港，每個旅客平安的下了船，才真正卸下了重擔。（辛瑞芝）

參考實作

1. 老師是一台功能強大的翻譯機，總是能把課本上艱深困難的句法，轉譯成淺顯易懂的白話給大家聽；把長方形的拼音字母轉換成方正整齊的圖畫；也把人生的點點滴滴，漫不經意的用文字表現，有一天翻譯機沒電不能動了，但卻也製造了更多台翻譯機，繼續給有疑問的人聽。（林冠良）

2. 老師是馬戲團裡的馴獸員，從我還小時，就陪伴著我長大。手中的長鞭驅策我；口中的指令教化我。使我在社會中，有上台表演的機會，使我在人生中，有徹底覺悟的體會。他常告訴我：「合理的要求是磨練，不合理的要求是訓練。」（李天訊）

3. 老師是皇帝，說的話是聖旨。什麼「天大地大，不如父母恩大」。爸媽要求的可以耍賴；交代的作業可以打折；告誡的話可以不聽。生氣了，還摔東西；不合意，則關起房門；不中聽，轉身就走。但聽得一聲「老師說」——彷彿本尊駕臨，立刻俯首貼耳，聽命而行。一絲馬虎不敢打，一句閒話不敢頂。（陳秀娟）

4. 老師是高科技提款機。功課不會，請按白色鈕，老師為你詳說細解。情緒低落，請按紅色鈕，老師給你溫暖擁抱。遭遇挫折，請按綠色鈕，老師替你加油打氣。功成名就，請按黃色鈕，老師陪你歡天喜地。只是再新的機器，也偶有故障的時候；疲憊的老師，找誰去按各色的鈕呢？（陳秀娟）

5. 老師是天生的雕塑家。撈起溪中載浮載沉的木頭，輕輕撫摸著樹皮的皺褶，刮除著尖凸刺人的枝葉。堅硬厚實的木頭，或成為巧奪天工的精品，或成為雕樑畫棟的建材。柔軟蓬鬆的木頭，或成為幽蘭的培養木，或成為公園的小柵欄。但老師雕塑

的手永不止息，因為他熱愛他的工作。（吳嬿婉）

6. 老師是書。有些書充滿艱澀字彙，讀起來昏昏欲睡；有些書充滿鼓勵話語，讀起來溫暖窩心；有些書聲光十足，讀起來目不暇給。有人拿起書就想睡，有人不看書就難過，有人看著書捧腹大笑，有人看著書痛哭流涕。這麼多書，總是靜靜的等你來翻。（吳嬿婉）

7. 老師是馬戲團裡面惡心善的馴獸師，當桀驁不馴的獅子在教鞭的威嚇之下，頓時成為眼神溫柔的白兔；當膽怯的老鼠在言語的激勵下，瞬間變成勇猛的武士；馴獸師一場場搏命演出，造就出舞台上一顆顆閃耀的巨星。（徐麗玲）

8. 老師是一座燈塔。在暗夜裡，隱忍心中的孤寂，默默指引船隻回航的方向；在烈日下，強忍身上的刺痛，靜靜等待漁獲滿船艙，經歷無數的風吹雨淋與時間試煉，依舊無法撼動燈塔不變的守候。（徐麗玲）

9. 老師是圓夢的領航員，帶領學生進入「語文領域的創思教學」新天地，指點影音教學的運用，剖析其中「趣味」所在；帶領學生進入「論文寫作方法」，引導資料的收集，歸納的整理，論點的引申發揮；帶領學生重拾信心，重振旗鼓，跨過學習困境，跨過文思枯竭的淺灘，換換心情，繼續加足馬力，走過研究所的關卡，繼續邁向遠方。（劉貞君）

10. 老師是美麗人生的推手。年輕時，用滿腔熱忱，在浩瀚無邊的學海裡引領學生汲取知識；在烈日當頭的操場下，揮汗指導學生鍛鍊體格；待初生之犢羽翼豐滿，又苦口婆心，諄諄教誨，將學生推出校園；期盼他們展翅高飛，迎向另一學習旅途。日復一日，年復一年，即使髮白、視茫、音啞，無怨無悔。（葉素吟）

11. 老師是圖案多樣的標籤機。輸入表現優異的學生，印出高舉拇指「真棒！」輸入內向害羞的學生，印出充滿熱情的「YA！」輸入天真活潑的學生，印出無憂無慮的笑臉；輸入思想成熟的學生，印出有學問的學士帽；輸入愛說冷笑話的學生，印出一群飛過的烏鴉。不論輸入怎樣的學生，印出的永遠是令人充滿希望的圖案。（黃雅炘）

12. 老師是一面鏡子。微笑時，漾出溫暖美麗的弧度；慈愛時，映出無微不至的關心；生氣時，射出恨鐵不成鋼的怒氣；傷心時，閃出疼惜不捨的光芒。教學中的喜怒哀樂，生活中的酸甜苦辣，一一反映在鏡子的豐富表情裡。（黃雅炘）

13. 老師是一片廣大草原。擁有豐饒的土壤滋養著生物，他不會拒絕給予任何一種生命養分，也從不吝嗇釋放自己的能量，年復一年經歷了春夏秋冬，永遠默默地付出，用一顆包容的心守護著這一群越來越茁壯的生命。（張亞男）

14. 老師是百寶箱，裡面裝著名言佳句，指導學生：「態度重於程度，認真勝過天真」，做學問要實實在在；學習過程中一再耳提面命：「不怕慢，只怕懶」，凡事慢慢來，遲早累積實力，可以迎頭趕上，越去超越；不斷告誡：「自誇者不長」，做人不可驕傲，「務實最真，踏實最勇，平實最大」，只有謙虛才能成器，只有謙虛，才能健步如飛。在老師名言佳句的洗禮中，學會知行合一，向上向善。（何貞慧）

簡析

1. 本題重在「喻解」的引申、說明，最常見的結構是「先總後分」，在總括分述中，多以排比鋪陳為主。

2. 藉由不同的「喻體」：翻譯機、馴獸員、領航員、高科技提款機、雕塑家、書、鏡子、廣大草原、百寶箱，可見「老

師」取譬的多樣化。

3. 由於本題是「仿寫」，旨在訓練莘莘學子的「形式繼承，內
   容革新」。若自「博喻」設計，可以要求莘莘學子同時用好
   幾個喻體來呈現「老師」的形象。

張春榮：《國中國文修辭教學》（臺北市：
萬卷樓圖書公司，2005 年 4 月初版）。

二　轉化

題目一　自人性化的擬人手法，完成以下空格：

網老了

□還年輕

船年輕

□卻老了。（桑恆昌〈觀海有感〉）

 參考答案

魚、海

簡析　轉化中兼及映襯、回文，實為精彩小詩，寫出時間的新鮮與滄桑。

若兩個空格都填「人」，則沒有轉化的趣味。

題目二　自人性化的擬人手法，完成以下空格：

花給了蜂柔情蜜意，自己笑得□□□。（蕭蕭）

參考答案

更燦爛

> 簡析　將「花」擬人，若用「更搖晃」則失去擬人的動感。
>
> 此例藉由「花」的分享，由景而理，在移情作用中彰顯內心充
>
> 滿喜樂，自然更充滿陽光的笑容。

題目三　自人性化的擬人手法，完成以下空格：

停電時，檯燈難過地說：「從前我一直以為是自己□
□黑暗。」（洪志明）

參考答案

照亮

> 簡析　藉由轉化寓言，呈顯「反諷」的省思；一般人往往不認清真
>
> 相，天真無知，傲慢與偏見；流於盲目樂觀，機車白目，自我
>
> 感覺良好。

題目四　自物性化的擬人手法，完成以下空格：

生活沒有眼睛，欺騙是它的□□□。（王鼎鈞）

參考答案

導盲犬

> 簡析　配合「眼睛」，空格中用「導盲犬」比起「小誘餌」、「尖硬
>
> 刺」、「小金鉤」更為一致、貼切。

反觀簡媜：「生活是一個劊子手，刀刃上沒有明天。」（〈美麗的繭〉）則以譬喻說明生活的殘酷。

題目五　自物性化的擬物手法，完成以下空格：

北風，輕扯著雲的□□□，縫著冬天的孤寂。（劉季陵）

參考答案

毛線團

簡析　其實也可以用「白棉絮」，均是擬物。其中「北風，輕扯著」是擬人，「縫著冬天的孤寂」中的「孤寂」是形象化。

題目六　自物性化的擬物手法，完成以下空格：

海裸在遼闊裡，握著□□，一路雕過來，把山越雕越高。（羅門〈海邊遊〉）

參考答案

浪刀

簡析　「海」擬人，「浪刀」是擬物，比起一般的「浪花」，無疑更鮮明。

「裸」是轉品，形容詞當動詞用；猶如瘂弦：「海，藍給它自己看」，「藍」亦是轉品，形容詞當動詞用。

題目七　自物性化的擬物手法，完成以下空格：

把你的喉嚨□小聲一點，把你的嘴巴□□拉起來。
（章容）

参考答案

關、拉鍊

簡析　「喉嚨」物性化成「收音機」、「擴音器」，動詞用「關」。
至於「嘴巴」物性化成「拉鍊」，動詞用「拉」。如果「有縫
隙」，當然也可以「用膠帶貼緊」。

題目八　自形象化的化抽象為具體，完成以下空格：

只有實踐的□□，才能打開真理的□□。（西方諺語）

参考答案

鑰匙、大門

簡析　由於「實踐」、「真理」分別形象化成「鑰匙」、「大門」，所以
動詞用「打開」。如果將「實踐」形象化成「斧頭」，底下動作
則是「劈開」真理的大門。

題目九　自形象化的化抽象為具體，完成以下空格：

在躊躇的□□，憂鬱長得越□□。（西方諺語）

參考答案

土壤、茂盛

簡析 若改用「池塘」，會想到「蓮花」，一般用「開得越茂盛」，但「蓮花」一向當正面的意思。

此例是「躊躇」、「憂鬱」的形象化，均為負面指涉，有所警惕；畢竟「躊躇」只能原地踏步，「憂鬱」只會自尋煩惱。

題目十　自形象化的化抽象為具體，完成以下空格：

愛情的□□，需要添加忠誠□□。（西方諺語）

參考答案

火焰、木柴。

簡析 若改成「愛情的溪流，需要添加忠誠河道」，似可成立，但如此一來，「愛情」變成沒有溫度、熱力，仍以原作為佳，強調愛情是人間煙火，有熱情，有親密，有承諾。

題目十一　分別將以下句子改成轉化敘述：

1. 茫茫然伸出手。

2. 寂寞地站在窗口。

3. 寂靜的島嶼。

參考實作

1. 茫然伸出手、手伸出茫然。

2. 寂寞站在窗口、窗口站著寂寞。

3. 寂靜擁抱島嶼、島嶼擁抱寂靜。（筆者）

簡析　「茫然」、「寂寞」、「寂靜」均為抽象概念，今將以形象化擬人，才能抽象概念有畫面，形塑律動新感性。

題目十二　完成以下轉化中的對話：

1. 咖啡說：「我濃如神秘。」

　奶精嗆道：「……。」（錦池）

2. 咖啡對奶精說：「都是你！把我原本香醇的顏色，弄得模模糊糊的！」

　奶精反駁道：「……。」（楊祖怡）

參考實作

1. 「不，你黑如死亡！」（錦池）

2. 「要不是我的調和，你能從苦澀變得香醇嗎？」（楊祖怡）

簡析　對話是人物性格的顯影，藉由轉化的對話，可以讓原本「靜態」、「失聲」的世界，有了「動態」、「有聲」的活潑情境。

第一例奶精提出他對咖啡的「不良觀感」，第二例奶精以激問口吻，提出自己的「功勞」；可見再下來，兩人必不歡而散。

題目十三　完成以下轉化中的對話。

1. 弓對著即將離弦的箭，悄悄地說：「……」（泰戈爾）

2. 燃燒的木頭，噴著熊熊的火花，一面哭著說：「……。」（泰戈爾）

參考實作

1. 「你的自由是我的啊！」（泰戈爾）

2. 「這是我的花，也是我的死亡。」（泰戈爾）

簡析　轉化中的對話，貴於展現寓言的深刻，耐人尋味。第一例觸及「相反相成」的道理；第二例觸及「對立的統一」的悖論。

題目十四　參考譬喻中的意思，將「螢火蟲」擬人：

宗教像螢火蟲，越黑暗的地方，看得越亮。（叔本華）

參考實作

1. 一隻螢火蟲，將世界從黑海裡撈起。只要有螢火蟲半隻，我你就沒有痛苦和自縊的權利。（周夢蝶）

2. 一隻螢火蟲把夜給燒了。（簡媜）

簡析　螢火蟲可以用來譬喻，也可以直接轉化。周夢蝶謂有一點綠光，黑暗中的亮點，黑海上的希望，「有心人」便不應失望和絕望。簡媜強調明滅「綠光」的視覺震撼。

題目十五　參考譬喻中的意思，將「真理」轉化：

真理像短的毛毯，怎麼拉都蓋不住全身，蓋住頭就露出腳趾。（《春風化雨》）

參考實作

1. 真理穿她的衣服，發現實在太短了。（泰戈爾）
2. 真理的面目善良，但衣衫襤褸。（蒙古諺語）

簡析　這個世界充滿荒謬與真理，人是非理性的動物，真理並不被所有的人真誠擁抱。因此，如果改成「真理穿她的衣服，發現實在太合身了」，則是「真理像長的毛毯，怎麼拉都蓋得住全身」，並沒有批判的意味。

題目十六　將以下句子，改成轉化：

天上星多月不明。

參考實作

每顆星星都要當月亮，那夜晚的天空就不美了。

簡析　美的天空，一定是星星與月亮的相互成全，而不是相互迫害。當然，星星自足於自己的亮度，亦不必因月亮的光華清輝而怯於出現。

三　借代

題目一　自部分代表全體，完成以下空格：

少年坐在薔薇上，老年坐在□□上。（王鼎鈞）

參考答案

荊棘

簡析　「薔薇」借代「浪漫」、「甜美」，「荊棘」借代「殘酷」、「痛苦」，此句亦即「少壯不努力，老大徒傷悲」的意象版。

題目二　自部分代表全體，完成以下空格：

理想情人是當你想傾談時，隨時送上□□；當你疲倦想靠一下時，隨時送上□□。（村農）

參考答案

耳朵、肩膀

簡析　「耳朵」借代人的傾聽，「肩膀」借代人的依靠，會隨時呵護，注意對方感受。這是積極的愛，展現「照顧」、「責任」、「尊重」、「了解」的特質。

題目三　自部分代表全體，完成以下空格：

打牌的官太太說：「與其看緊□□，不如看緊褲頭。」
（《人間四月天》）

參考答案

戶頭

簡析　「戶頭」借代錢，「褲頭」借代人的下半身。此即錢在手中，最重要。「錢來，人不來」沒關係，亦即「有錢讓我花，你在外面花」的官太太文化。

題目四　自部分代表全體，完成以下空格：

誰的□□□，我就得侍奉誰。（《茶館》）

參考答案

手腕粗

簡析　「手腕粗」就是「胳臂大」，誰是「大腕」，誰是「老大」，我西瓜偎大邊，就唯命是從。槍桿子出政權，識時務者為英雄。

題目五　自部分代表全體，完成以下空格：

人，不能永遠有□□。（施明德）

參考答案

明天

> **簡析** 「明天」借代「時間」，一個人的時間有限，明天也是有限，人只能擁有「今天」、「現在」。就如廣告詞所云：「未來就是現在。」

題目六　自全體概括，完成以下空格：

做人要有「三度」：□□、□□、□□，作品也要有「三度」：□□、□□、□□。（秋實）

參考答案

高度、氣度、軟度，密度、速度、深度

> **簡析** 為人要能高瞻遠矚，格局要大，姿態要低，能屈能伸，此即做人的「三度」。
> 作品要有繪畫性、音樂性、意義性，則需講究另一類「三度」，有感染力，有穿透力。

題目七　自全體概括，完成以下空格：

在感情上，他是「六一」居士：一□一□，一□一□，一□一□。（沈香）

參考答案

夫、妻，心、意，生、世

簡析 歐陽修，號「六一居士」。現今「六一居士」的新解，願天下眷屬都是有情人，每對都是「六一居士」，不離不棄，執子之手，與子偕老；正是「愛相隨」、「老來伴」。

題目八　自全體概括，完成以下空格：

人生不外「三飽」：□□、□□、□□吃到飽，「一倒」□□□到飽。（吳念真）

參考答案

早餐、中餐、晚餐，倒頭睡。

簡析 人生不外「吃、喝、拉、撒、睡」，換個更簡單的說法，就是「吃到飽」、「睡到飽」，「吃、睡」的「三飽」、「一倒」。

題目九　自全體概括，完成以下空格：

大老婆嚴防先生外遇有「三ㄍㄣ」：關掉□□、控制□□、腳步□□。（順口溜）

參考答案

命根、銀根、緊跟

簡析 此即讓先生「沒子彈，沒銀彈，沒空間玩」，正本清源，斬斷桃花之根。

題目十　自全體概括，完成以下空格：

只要把握「二不」：不能拿的□不能拿，不能要的□□不能要，人生就可以雲淡風清。（錦池）

參考答案

錢、感情

簡析 人生需要的「錢」、「感情」不多，想要的很多。人生的糾糾結結，生生死死，恩恩怨怨，大都在這兩件事的拿捏上。

題目十一　完成以下借代：

1. 夫妻的「三不」主義：……。
2. 傳統中國人的「三不」主義：……。
3. 學生的「三不」主義：……。
4. 搞曖昧的「三不」主義：……。
5. 朋友相處的「三不」主義：……。

參考實作

1. 不說重話、不硬撐、不綁死對方。
2. 不遠征、不極端、不失控。
3. 不知道、不清楚、不要問我。

4. 不主動、不拒絕、不負責。

5. 不借貸、不擔保、不跟會。（筆者）

簡析 透過借代，總概敘述，得以扼要歸納不同對象的心態。當然「借代」不只有一種答案。如有些學生的「三不」主義，是「不記」（任何資料）、「不想」（任何問題）、「不寫」任何報告；運用退休金的「三不」原則是「不能冒險」、「不能太晚」、「不能重來」；網路交往的「三不」原則是「不沉迷」、「不暴露」、「不私下交往」；臺灣政治的「三不」原則是「不統」、「不獨」、「不武」。至於做人的「四不」原則是「不欺天」、「不欺世」、「不欺人」、「不欺心」。

題目十二　完成以下借代：

1. 做人「三要」：……。

2. 做人要「四耐」：……。

3. 做人不要梅花「三弄」：……。

4. 做人不要「四不」：……。

5. 人生要「三活」：……。

6. 對人不要「三化」：……。

7. 人生要「四化」：……。

8. 對人生要「四解」：……。

參考實作

1. 臉要笑，腰要軟，手腳要快。

2. 耐苦、耐冷、耐閒、耐煩。

3. 愚弄、戲弄、玩弄。

4. 放不下、想不開、看不透、忘不了。

5. 簡活、慢活、快活。

6. 惡化、醜化、分化。

7. 轉化、淨化、進化、活化。

8. 瞭解、理解、諒解、和解。（錦池）

簡析 藉由「借代」，可以綱舉目張說出「做人」、「對人」、「人生」中應有的認知和態度。

值得注意的是「借代」中的詞語，多為近義詞，同中有異，異中有同。如「簡活」、「慢活」、「快活」等。

題目十三　完成以下借代：

1. 他選擇打「三情」牌：……。

2. 他是「三高」居士：……。

3. 他是「三屁」道人：……。

4. 他是「四無」總統：……。

5. 他是「三從」太太：……。

參考實作

1. 溫情、熱情、悲情。

2. 血脂肪高、血糖高、血壓高。

3. 放臭屁、拍馬屁、互相包庇。

4. 無眼、無耳、無心、無恥。

5. 從不體貼、從不照顧、從不溫柔。（新聞標題）

簡析 借代中可以兼及諷刺，三、四例即是。借代最能突出重點，在批判時，最為一針見血。

第五例沒有諷刺，則是「聽從」、「服從」、「順從」；當然意在諷刺，也可以是「從不拖地」、「從不煮飯」、「從不倒垃圾」。

題目十四　將底下敘述，改成借代：

1. 擁擠的教室裡，許多戴眼鏡的學生在聽他講課。
2. 冬夜，我躺在這裡，讀古典作品，讀英文期刊。
3. 只看見英國人的轉身退卻，舉手投降，卻看見中國人的英勇抗日。

參考實作

1. 擁擠的大教室裡，許多耳朵在咀嚼他的國語，許多眼睛有許多反光反映著他的眼睛。（余光中《焚鶴人》）
2. 冬夜，我躺在這裡，讀「之乎者也」，讀「ABCD」。（保真《兩盆常春藤》）
3. 只看見英國人的背和手，卻看見中國人的胸膛。（王鼎鈞《怒目少年》）

簡析 借代可以變化敘述，特寫畫面。第一例「耳朵」、「眼睛」指學生，「反光」指眼鏡。

第二例「之乎者也」指古典作品（文言文），「ABCD」指英文期刊（英文）。

第三例「背」、「手」指英國人撤退投降，「胸膛」指中國人迎向日軍，毫無畏懼。

四 誇飾

題目一 自局部變形，完成以下空格：

巴拿馬的土地真是肥沃，連插一根筷子下去，都會
□□。（王鼎鈞）

參考答案

發芽

> **簡析** 連沒有生命的筷子都發芽，其土地肥沃，可想而知。如填上
> 「變粗」、「竄升」、「長高」、「林立」，則更加誇張。

題目二 自局部變形，完成以下空格：

他博學多聞，好像把□□□□□放在他口袋。（章容）

參考答案

整個圖書館

> **簡析** 這是譬喻兼誇飾，強調他本身等同行動圖書館，何止學富五車
> 而已？若不考慮字數，也可以填上「百科全書」、「歷史博物
> 館」。

題目三　自局部變形，完成以下空格：

菸抽得很慢，每一口都聽得到□□焚燒的聲音。（簡媜〈迷走他日〉）

參考答案

菸絲

簡析　連菸絲靜燃都可以聽見，可見抽得之慢，全神貫注，氣定神閒。當然也可以填上「時間」，則有覺察的悟性。

題目四　自局部變形，完成以下空格：

尖嫩的嗓音□破了黑沉沉的夜空，從夜色中爆出一陣熾熱的火花，熱得可以煮沸千噸的□□□。（洛夫）

參考答案

刺、太平洋

簡析　「刺破」是可能的想像，「可以煮沸千噸太平洋」是空間的誇飾；結合動詞的鮮活感性，畫面感十足。

題目五　自局部變形，完成以下空格：

人生就是這樣，一鬆手，萍水相逢的人也許□□□也碰不到面了。（簡媜〈暈眩的風景〉）

參考答案

三輩子

簡析 猶如杜甫詩所云：「人生不相見，動如參與商」、「明日隔山
岳，世事兩茫茫」（〈贈衛八處世〉），轉眼人間蒸發，甚至生死
兩茫茫，幽明兩相隔。「三輩子」時間的誇飾。

此例亦可倒過來說：「人生的偶然相遇，都是久別重逢。（《一
代宗師》）

題目六　自局部變形，完成以下空格：

胖資本家對瘦瘦的蕭伯納說：「我一見你，就知道這
世界上正鬧□□。」（蕭伯納同樣用這句話頂回去。）

參考答案

饑荒

簡析 胖資本家原為嘲弄蕭伯納的面黃肌瘦，蕭伯納頂回去，反唇相
譏，則為誇飾的諷刺。猶如歌德走在路上，對方對歌德說：
「我絕不讓路給笨蛋！」歌德回答：「我絕對讓路給笨蛋！」正
是以子之矛，攻子之盾。

題目七 自局部變形，完成以下空格：

「多了一面鏡子，辦公室變得好亮！」

「沒錯，甚至把你心裡的□□□都照出來。」（笑話）

參考答案

餿主意

簡析 餿主意即鬼點子，在誇飾中亦諷刺對方居心不良原形畢露，無所遁隱。

題目八 自局部變形，完成以下空格：

我好像聽到鏡子說：「如果你繼續站在我面前，我就□給你看。」（小蟲）

參考答案

裂

簡析 結合轉化擬人，誇稱「我」長得夠醜，讓人無法忍受，連鏡子也不例外。

題目九 自局部變形，完成以下空格：

滴滴，精神才黎明；答答，□□已□□。（白靈）

參考答案

肉體，黃昏

簡析 此為超前跳接，亦即時空壓縮，強調時空快速轉變，瞬間變化，正是「朝為媚少年，夕暮成老醜。」（阮籍〈詠懷詩〉）的現代版。

題目十　自局部變形，完成以下空格：

黑髮的腳步

走成□□的□□

我還能來回走多少路？（隱地〈玫瑰花餅〉）

參考答案

白髮，蹣跚

簡析 此亦超前跳接，時空壓縮。隱地誇飾之餘，藉激問感慨，可與余光中：「中年以後莫在燈光裡看鏡／一顧青絲再顧已成雪。」（〈白即是白〉）相互印證。

題目十一　完成以下誇飾造句：

1. 他的眼神很荒涼，……。

2. 她的笑容很陽光，……。

3. 也太瘦了，……。

4.肚子癟得貼到了背脊骨，……。

5.眼睛裡七分水意三分淚意，……。

參考實作

1.彷彿看不見路的盡頭。

2.幾乎把我內心的陰霾驅離。

3.像一陣風吹過。（秋實）

4.喉嚨都要伸出手。（古華）

5.好像一生都是溼的。（簡媜）

簡析

「彷彿」、「幾乎」、「像」後面接動詞（句子形態），是誇飾；接名詞（純粹名詞），是譬喻，兩者不宜混淆。

似此誇飾均局部變形，極其形容內心感受的真實，並非反映現實。

題目十二　完成以下「時間跳接」的誇飾造句：

1.剛看到春天的面龐，緊接著就是夏天的□□。（馮傑）

2.左腳邁出的黎明永遠被右腳追隨的□□趕上。（簡媜〈行書〉）

3.右腳踏著夏季，左腳正探向□□。（蕭白〈蟬聲〉）

參考實作

1.尾巴

2.黃昏

3. 新秋

簡析 強調時間快速，「旋踵間」已跳接變化。值得注意以上三例均
為轉化結合誇飾。

題目十三　完成以下「空間跳接」的誇飾造句：

1. 車在顛簸，心也在顛動。恨不得有一雙長臂，兩
手一伸一攬，收集天上所有的雲朵，堆成一張彈
簧床，……。（簡媜）

2. 曠野上的沼澤是一隻望天的眼，沼面廣大，水很
清淺，不像湖泊那樣突波湧浪。平如明鏡的水面
上，印著天光雲影，……，帶給人如歌的記憶。
（司馬中原〈沼澤〉）

3. 你爸爸一定是太空人，到天空……，不然你眼睛
怎麼那麼美？（網路）

參考實作

1. 輕輕拍一拍，縱身便依偎了進去。
2. 彷彿把高天和曠野就那樣無聲的融契起來。
3. 把星星摘下來放在你眼裡。

簡析 空間跳接，自然是內心感受，穿越空間，呈現想像可能的真
實。第一例是心的飛揚，我欲乘風躺在天上的白雲彈簧床。
第二例清淺沼澤是天和地的「和諧的第三者」，躺在曠野，映
著高天，把天地擁抱入懷。

第三例結合激問，極其稱讚女子明眸，集天空星光之大成，自爸爸的職業做徹上徹下的超常想像。

題目十四

用把字句（主詞＋把＋受詞＋動詞），寫出誇飾。

參考實作

1. 小野可以把一碗水煮成一大鍋湯。（吳念真）
2. 把水滴拍成水晶球。
3. 把舊情人當個屁給放了。
4. 愛情把幸福當成永遠。
5. 慾望把內心變成無底洞的山谷。
6. 他把自己縮成小雨點。
7. 一隻螢火蟲把世界從黑海撈起。（周夢蝶）

簡析

誇飾是局部變形，想像的真實，逸出常軌，但聳人聽聞中呈現感知與感悟。能由景入理，最為有味。如第二、三、四、五、七例。

把字句在動詞後，常接上譬喻，如第一、二、五、六例。

至於把字句的誇飾，可以結合排比，極其鋪陳。如：

淪陷的海港突告光復

而把月光推出了戶外，把杜牧

一個踉蹌推回了晚唐

把我推落在囂張的當代（余光中〈停電〉）

停電時的三種情境，共構當下的孤絕。

五 示現

題目一

電影中出現追述（回憶）示現，往往藉由場景中的物件，加以穿越時空。請舉例說明。

參考實作

1. 《我的父親母親》透過相片。
2. 《歌劇魅影》透過水晶吊燈。
3. 《回到未來》透過時光機器。
4. 《求婚大作戰》（日劇）透過婚禮時呈現的照片。
5. 《黃金羅盤》透過真理探測儀。
6. 《夢‧烏鴉》透過梵谷的畫。（張文寶）

簡析 追述（回憶）示現，讓時間可逆，重建當時場景，最後再回到現在，呈現「今昔今」的三分結構。值得注意的是，追示（回憶）示現是虛擬實境的重新凝視，往往有更深的體會。

《我的父親母親》彰顯「路長情更長」的真諦，讓親情有了更深切的交融；《回到未來》揭示「過去」和「現在」的因果關係；《求婚大作戰》一再自犯錯中學習，終於修正自己的迷思；《夢‧烏鴉》藉由與梵谷的親自晤談，瞭解藝術大師追求極致的理想與熱情，值得尊敬。

題目二

　　舉出運用懸想（現在）示現的影片，並說明其作用。

參考實作

1. 《虎克船長》桌上無東西，仍吃得興高采烈，喚回赤子之心。
2. 《哈利波特：神秘的魔法石》意若思鏡，呈現哈利波特的思親之情。
3. 《美國心　玫瑰情》對女兒同學的性幻想，反諷中年男子的無聊渴望。
4. 《黑天鵝》女主角入戲太深，混淆虛幻與真實，終至以死亡完成精彩絕倫的黑天鵝之舞。（張明覺）

簡析　懸想（現在）的示現，正是關鍵的重要細節，有助於情節的開展，照見人物心理的超常狀態，豐富人物性格的多面向，折射栩栩如生的感染力；在虛實映襯中，走向反諷，也走向象徵。

題目三

　　舉出運用預言（未來）示現的影片，並說明其作用。

參考實作

1. 《關鍵下一秒》運用二秒的超能力，得以解決和女主角間的困境。
2. 《命運好好玩》藉由遙控器，刪去生活的煩瑣，最後婚姻出狀況，悔恨不已。

3. 《深夜加油站遇見蘇格拉底》藉由一開始的夢境，暗示男主角
   米爾曼的日後遭遇。（筆者）

簡析　預言（未來）示現，猶如「觀想」、「冥想」，是靈光乍顯的穿
透力，往往禍福相倚，相反相成。最重要的是主角人物置身其
中，凝現命運的教訓與啟示，一步一步修正，回歸真實的自
我，真正成長與成熟。

**題目四　指出洛夫〈雨中過辛亥隧道〉中追述（回憶）的示
現，並說明其作用：**

入洞

出洞

這頭曾是切膚的寒風

那頭又遇徹骨的冷雨

而中間梗塞著

一小截尷尬的黑暗

辛亥那年

一排子彈穿胸而過的黑暗

轟轟

烈烈

……

倘若這是江南的運河該有多好

可以從兩岸

聽到淘米洗衣刷馬桶的水聲

而我們卻倉皇如風

竟不能

在此停船暫相問，因為

因為這是隧道

通往辛亥那一年的隧道

玻璃窗外，冷風如割

如革命黨人懷中鋒芒猶在的利刃

那一年

酒酣之後

留下一封絕命書之後

他們揚著臉走進歷史

就再也沒有出來

參考實作

　　第一個追述示現是「倘若這是江南的運河該有多好／可以從兩岸／聽到淘米洗衣刷馬桶的水聲」、「在此停船暫相問」，這是時空的回顧，渲染當時情境。

　　第二個追述示現是「革命黨人懷中鋒芒猶在的利刃／那一年／酒酣之後／留下一封絕命書之後／他們揚著臉走進歷史」加入了人物的特寫畫面，讓〈雨中過辛亥隧道〉有了歷史的聯想，形塑由實入虛的巧妙感染。（秋實）

題目五　指出余秋雨〈五城記〉中運用懸想（現在）示現，並
說明其作用：
對整個中國版圖來說，羣山密布的西南躲藏著一個成
都，真是一種大安慰。

我初次入川，是沿寶成鐵路進去的。已經看了那麼久的黃土高原，連眼神都已萎黃。山間偶爾看見一條通道，一間石屋，便會使精神陡然一震，但它們很快就消失了，永遠是寸草不生的連峯，隨著轟隆隆的車輪聲緩緩後退，沒完沒了。也有險峻的山勢，但落在一片灰黃的單色調中，怎麼也顯現不出來。造物主一定是打了一次長長的瞌睡，把調色板上的全部灰黃都傾倒在這裡了。

參考實作

「造物主一定是打了一次長長的瞌睡，把調色板上的全部灰黃都傾倒在這裡了。」是懸想的示現，自「造物主」的視角，想像造成眼前「一片灰黃的單色調」的理由。這樣的懸想，看似無稽之談，卻是拉寬視野，言之成理，增添「一片灰黃的單色調」中的奇思逸想，馳騁想像的可能。（錦池）

題目六　指出王鼎鈞〈碎琉璃〉中運用預言（未來）示現，並說明其作用：

教完這首歌以後，國文老師就不見了。他沒有跟我們說要到什麼地方去，但是，我認為我知道。當天邊晚霞消失，我彷彿看見天外有一個人背著行囊，挺著胸膛，在大風大雨中奮鬥，在流血流汗中成長。那人是他，那人也是我。我再也不珍惜家庭的溫暖，鄉情的醇美，甚至也不珍惜國家的保護。失去這些比擁有這些更能增加生命的意義。讓我也流亡吧，我也受迫害

吧。我又想死了，我想在攀登懸崖峭壁時失足失蹤，讓同伴向山谷中丟幾塊石頭，象徵性的做我的墳墓。讓浩浩天風捲走他們的淚水，落在另一座山的野花上，凝成露珠。

參考實作

「我彷彿看見天外有一個人背著行囊，挺著胸膛，在大風大雨中奮鬥，在流血流汗中成長。那人是他」是預言（未來）示現。國文老師的偉岸形象，在時代風雨中頂天立地，昂然向前，正是「哲人不遠，典型在前」的映照。這樣的志業，是知識份子的風骨，是一把文化火炬的點燃，在見賢思齊的示現中，傳遞至王鼎鈞的身上，形成「那人是他，那人也是我」的召喚，召喚有志之士共襄時代盛舉。（筆者）

題目七　指出巴特〈戰場遊戲〉中運用的示現，並說明其作用：

約翰‧湯瑪士下士首度出征，被虛幻的槍砲聲嚇得躲在泥巴堆裡。

「約翰！」他媽媽的聲音迴盪在戰場上：「要吃晚餐咯！」

他丟下 M-16 步槍，含淚跑向媽媽。

傳來數發清脆的槍響，接著一片死寂。

參考實作

第二行（「約翰！」他媽媽的聲音迴盪在戰場上：「要吃晚餐

咯！」)是追述(回憶)示現。似此示現,揭示下士的心理狀態。錯覺幻聽完全壓過下士的理智,於是他在思念媽媽的激情中,迎接槍聲,迎接死亡。

全篇藉由追述(回憶)示現,點出其中因果關係,正是「其行荒謬,其情可憫」,荒謬中自成感性邏輯,讓人噓唏。(筆者)

題目八　賞析提娜〈抉擇時刻〉最短篇:

> 她彷彿聽見牢獄大門哐噹關上。永別了,自由;再也不可能掌握自己的命運。逃犯的念頭,不斷在她的腦海閃過。可是她知道,自己是躲不了。她轉向新郎,微笑著重複這句話:「我願意。」

參考實作

「她彷彿………躲不了」是新娘的示現,揮別單身自由,進入家的枷鎖,正是婚前的「預言的示現」,知道自己從今以後甘心套上命運的鎖鍊,不想逃離。

似此「自覺不自由」的體認,也是「前瞻性」的深刻照見。於是在瞬間「預言示現」中,深刻覺察;「我願意」三個字不是有口無心的回答,而是擲地有金石聲的承諾。(筆者)

六　象徵

題目一

選出電影中表現出色的「象徵」，並分析其內涵寓意。

參考答案

　　1.電影《送行者》片中「石頭」的意象一再出現。主角大悟原是東京一交響樂團的大提琴演奏者，樂團無預警解散後，誤打誤撞進入納棺師工作，既不情願，又非得已；其中對死者無從逃避、外人的風涼話、妻子的不諒解，在在讓他挫折難堪。尤其在橋頭，他看橋下游到「石頭邊」的鮭魚奮力溯流而上，倍覺心酸，鮭魚的艱難影射著自己生命的困境，以石頭象徵阻礙。

　　一個晚上，他重新取出兒時練習用大提琴彈奏，畫面同時帶出一個包在樂譜裡的石頭，深沉的單音旋律帶出一段回憶的示現，回憶中父母看著他拉琴，一起去澡堂的溫馨情境，隨後閃現月光下，父子二人在滿布鵝卵石的溪邊，孩子拾起一粒白色光滑的小石子放在父親掌中，滿懷天真的微笑；父親則將一深灰色、粗糙、形狀不規則的石頭送給孩子，孩子仰頭，但父親的面容模糊一片。原來那以樂譜包裹的石頭，就是當年父親送的。但父親不久後便拋妻棄子，跟著外面女人走了，大悟非常不諒解，滿腹的怒氣與怨恨，那塊石頭是父子之間曾經交換的唯一信物，也是追憶父親的唯一線索。全片的結局是大悟在睽違數十年後，再次與父親相逢，卻是在天人永隔的別離場景，他不忍葬儀社的魯莽，以孝子兼納棺師的身分為「父親」整理遺容。過程

中他赫然發現父親臨死前仍緊握著他當年親手送的白色光滑小石子。原來父親至死都還惦記著自己，或許夾雜著不可言喻的愧疚。大悟心中積蓄多年的困惑與怨懟冰釋獲解，再度出現回憶的示現，同樣是那晚月光下溪邊父子交換石頭的畫面，但這次父親的眼神與笑容清晰可見。此時，從父親手中滑落的石子由妻子握著，大悟握起妻子的手，放在妻子腹上，要將這份心頭「重擔」，對父親的諒解、妻子對自己的諒解，連同失散多年的「親情」，「傳遞」給腹裡的孩子，彷彿為那新生命許下一個美滿家庭的諾言。

在電影後段，主角大悟帶著妻子到同一條溪邊，也撿一顆石子送給妻子，並講述一個從父親口中聽來的美麗的「石文」傳說：在還沒有文字的遠古時代，人們表情達意的方式之一，是尋找一顆與目前心情相似的石頭，送給對方，對方再根據收到石頭的特徵解讀其心情。「互贈石文」為石頭的意象再添一重意義，片中的石頭象徵人間的情感，既是父子親情，也是夫妻愛情。無論是光滑是粗糙，石頭堅硬的特性代表著信約承諾，而彼此之間真誠的情感，超越語言文字，心心相印。（洪觀智）

2.《送信到哥本哈根》（*I Am David*）主要在描述孤兒大衛從保加利亞集中營逃脫的歷程，其中象徵主要有三：

（1）肥皂

在片中，肥皂象徵著自由，主角大衛認為擁有肥皂就是自由的人。一開始他偷了指揮官的肥皂，引發集中營長官的憤怒，要槍斃小偷，而最照顧他的約翰，將大衛手中的肥皂拿了過來，代他受死。在逃脫的過程中，他不斷回想當時的情況，非常自責，而當他被別人誤認為小偷時，他跑到水池邊，想用肥皂洗淨不潔的雙手，卻於事無補，無法洗清他偷取那塊肥皂的罪孽。後來大衛因救了小女孩瑪麗

亞，被她家人招待，在浴缸泡澡時，看到旁邊擺放的肥皂，大衛占為己有，但他馬上想起約翰為他的犧牲，而克制自己的慾望。

肥皂貫穿了整個劇情，不僅象徵自由，也象徵清潔，因為約翰的死亡，使得大衛不想辜負約翰的期望，在旅途中不再偷竊。

（2）黃皮書

在逃脫的歷程中，黃皮書不斷出現在大衛視線中，從一開始出現在集中營軍官的抽屜中，而後歷經的書店、瑪麗亞家的書櫥都有，直到最後到了瑞士，黃皮書再度出現，也解答了其奧祕——那是大衛母親所撰寫的書。因此黃皮書，象徵著尋覓母親的線索，在大衛的旅途中一步步的推進，牽引著他，也因著那本書，大衛終於肯敞開心，告訴老婦人蘇菲他的故事，而順利與母親相逢。

（3）士官長及約翰的話

士官長和約翰對大衛所說的話分別象徵了不同意義。士官長告訴大衛：「不要相信任何人！」而約翰卻說：「世上有友善的地方，我曾見過。」

這兩席不同的話，使得大衛在旅程中，不斷掙扎，躊躇著是否該信任他人。士官長的話象徵著一種自我防衛，相信人性本惡，應當要武裝自己免得受到傷害；約翰的話，則象徵著一種人性的美善，認為這世界上還是有值得信任的地方。

大衛逃脫的初期，因為集中營的夢魘，士官長的話成為他所選擇的方向，也形成了一種保護，他將自己塗上厚厚的防護漆，不與任何人透露他的真實身分；而到後期，他漸漸感受到人性的溫暖，尤其是遇見老婦人蘇菲，他選擇慢慢卸下心防，順著約翰的聲音，相信人世間依然存在美好的事物，促使他最終投入自由的懷抱。（佚名）

3.《聽風者》男主角何兵（梁朝偉飾），是一位聽力極好的瞎子。他可以聽見一般人耳朵聽不見的低頻電波，因而被徵召為諜報機構 701 工作，負責竊聽、搜尋敵方的秘密頻道。而諜報機構 701，就座落在一片白芒花叢之中。電影中的白芒花，象徵著「盲」與「茫」。他們是一群從生到死都是機密的軍人，是一支看不見的部隊，在看不見的戰場上，和看不見的敵人戰鬥，這裡的每個人，沒有一個不是「盲」，沒有一個不是「茫」。

白芒花在電影中一共出現四次，每一次都會伴隨著不同的意涵，暗示腳色心態或結局。

（1）第一次：何兵第一次被領進 701，畫面帶過一片芒花草原。

701 座落在白芒花叢中，象徵 701 不可告人的性質。這個地方，讓人捉摸不定，茫茫然不知真假。進入白芒花叢的動作，暗示主角的「盲」與秘密機構的「茫」兩者開始交織。

（2）第二次：何兵在白芒花叢中預見未來的妻子。

何兵的妻子是位密碼解譯員，兩人在何兵與 200 吵架後相遇。本來是個希望的開頭，導演卻安排兩人在一片白芒花叢中碰面，暗示著兩人的未來雖甜蜜美好，卻擺脫不了「盲」與「茫」的命運。何兵的妻子，其父親為敵方的重要人物，因而被 200 懷疑接近何兵的目的。雖然電影最後以「忠誠」的妻子做結，但我以為讓妻子徘徊在丈夫與父親之間抉擇，凸顯「茫」的意象，會更加具有張力。

（3）第三次：何兵與妻子在白芒花叢中談論工作。

何兵的妻子說道：「我是賭別人的命，要是解錯，丟的就不只是一條人命了。」這句話暗示著何兵的際遇。本來因為 200 的關係，何兵有機會接受治療，恢復眼前的光明，卻因此導致聽力下降。在一次 200 出任務時，何兵因聽錯敵方電

碼，害 200 遭到殺害。為了贖罪，何兵弄瞎了自己的眼睛，找回失去的聽覺，為 200 報仇。企圖擺脫瞎眼命運的何兵，卻因此失去重要的朋友，注定一輩子「盲」的命運。在聽力與視力的抉擇中，「茫」然不知所措的何兵，印證了其妻子在白芒花叢中，真摯的告白與警告。

（4）第四次：何兵的好友，特務 200 被殺，墓碑安置在一片白芒花叢中。

站在好友的墓前，四周被白芒花給包圍著，「這裡的人從生到死都是機密。」所以墓碑簡單不張揚，就是顆方石，上面刻了三碼的代號。701 的人，進來了，就要死在裡面，躲在戰場的背後，躲在陰影的背後，沒有人不是「盲」。701 的人，出生入死，沒有明天的保證，沒有反抗命令的權利，沒有人不是「茫」。在這裡，明眼人沒什麼用，所有人都是「有眼無珠」，就是座落在白芒花叢中的秘密。（易鼎鈞）

題目二

選出小說中運用極佳的「象徵」並分析其內涵寓意。

參考答案

1.雨是張愛玲小說《半生緣》書中的背景，連貫在情節當中，張愛玲特地寫出雨景，為的就是要呈現陰晦溼冷的天氣所延伸到的劇情灰暗。雨是敗興之物，「山雨欲來風滿樓」呈現大事將臨的徵兆。第一次出現是在曼楨、叔惠、世鈞三人一起去拍照的時候，在這場場景中，雨的另一個作用是埋下伏筆；綿綿的雨絲落下，彷彿暗示著三人的情感糾葛是叨叨絮絮，又隱隱帶著朦朧不清的不安。

在世鈞同叔惠回到南京老家時，也遇上一連串陰雨的壞天氣，這一次雨景的描寫也曲曲折折暗示叔惠和翠芝將來沒有好結果。在書的前半部，雨只限於做伏筆、宿命的烘托。但是在第八章時，豫瑾的出現引起一陣旋風，世鈞被兩位顧太太冷眼以待，他本來要走了，但是「聽見外面的雨越下越大⋯⋯一陣狂風，就把兩扇窗戶嘩啦啦吹開了⋯⋯通到隔壁房間的一扇門也給風吹開了，顧太太在那邊說話，一句句聽得很清楚：『要不然她嫁給豫瑾多好哇，你想，那她也用不著那麼累了⋯⋯』這話聽在曼璐和世鈞耳裡，都是又驚又氣。」在這裡，雨的象徵作用，首先呈現了變調，從外界進入角色的內心。到了後半部，雨展示另一個象徵作用，單刀直入，赤裸裸的刻畫出女主角曼楨的心路歷程。（白富怡）

2.莫泊桑短篇小說〈小偷〉（Le voleur），開頭，是一位老人一再強調「這是一個真實故事」。一般來說，小說會有這樣的開頭，其內容一定是非常懸疑或荒唐。而故事開始，老人敘述自己與兩個朋友，因為酒醉而玩起角色扮演，重溫軍人時期，穿起了「戲服」。「戲服」暗示故事之後的荒謬性，一切都在不可預料之中、真假難分。果然三位發瘋的老人，捉了一個闖空門的小偷，開始戲謔的審判與虐待，把小偷累得半死。因為三位老人過於荒唐，連軍隊都認為那是個「假小偷」，拒絕羈押犯人。三位老人沒辦法，竟為小偷鬆綁，一起喝酒，送他出門。到底什麼是真？什麼是假？三位老人到底在想些什麼？沒有人知道。如同戲服一般，給人一個假像，裝裝樣子，卻又演出角色的情感，演員、角色真假難分。這篇小說的開頭，就用戲服的意象，揭示通篇的荒謬性。最後，老人故事講完，還意有所指說：「這個故事最有趣的是，它是一件真實的事情。」因為假戲真做，真實而有趣。（易鼎鈞）

題目三

　　好的作品一開始往往運用意象，渲染氣氛，暗示結局。
請以電影為例，加以說明。

參考作品

　　1.電影《夜奔》中有一個畫面是男主角少東帶著女主角英兒到舞
台上拉琴，另一個男主角林沖就躲在後台一起聽他演奏。這時少東說
了一句話：「每一個空間裡，一定有一個最好的共鳴點，找到那個
點，你就能聽到最好的聲音。」這個意象是：少東、英兒和林沖三人
的關係好比是一個空間，在這個空間裡面，英兒就像是林沖和少東之
間的共鳴點，他們兩人的聯繫幾乎都透過英兒來傳達，也因為有了英
兒，他們兩個才能聽見彼此最想聽見的人和事。或者也可以說在偌大
的世界中，他們三人皆是彼此最好的共鳴，那種在茫茫人海中找到知
己的感覺，就像是樂器在每個演奏的場所中，找到那個能讓自己發出
最美麗的聲音。

　　而這也暗示著結局少東在墓園裡的獨白，他說：「這裡埋的一個
是我的妻子、一個是我的愛人，我還是決定把你擺在我們中間。」就
像當初他們在那個舞台上和他們三人一直以來的關係一樣。（郭雅
禎）

　　2.電影《半生緣》開始不久後，曼楨、叔惠和世鈞三人高興的拍
照，拍了許多張，曼楨先是說要和叔惠合照，後來，又說還沒跟世鈞
單獨照過一張，而要叔惠幫忙拍照時，叔惠才發現沒有底片了。曼楨
和世鈞未完成的照片，似乎就隱隱向觀眾暗示著兩人有情人終不成眷
屬的遺憾。（白富怡）

　　3.電影《心靈鑰匙》開場奧斯卡的父親在一片藍之中漂浮著，隨

後鏡頭帶到奧斯卡孤身一人獨白：「更多活於現世的人在整個人類歷史中死去，逝去的人越來越多，直到有一天再無埋葬的空間，人們應該在地面下蓋高樓大廈讓死者居住，就蓋在地面上的摩天大樓底下。」

此處已經暗示奧斯卡的父親將會死亡，而一片藍則是 911 發生後死於墜樓。片中父親的積極向上的個性，暗示出他極有可能為爭取最後希望而嘗試跳樓求生。

其次，一片藍除了暗示墜樓，同時也代表影片的走向並非是開朗活潑。值得注意的是，這一片藍的「藍」，是介於灰藍與天空藍的模糊色調，最後畫面又以揭幕簾的方式切到奧斯卡獨自一人，暗示最終鑰匙將打開奧斯卡的心靈枷鎖。

最後，奧斯卡獨自一人，除了代表他本身是自閉兒的身分，場景刻意選擇房間陰暗的角落，一方面是表示奧斯卡心靈的幽閉，另一方面則暗示這是屬於奧斯卡孤獨的心靈之旅，自我探索到自我發現以致自我解放的過程，非外力（其母親）所能動搖，而如果仔細觀察會發現在他獨自一人的末段會有一道光（應是手電筒）照射在他臉上，這道光看似微不足道，卻可能如蝴蝶效應般引起奧斯卡心靈上莫大悸動。有光就有希望，光出現在奧斯卡一人的末段，亦暗示片尾的光明。（沈士凱）

參　音樂性

教學重點

音樂性是修辭的聲音系統，而聲音更是細膩的表情；散文中的節奏，詩歌中的韻律，對話中的語感，電影中的配樂，無不由聲音傳達意義，兜出聲情相諧或相反的多音交響的世界。

一　類疊

類字與疊字不同，類字是主旋律的凸顯，疊字是餘韻的浮升，各顯音效。

（一）類字逞能，強化異同

類字力求重出貫串，彰顯音義，尤其結合映襯（對比），更見音美義豁。如：

1. 好日子過了頭，壞日子就臨頭。（《後宮甄嬛傳》）
2. 凡事太盡，因緣早盡。（《風雲》）

第一例藉由「過了頭」、「臨頭」的統一重出（「頭」），揭示開高走低的變化反差。第二例藉由「太盡」、「早盡」的類字與差異，點出「過度」、「猛浪操切」的缺失，語淺義深，引人警惕。

（二）疊字摹神，捕捉情態

疊字細膩描摹，塑造情境氛圍。如：

    1. 天蒼蒼，野茫茫，風吹草低見牛羊。（敕勒歌）

    2. 天陰陰，野沉沉，風吹草低見牛群。

第一例自「蒼蒼」、「茫茫」展現開闊寬大的情景。第二例自「陰陰」、「沉沉」中帶出蕭條凝滯的感染，一片風景，一片心情，兀自斂容。

二　雙關

    雙關是機智的火花，在「一字多義」、「一音多字」中展開新解，別有會心，往往撞擊出兩種，甚至是兩種以上的多義性。

（一）一字多義，新解豁目

    習焉不察的語詞，經由增刪、跳接、延展，可以有多重的雙關。如「戒指」：

    1. 戒掉指責別人，不要動不動比食指。

    2.「戒、定、慧」之旨。

    3. 戒單身自由之旨，戒掉舊情人到此為止。（筆者）

第一例是「戒指」新解，點出「成家」、「轉大人」的應有修養，第二例指出「婚姻」是另一種「修行」，有諸多戒律、禪定，亦有諸多相處的智慧妙旨。第三例則直說戴上戒指，就是「自覺的不自由」，「知止不殆」的體認，信守承諾，相親相重。

（二）一音多字，多解增趣

    在語言系統的轉換上，諧音（「音同」、「音近」）聯想，往往仁

智互見，別有領略以「China」為例，可以聯想成：

1. 親啦。（情侶）
2. 妾啦。（父權）
3. 權啦。（政客）
4. 簽啦。（賭博）
5. 拆啦。（政府）（網路）

似此五種雙關新解，照見 China 文化中的不同風貌，不同立場，就有不同解讀；看似荒誕不經，隱隱約約有所指涉批判。

三　對偶

對偶講究形式上的典麗精工，力求有聲有色，平衡勻稱，展現語言藝術的極致。好的對偶，除了兼用辭格，更重內蘊的豐贍。

（一）兼用辭格，音義皆美

對偶名句莫不錦心繡口，對仗工整，琅琅上口。如：

1. 勤勤勤勤，不勤難為人上人；
   苦苦苦苦，不苦如何通今古。（曹瑞）
2. 行善之人，如春園之草，不見其長，日有所增。
   行惡之人，如磨刀之石，不見其損，日有所虧。（佚名）

第一例兼用疊字、類字，指出勤苦為人，發憤為學的重要，毫無捷徑可言，正所謂：「書山有路勤為徑，學海無涯苦作舟。」第二例兼用譬喻，對比出善惡滋長，日積月累，無所遁隱，自有不同的生命景觀，由漸進終至昭然若揭。

（二）畫面呈現，意在言外

雋永對偶，貴於用畫面呈現，用畫面抒情說理，藉由對比矛盾，反諷批判。如：

1. 蟬翼為重，千鈞為輕。（〈卜居〉）
2. 朱門酒肉臭，路有凍死骨。（杜甫〈自京卦奉先詠懷五百字〉）

第一例指出社會是非混淆，價值顛倒，正是「黃鐘毀棄，瓦釜雷鳴」，毫無道理可言。第二例杜甫用畫面撼動人心，奢侈糜爛與卑微存活共構，貧富差距至此，不忍卒睹；反諷之旨，浮升其間。

四　排比

排比是共相的分化，統一的多樣，自三組或三組以上的平行描寫中，自然兼及類字，增強節奏，增廣文義，擴大視野，開展鋪陳繁豐的語言風格。

（一）淋漓刻畫，多樣盡致

排比是規律的演繹，在線的延伸中形成面的擴大，展現多角度的觀察。如：

見上司瞇眼，見下級冷眼；

見讚揚開眼，見批評橫眼；

見名利紅眼，見困難傻眼。（順口溜）

世事洞明，多方捕捉，描繪出商場官場的六種「眼」，逢迎欺下，

崇己抑人，心無定見，缺少「溫暖」、「清澈」、「淡定」的雙眼，十足醜陋嘴臉。

（二）擴充類比，說理深刻

排比是生活的面面觀，思維的廣角鏡，多向度的剖析。如：

> 大事難事看擔當，
> 逆境順境看襟度，
> 臨喜臨怒看涵養，
> 群行群止看識見。（呂坤）

日常小事、順境、歡喜、通性時，看不出一個人的能耐。只有大事臨頭，才能看出他的肩膀；身陷困境，才能看出他的能量多大；諸多突發狀況，才能看出他能否擺脫情緒化，處變不驚；針對眾人觀點，才能檢視他能否有力排眾議的見識；可說多角觀察，才能照見一個人的深度與高度。

五　頂真

頂真是「點的撞擊，線的延伸」，藉由句末同一字詞為銜接點，在音節的流暢接軌中延展衍生，更形綿密搖曳；或轉圜變化，抑揚升降。

（一）線性延展，接續相生

頂真承上啟下，上遞下接，環環相扣，一氣流轉貫通，直指情景事理的深層。如：

1. 眼觀四面，面面俱到；耳聽八方，八方關心。（章容）
2. 難道我們只能選擇愛人或者被愛嗎？愛人若沒有回報，太苦；被愛而無以為報，太累。（張曼娟）

第一例是頂真的對聯，對「眼觀四面，耳聽八方」有了更深入的補充說明，對現代手機的「低頭族」，提出善意忠告。第二例以「愛人」、「被愛」雙縮頂真，進一步剖析「愛人」、「被愛」均有「所得非所願，所願非所得」的缺憾，「愛的藝術」並沒有想像中那麼簡單。

（二）靈動轉折，層次變化

頂真呈現相屬關係，井然有序，自成層次分明的遞繫結構，或曲轉，或陡轉，意生不測。如：

當口唇已發渴而猶拒飲腳下的河，
當河已將凍結猶未理解該偏袒那岸，
當岸行將脫力猶堅持不肯握手，
他就頹然而臥，
變成一枝橫流的蘆葦。（大荒〈蜻蜓之死〉）

自「口唇、河、岸、他、蘆葦」的相屬關係上，藉由擬人視角的銜接，刻畫蜻蜓的堅持；無可置疑，悲劇英雄之死，對自身而言，重如泰山，對河岸流水而言，輕如蘆葦。全詩在二次的頂真（「河」、「岸」中自然映現生命的相關情境。

六 回文

回文是字詞相同，次序顛倒，藉由排列的相反，一順一逆的組合，形成回環往復的節奏，並產生雙向思維的激盪。因此，回文中自然兼及頂真的音義之美。

(一)回環往返，和諧相應

回文是不同語序組合的交響，變化中有統一，力求首尾圓合，親切有味。如：

1. 抓抓癢癢，癢癢抓抓，越抓越癢，越癢越抓；生生死死，死死生生，先生先死，先死先生。（對聯）
2. 人生的滋味是充實中有寂寞，寂寞中有充實；在堅持中等待，在等待中堅持。（筆者）

第一例結合疊字，自和諧音節中湧現互動情境，生命的真相永續輪迴，無時或已。第二例揭示人生滋味，充實與寂寞俱存，堅持與等待並列，等待成長，等待成熟，更等待「堅持到無不走向循環，相反相成，最後的成就」。

(二)逆向思維，別具慧眼

回文自雙向觀照中察覺反差的變化，揭示客觀的真實，跨越單向思維的偏知。如：

1. 把單純的弄複雜，很容易；把複雜的弄單純，很困難。（布拉克《莫非定律》）

2. 凡事不能有「當點心」的輕忽，要有「當心點」的沉穩。
（筆者）

第一例指出化簡為繁，橫生枝節，是滋事；化繁為簡，深入淺出，是本領。第二例「當點心」、「當心點」回文的比較中，指出應有的態度。「當點心」往往輕忽鬆懈，「當心點」則是臨深履薄，步步為營，終底於成。

七　其他

其他如倒裝、錯綜，亦為音樂性辭格。倒裝，力求打破固定語序，有意顛倒，突出重點，強化語勢。如：

1. 苔痕上階綠，草色入簾青。（劉禹錫〈陋室銘〉）
2. 悠悠西去依然是汨羅

　所有的河水，滔滔，都向東。（余光中〈汨羅江神〉）

第一例如不倒裝，將還原成「階上苔痕綠，入簾草色青」，句子較為平順；但經由倒裝，「苔痕」、「草色」提前，一躍而為轉化（人性化），化靜態為動態，音節更為強勁，整個畫面活了起來。同樣，第二例，若還原成：

汨羅依然是悠悠西去
所有的河水都滔滔向東

明顯變成散文句法，失去詩的靈動與跳躍，原詩的鮮活節奏，消失殆盡。

至於錯綜，有意擺脫整齊規律形式，力求「字、詞、句」上的

參差替換，讓音節在統一中調和生新，變化有致。如：

1. 山不在高，有仙則名；水不在深，有龍則靈；斯是陋室，惟
   吾德馨。（劉禹錫〈陋室銘〉）
2. 話不多，暖人；
   酒不多，醉人；
   罐頭不多，卻留下永久甜甜的回憶。（蕭復興〈姜昆走麥
   城〉）

第一例中五、六句若不採錯綜，將變成「室不在陋，有德則馨」，
前後則形成規律的排比，缺少流轉變化；經由錯綜，原先的表態
句、有無句頓時轉換成判斷句，語氣更為堅定有力。第二例中五、
六句若不用錯綜，將變成「罐頭不多，卻甜人」，形成排比鋪陳；
然而原作改變敘述，拉長句子，轉折中帶出無邊的感動，用句子的
長度模擬情感的長度，無疑較「罐頭不多，卻甜人」更聲情相諧，
錯落有味。

題型

說明：

一、本題型主要採用填空，旨在讓學生體會文字的音感，檢視其音感中和諧與變化的表達力。

二、本題型只提供原作答案。實施時，宜由學生先練習。學生答案宜分「高、中、低」三級討論，辨析說明其間差異。

三、當學生答案與原作不同時，宜加以比較說明其中優劣所在，藉以提升學生音感。

一　類疊

題目一　運用類字，完成以下空格：

所謂成長，就是發現心中那些夢想，果真成為□□，生命的殘缺原是□□□□。（村農）

參考答案

夢想、不可或缺

 簡析　成長時開始正視人生是一場反諷，生命充滿悖論弔詭。藉由類字（「夢想」「缺」），指出事與願違的真實，殘缺的必要；讓人體會深刻，真正成長。

若不自類字著眼，可填上「幻滅」，「生命本質」，但整個句子的節奏減弱了。一般學生往往只注意抽象概念的敘述，不管音感效果。

題目二　運用類字，完成以下空格：

時間作弄□□，打鐵的少年變成□□的少年，看海的眼睛，也成□的眼睛。（沈香）

參考答案

人間、鐵打、海

簡析　造化弄人，逝者如斯，既是「天降大任於斯人也」的訓練，也是磨練。藉由類字（「間」、「海」），兼及回文（「打鐵」、「鐵打」），讓句子流利暢達。

若填上「人世」、「雄壯」、「灰」，雖說意思講得通，較無音樂性的美感。

題目三　運用類字，完成以下空格：

愛我，只因為我是□，有一點好有一點壞有一點癡的我，古往今來獨一無二的我，愛我只因為□□相遇。（張曉風）

參考答案

我、我們

> **簡析** 藉由類字（「我」），強調「我」的特殊性，獨一無二，不可替代。愛我，純粹是偶然相遇，藹然相識，欣然相知，充滿緣起的美感；不因為我「第一」，而是因為我是「唯一」。

題目四　運用類字，完成以下空格：

凡是從人心深處流出來的東西，方能流向□□深處去。（梁實秋）

參考答案

人心

> **簡析** 藉由「人心」類字，強調只有真正「有心」、「實心實意」、「誠摯抒發」、「由情生文」，才能讓讀人有感覺、有感知、有感染、有感動。
> 不能感動自己，如何感動別人？

題目五　運用類字，完成以下空格：

它狠任它□，清風拂山崗；它強任它□，明月照大江。（《倚天屠龍記》）

參考答案

狠、強

簡析 藉由類字強調對方再「狠」、再「強」，自己天清地寧，水淨沙明，猶如蘇軾詩所謂：「雲散月明誰點綴？天容海色本澄清。」不受干擾影響，如如不動，自顯超然高度，豁然格局。

題目六　運用疊字，完成以下空格：

銀色小船搖搖晃晃彎彎　懸在絨絨的天上
你的心事三三兩兩□□　停在我□□心上　（流行歌曲〈離人〉）

參考答案

藍藍、幽幽

簡析 用「藍」代表憂鬱，一簾幽夢，自是「幽幽心事」，離人心上秋（即「愁」）。
值得注意「藍藍」和「彎彎」疊韻，唱起來特別柔和悠遠。

題目七　運用疊字，完成以下空格：

秋天，最容易受傷的記憶
霜齒一咬
噢，那樣□□
就咬出一掌血來。（余光中〈楓葉〉）

參考答案

輕輕

簡析　「霜齒」將「霜」物性化，配合「輕輕」，極其形容「受傷記憶」的脆弱。若用「重重」，則是暴力驚悚，較無餘味。

就繪畫性而言，「霜齒」銜接「咬」，形象鮮活；若直接寫成「霜一咬」，則效果減弱。

題目八　運用疊字，完成以下空格：

晚鐘□□在上界宣布些什麼，全城□□□□□□□□的塔樓和窗子都仰面聆聽，所有的雲都轉過臉來。（余光中）

參考答案

鏘鏘，高高低低遠遠近近

簡析　此例疊字兼轉化。「鏘鏘」是高亢，不是悠遠；回應「高」、「低」、「遠」、「近」的疊字，正是鐘聲下塔樓和窗子的描摹，錯落起伏，很有景深的畫面感。

題目九　運用疊字，完成以下空格：

天氣真熱。連脖子也會出汗，就像胸膛也會出汗一樣。兩處的汗水合流，心窩做了渠道，腰皮帶做了攔水壩。在束腰的地方，軍服吸收汗水，沉甸甸濕淋淋□□□□□□有百般滋味。（王鼎鈞）

參考答案

熱烘烘鹹津津

> **簡析** 一般疊字只用二組。此處王鼎鈞特別在「沉」、「濕」後，再接
> 上「熱」、「鹹」共構四組疊字的細膩感受。
> 四組疊字不加標點，同時也模擬汗水流淌蜿蜒的長度。

題目十　運用疊字，完成以下空格：

急急忙忙苦苦求，寒寒暖暖度春秋，朝朝暮暮營家計，
悶悶昏昏白了頭。是是非非何日了，煩煩惱惱幾時
休？□□□□一條路，□□□□不肯修。（大佛法語）

參考答案

明明白白、萬萬千千

> **簡析** 其實也可以填成「萬萬千千一條路，明明白白不肯休」，反諷
> 世人的「不為也，非不能也」，大家都「只做想做的，不做肯
> 做的」，用感性過日子，陷於「忙、茫、盲」的人生。

題目十一　運用疊字，完成以下空格：

世界紛紛擾擾喧喧鬧鬧　　什麼是真實
為你跌跌撞撞傻傻笑笑　　買一杯果汁
就算庸庸碌碌匆匆忙忙　　活過一輩子

也要□□□□□□□□　全心守護你

最小的事（五月天〈最重要的小事〉）

參考答案

分分秒秒年年日日

簡析　連續用四組疊字描摹「全心守護」。而所有你「最小的事」是「最重要的事」，是反襯的強調，點出人生的真諦：「沒有什麼大事，都是比大事還重要的小事。」

題目十二

古典詩詞曲中不乏善用類字、疊字的佳作，請舉例說明。

參考實作

1. 依依脈脈兩如何，細似輕絲渺似波；

　　月不長圓花易落，一生惆悵為伊多。（吳融〈情詩〉）

說明

情之一字，所以維繫乾坤；情之不諧，令人輾轉反側。全詩以繪畫性中的意象（「月」、「花」），音樂性中的疊字（「依依脈脈」）、類字（「似」），直指情字沒有剛剛好，往往充滿殘念。（筆者）

2. 心心復心心，結愛務在深，

　　一度欲離別，千迴結衣襟，

結妾獨守志，結君早歸意，

始知結衣裳，不如結心腸，

坐結行亦結，結盡百年月！（孟郊〈結愛〉）

說明

全詩始於疊字（「心心」）兩次，終於類字（「結」）九次，一再強調「結愛」的深意，不在眼前，而在心裡，一生一世，直指「執子之手，與子偕老」的情逾金石。（秋實）

3. 機關算盡太聰明，反算了卿卿性命。生前心已碎，死後性空靈。家富人寧，終有個家散人亡各奔騰。枉費了，意懸懸半世心；好一似蕩悠悠三更夢，忽喇喇如大廈傾，昏慘慘似燈將盡。呀！一場歡喜忽悲辛。嘆人世，終難定。（《紅樓夢》）

說明

一開始拈出反諷主旨。以映襯（「家富人寧」、「家散人亡」）中的類字，再加上四組疊字（「意懸懸」、「蕩悠悠」、「忽喇喇」、「昏慘慘」）的描摹感受，「算計」一輩子的人生終究是事與願違，開高走低，終歸無常。（錦池）

題目十三

請舉例說明善用類字、疊字的現代散文。

參考實作

一面面石壁向我壓來，令我窒息。七萬七千二百九十七具赤裸裸的屍體，從耄耋到稚嬰，在絕望而封閉的毒氣室巨墓裡扭曲著扭扎著

死去，千肢萬骸向我一鏟鏟一車車拋來投來，將我一層層一疊疊壓蓋在下面。於是七萬個名字，七萬不甘冤死的鬼魂，在這一面面密密麻麻的哭牆上一起慟哭起來了，滅族的哭聲、喊聲、母叫子、祖呼孫，那樣高分貝的悲痛和怨恨，向我衰弱的耳神經洶湧而來，歷史的餘波回響捲成滅頂的大漩渦，將我捲進……我聽見在戰爭的深處母親喊我的回聲。（余光中〈橋跨黃金城〉）

說明

就繪畫性而言，「一面面石壁向我壓來」、「千肢萬骸向我一鏟鏟一車車拋來投來」是人性化，化靜態為動態，「歷史的餘波回響」是形象化，「捲成滅頂的大漩渦」是暗喻。「七萬個名字，……向我衰弱的耳神經洶湧而來」整段則是回憶的示現，「我聽見戰爭的深處母親喊我的回聲」是幻聽，是誇飾的超常感知。

至於音樂性，藉由一連串疊字（「一面面」、「赤裸裸」、「一鏟鏟」、「一車車」、「一層層」、「一疊疊」、「一面面」、「密密麻麻」），再輔以類字（「扭」、「哭」、「喊」、「捲」、「聲」），描繪臨場的強烈震懾，形塑繪聲繪影的效果。（筆者）

二 雙關

題目一 自一音多義，完成以下空格：

每個人都有「牢獄」（□□）之災。（沈香）

參考答案

勞慾

> **簡析** 「勞慾」是內在的「牢獄」，一生為了慾望，燃起希望，也帶來失望；庸庸碌碌，勞心勞力；多勞累，至死方休。

題目二 自一音多義，完成以下空格：

「我」又叫「余」，是叫我們每個人都做事都要□□，要□□，要□□。（筆者）

參考答案

有餘、歡愉、自娛

> **簡析** 「余」和「餘」、「愉」、「娛」同音。做人要留餘地，多給自己時間，多給別人空間；歡愉過日子，自娛娛人，何必憂鬱愁苦？反觀「吾」，可以和「無」雙關，是不是提醒一個人不要「我執」，要「無我」？

題目三　自一音多義，完成以下空格：

「樂在其中」的更高境界是樂在其□，進而樂在其□。（筆者）

參考答案

衷、終

簡析　樂在其衷，由衷快樂，不忘初心；樂在其終，能有始有終有熱情，自得其樂。由「中」至「衷」再至「終」，正是「快樂」的進路。

題目四　自一音多義，完成以下空格：

凡人一定要能耐□，而不是一直說：「我很□！」（村農）

參考答案

煩、煩

簡析　凡人，其實就是「煩人」，煩惱之人，但超凡入聖，就要能化煩為簡，化簡為易。

第二格也可以填「凡」、「繁」，則變成做人要「繁華落盡見真淳」的「平凡」、「單純」、「簡樸」。

題目五　自一以多義，完成以下空格：

什麼叫高格調？□□不夠高的，不夠好的。（王小濱）

參考答案

割掉

簡析　高格調，是謙沖自牧，一定去高調，很低調；「割掉」不入流的，注重內在品質，才能精進向上。

題目六　自一音多義，完成以下空格：

政府官員體格都比人格好，衣服最髒的是□□。（佚名）

參考答案

領袖

簡析　領子、袖子最容易髒，簡稱「領袖」，變成諷指上層領導者往往是絕對的權力，絕對的腐化。

題目七　自一音多義，完成以下空格：

自從割了乳房後，歐巴桑說她變成「義大利」（□□□）人。（笑話）

參考答案

　一大粒

簡析 這是國名的雙關，話中有話，自我調侃，幽自己一默。

題目八　自一音多義，完成以下空格：

　　學會一技之長，就不會變成「吉卜賽」（□□□）。
　　（俗諺）

參考答案

　一坨屎

簡析 這是國語和臺語的雙關，實為語言系統轉換中常見的現象。有
　　一技之長，自能生財有道，不會變成無業遊民。

題目九　自一音多義，完成以下空格：

　　他英文名字叫「Jason」（□□），綽號叫「蠶寶寶」
　　（□□）。（佚名）

參考答案

　節省、節儉

簡析 第一個答案是英文和中文的雙關，至於「蠶寶寶」，即蠶會結繭，亦即節儉。

題目十　自一字多義，完成以下空格：

烤肉最怕肉跟你□□，木炭喊□，玉米□起來，蛤蜊搞□□，烤肉架□□。（笑話）

參考答案

裝熟、冷、硬、自閉、拆夥

簡析 藉由五種擬人中，指露營時最怕烤肉不熟裝熟，吃壞肚子；木炭冷而不熱，燒不起來；玉米沒烤熟，生硬無法吃；蛤蜊不熟沒打開，不能吃；烤肉架又散落一地，分崩離析，淒慘至極。

題目十一

用雙關的手法將以下六個語詞分別寫成兩行小詩。

1.早點

2.生氣

3.馬上

4.碰

5.開心

6.難過

參考答案

1. 早點
   應該順手拿來吃，還是
   趕快行動？

2. 生氣
   好好的說是活力
   狠狠地說是怒氣

3. 馬上
   比起你遲鈍的回眸
   果然快些

4. 碰
   撞擊之後
   竟是功成名就的等待

5. 開心
   如果是手術，肯定
   相當難過

6. 難過
   這道無法逾越的關卡
   想想，就好…… （方群）

簡析 「早點」是名詞，也可以是動詞「提早點名」；「生氣」的重點可以是「生」（活力）也可以是「氣」（怒氣）。「馬上」也可以是「馬背上」、「馬上慢慢來」；「碰」是麻將的「碰」，也可以是慶功宴的「碰」杯；「開心」是心情，也可以是動手術；「難過」是形容詞，也可以是動詞「很難跨過」。似此小詩，在在展現作者的機智創意。

題目十二

一音可以多字，以「每日Ｃ」為題，寫出雙關的六行小詩。

參考作品

每日Ｃ

每日Ｃ一點新鮮空氣在昨夜
Ｃ過藥草之後，Ｃ一條不要太老氣的
領帶，和女同事調Ｃ時不忘收聽
今天的股市Ｃ，Ｃ個三溫暖
看幾段ＡＶ版的Ｃ遊記，只要保持
Ｃ悅的心情，人生就有Ｃ望。（陳黎〈每日Ｃ〉）

簡析 Ｃ可以和「吸」、「洗」、「繫」、「戲」、「析」、「西」、「喜」、「希」八個音雙關，在語言系統的轉換中，形成一音多字多義的趣味。

題目十三

請以雙關手法，將「官」、「錢」、「魚」分別填入第一格，依以下形式造句：
□者□也，……

參考答案

1.官者棺也，當官的到最後了不起得到一副銅棺。

2.官者關也，要關心民情，不要關閉自己。

3.官者觀也，眼觀四面，耳聽八方。

4.錢者箝也，一輩子被錢箝住，就變成錢奴。（以上秋實）

5.錢，前也，坐在前位，身名前等，大有前途，錢之時義大矣
　哉！（黃永武）

6.魚者愚也，不要笨得只會繞來繞去。

7.魚者愉也，要心情愉快，悠游自得。

8.魚者余也，每個人都是一尾魚，都被時間的大魚缸困住。

9.魚者瑜也，如何懷瑾握瑜，就看你能否升級躍進。（筆者）

簡析　「官」可以有三關（「棺」、「關」、「觀」），「錢」可以有二關（「箝」、「前」）。「魚」可以有四關（「愚」、「愉」、「余」、「瑜」），可見一音可以多義。似此，相當傳統訓詁學中的「音訓」。依聲音上的聯想，挑戰「音」「義」結合的可能空間，也拓展文字物質性的極致。

三　對偶

題目一　運用對偶，完成以下空格：
　　□□□□□，人間四月天。（張以仁）

參考實作

1. 池畔千年柳
2. 案上陳年酒
3. 髮上三冬雪
4. 夢裡雙星月
5. 海上千層浪
6. 心內千般愛（張以仁）

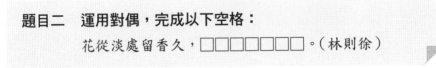

簡析　由於「人間四月天」（平平仄仄平），所以下句音節均應合「仄仄平平仄」。

其中第三、六例是「情景」對偶。

題目二　運用對偶，完成以下空格：
　　花從淡處留香久，□□□□□□□。（林則徐）

參考實作

1. 果為酸餘得味甘。（林則徐）

2. 澀為熟時見味甜。

3. 酒為酣時品味醇。

4. 友為窮時見心真。（秋實）

> 簡析　下句音節應合「仄仄平平仄仄平」。林則徐之作，貴於以景言理，作類比聯想。

題目三　運用對偶，完成以下空格：

味無味處求吾樂，□□□□□□□。（辛棄疾）

參考實作

1. 材不材間過此生。（辛棄疾）

2. 窮不窮處見味深。

3. 求不求間證道成。（錦池）

> 簡析　下句音節需合「仄仄平平仄仄平」。其中一、三、五可不論。

題目四　自對偶，完成以下空格：

長江後浪推前浪，□□□□□□□。（諺語）

參考實作

1. 一代新人換舊人。（原作）

2. 短徑老枝嫁新枝。

3. 黃水舊泥換新泥。

4. 荒地大墳伴小墳。

5. 天際行星送流星。

6. 庭院梅花笑荷花。（筆者）

簡析 下句音節應作「仄仄平平仄仄平」。如接「大家實力都一樣」、「前浪死在沙灘上」，「前浪終究也要讓」、「一浪更比一浪浪」，則是諧擬、戲仿。如接「遍地英雄千重浪」、「強中自有強外手」、「山外青山樓外樓」屬於正仿。

題目五　自對偶，完成以下空格：

後宮佳麗三千人，□□□□□□□。（白居易〈長恨歌〉）

參考實作

1. 前陣雄獅百萬軍。

2. 庭院青蔥僅一根。（秋實）

簡析 白居易原作為「三千寵在一身」，以頂真銜接。

此處則上下平行，大小相對，下句音節為「仄仄平平仄仄平」。

題目六

分別以「武」、「安」為首，完成「武安宮」門柱對聯。

🅟考🅡作

1. 武鎮河山膽壯神豪翻新雄廟貌
　　安寧社稷心忠氣猛重建顯靈威

2. 武曲星臨吉他欣占鯤海壯
　　安蟬光蔭豪門喜對虎山高（以上陳龍吟）

3. 武略膺揚聲動虎山堪景仰
　　安詳磊落氣鐘新化享蒸嘗

4. 武烈齊千古敵愾捐軀昭日月
　　安邦定四夷勤王碎首壯山河

5. 武懾寇讎喋血成仁功配地
　　安綏黎庶忘家就義德參天（以上黃石邊）

6. 武定乾坤孤忠百戰英雄膽
　　安靈社廟浩氣千秋國士魂

7. 武將金城力障江淮忠臣不二
　　安邦碧血堪稱郭李義魄無雙

8. 武勇一世英烈抗節張巡也
　　安心萬民堅貞秉忠許遠哉（以上張春榮）

9. 武略裕如手下南雷憑指使
　　安閒自在同僚許遠任分權（王則修）

簡析　此為臺南市新化區「武安宮」門柱對聯，此廟供奉唐朝張巡、許遠。筆者撰聯時，任教新豐高中。此亦即修辭上的「藏頭」、「鑲嵌」，分別以「武」、「安」左右撰句。

題目七

對偶中，不乏「有」、「無」相對佳句，舉例說明。

參考例句

（一）第一字「有無」對

1. 無情歲月增中減，有味詩書苦後甜。（《濟公傳》）

2. 有意栽花花不發，無心插柳柳成蔭。（《醒世恆言》）

（二）第二字「有無」對

1. 人無品德求官易，家有琴書致富難。（對聯）

2. 身無彩鳳雙飛翼，心有靈犀一點通。（李商隱）

（三）第三字「有無」對

1. 千江有水千江月，萬里無雲萬里天。（對聯）

2. 仙客有待乘黃鶴，海客無心隨白鷗。（李白）

（四）第四字「有無」對

1. 名教中有樂地，風月外無多談。（《濟公傳》）

2. 老矣判無黃鶴舉，歸哉唯有新鷗盟。（陸游）

（五）第五字「有無」對

1. 莫恨皇天無老眼，請看白骨有青苔。（陸游）

2. 升浮自古無窮事，愚智同歸有限年。（陸游）

（六）第六字「有無」對

1. 出處有心終有愧，聖賢無命亦無成。（陸游）

2. 蚊蠅斂跡知無地，燈火於人頓有情。（陸游）

（七）第七字「有無」對

投筆書生古來有，從軍樂事世間無。（陸游）

四　排比

題目一　自三組平行，完成以下空格：

人是鐵，飯是□，時間是□□。（諺語）

參考答案

1. 熔爐
2. 黃金

> **簡析**　以時間為熔爐，強調一個人再強再硬頸，終被時間吞噬；以時
> 間為黃金，強調時間的珍貴。
>
> 第三句若直接改為「酒是穿腸毒藥」，則形成轉折諷刺。

題目二　自三組平行，完成以下空格：

酒一口口的喝，路一步步的走，日子□□□□的□。

（順口溜）

參考答案

一天一天、過

> **簡析**　人生不能太急，不必躁進；應循序漸進，活在當下，活出滋
> 味，不管「過日子」、「過節日」，均應細水長流，慢活樂活。
>
> 若改填「一分一秒」，則無法和前面的疊字相呼應。

題目三 自四組平行,完成以下空格:

讀了三國會做官,讀了紅樓會吃穿,讀了水滸會□
□,讀了金瓶會□□。(順口溜)

參考答案

造反、完蛋

簡析 讀者反應,源自讀者心態。憤世嫉俗的讀水滸,自然「造反有理」;讀金瓶情慾飛舞,自然日趨下流,效法淫亂,終至「嗚呼完蛋」。

題目四 自四組平行,完成以下空格:

魚不能以餌為家,花不能以瓶為家,酒不能以□□為家,慾望不能以□□為家。(筆者)

參考答案

傷心、不滿足

簡析 喝悶酒,越喝越傷心,終將傷身;欲望不滿足,則欲壑難填,無底洞難補。因此,知止而後有定,酒應以淺酌為家,欲望應以知足為家。知足是治不滿足的最佳良藥。

題目五　自四組平行，完成以下空格：

天上星多月不明，地上坑多路不平，河中魚多攪渾水，世上□□不太平。（清民謠）

參考答案

官多

簡析　當官的多自以為高一等，換了位置換了腦子，自以為官大學問大，不知民間疾苦，正是「官字兩個口，吃人不吐骨頭」、「官字兩個口，有口無心，有口水沒汗水」。

題目六　自五組平行，完成以下空格：

翅膀還沒長硬就想飛，鞋子沒有穿好就想跑，饅頭沒有□□就把蓋子□□，一鍋湯沒有□□就端出來□□。（沈香）

參考答案

蒸熟、掀開、煮熟、燙人

簡析　機會是留給準備好的人，準備好才能蓄勢待發，謀定後動，才不致於猛浪操切。似此五句，即為抽象概念的意象化。

題目七　自五組平行，完成以下空格：

給腳一條路，給船一座燈塔，給理想一道彩虹，給夢
□□□□，給責任□□□□。（筆者）

 案

一把梯子、一副臂膀。

簡析　生命會尋找它的出口，生命上揚要有理想，應能築夢，要能任
重道遠。此五句即理念的意象化。

題目八　自五組平行，完成雷抒雁〈信仰〉新詩結尾：

在敵人面前
它，是槍！
在飢餓面前
它，是糧！
在嚴寒面前
它，是火！
在黑暗面前
它，是□！
在悲傷面前
它，是□！

參考答案

光、歌

簡析 信仰如螢火蟲，在越黑暗的地方越發光，亦如轉化器、過濾器，化情緒為情操，唱出生命上揚之歌。

題目九　完成以下排比所寫的童詩：
都市裡種著樓房
鄉村裡種著樹木
我的家
□□□□□□□（陳淑勤〈我家、都市和鄉村〉）

參考答案

種著快樂和幸福

簡析 排比中可求變化，因此第四句由景入情，寫出「我家」的特色。
試想第四句若寫成「種著香蕉和番茄」或「種著芭樂和蓮霧」，則流於散文敘述，缺少詩味變化。

題目十　完成以下排比所寫的童詩：
香噴噴的大漢堡是一把鑰匙
可以打開弟弟挑食的嘴巴。
漂亮的衣服是一把鑰匙
可以打開媽媽捏緊的荷包。
鮮麗的糖果是一把鑰匙
可以打開妹妹圓滾滾的眼睛。

媽媽說「你好乖！」

也是一把鑰匙，

□□□□□□□□□□□。（呂怡箴〈鑰匙〉）

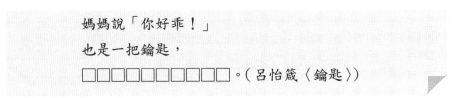參考答案

可以打開我愉快的心情

簡析 連續用四組排比，最後由具體至抽象，由實入虛、遞進深入，
帶至內心歡愉的感受。

題目十一　運用排比，完成〈銘言〉詩第四節：

用堤，

可以捕住無邊的浪；

用帆，

可以捕住無形的風；

用愛，

可以捕住無踪的夢；

用錢，

□□□□□□□□□。（顧城）

參考答案

可以捕住無情的心（顧城）

簡析 排比力求有層次。第一、二節是具體；第三、四節是抽象。第四節陡轉直下，所謂「世間錢做人」，利盡交疏，自然世態炎涼，終於無情無義，令人扼腕。

題目十二 運用此排，完成以下短詩〈焚〉

不捨 收入盒裡

愛恨 點成燭蕊

苦 交給地藏佛

永恆 □□□□

母親 就將您交予火了（白靈）

參考答案

交給剎那

簡析 一花一天國，一沙一世界，短暫即永遠，剎那即永恆。人生是剎那的有限，思念的無限。受約束的是生命，不受約束的是心情。在親情世界，母親是在兒子的思念中永遠存在。

題目十三 白靈〈微笑〉詩有三首，運用排比，完成第三首：

沒有蝴蝶的親吻，花是寂寞的

沒有斧的飢渴，木頭是寂寞的

沒有你的燃燒，愛是寂寞的

那麼，襲擊我吧，以你的唇和微笑

不要留下我，在寂寞裡游泳

沒有小鳥的駐唱，樹是寂寞的
沒有鋤的敲擊，泥土是寂寞的
沒有你的纏繞，心是寂寞的
那麼，捲走我吧，以你暈人的酒窩
不要留下我，在寂寞裡游泳（白靈）

參考答案

沒有船兒的晃盪，海是寂寞的
沒有雲的魔法，天空是寂寞的
沒有你的凝視，夜是寂寞的
那麼，載走我吧，以你微笑的翅膀
不要留下我，在寂寞裡游泳（白靈）

簡析 第一首的意象群是「蝴蝶」、「花」、「斧」、「木頭」，第二首的意象群是「小鳥」、「樹」、「鋤」、「泥土」。第三首用「船」、「海」、「雲」、「天空」的意象，帶出「你」和「我」的依存關係，你的微笑是我生命的太陽，讓我生命有了反光，免於寂寞。

五 頂真

　　永遠有敵人，□□來自你的心。(《彌勒日巴》)

參考答案

　　敵人

簡析 自己是自己最大的敵人，所謂「心生，種種魔生；心滅，種種魔滅」，可見人心是埋伏在黑夜中最可怕的敵人，最不易馴服的對手。此亦岳飛所云：「沒有戰不勝的敵人，只有戰不勝的自己。」(連戲劇《岳飛》)

　　以卡養卡，□□人生，以暴易暴，□□情緒。(筆者)

參考答案

　　卡住、爆炸

簡析 人生不要卡卡，「卡」字頂真，前兩個「卡」是名詞，第三個是動詞。同樣人生不宜爆管爆肝，「暴」是名詞，「爆」是動詞。

題目三　自銜接，完成以下空格：

我的樂，樂在一無所有，在□□□□中應有盡有。

（筆者）

參考答案

一無所有

簡析　「一無所有」是表層，「應有盡有」是深層，那是心靈的豐

美，精神的富有，清貧的饗宴。

題目四　自銜接，完成以下空格：

會賺不如會花，會花不如會□，會□不如會散錢。

（村農）

參考答案

用、用

簡析　這是頂真兼層遞，呈現四個向度的金錢觀。正所謂：「花得到

的叫財產，花不到的叫遺產，花得好的叫捐款。」

題目五　自銜接，完成以下空格：

做人不能軟而不舉，舉而不挺，□□□□。（網路）

參考答案

挺而不堅

簡析 做人宜當軟時更軟，當硬時更硬，不能軟趴趴，要有所堅持，此例頂真兼層遞。另如養生派追求：「長而不老，老而不死，死而不僵，僵而不化，化而不散，散而不滅。」（簡媜〈在街頭，邂逅一位盛裝的女員外〉），則為五次頂真，造成層遞聯鎖。

題目六　自銜接，完成以下空格：

說了你又不聽，聽又不懂，□□□□，做又做錯，錯又不認，□□□□，改又不服，不服又不說，那你叫我怎麼辦？（電影臺詞）

參考答案

懂又不做、認又不改

簡析 此例頂真兼層遞。寫出父母教子女的心事，總共有八種變化。

題目七　自銜接，完成以下空格：

虎媽的戰歌絕不手軟，打到哭，哭到累，□□□。
（新聞）

參考答案

累到睡

> **簡析** 虎媽「一條鞭法」，董之以刑，震之以威。如果是兔媽的戰歌，當是「高高舉起，輕輕放下，暖暖摸頭」。

題目八

> 頂真，往往在銜接時，兼用二分法。如「不能想，想起來都是痛！」先否定，再肯定敘述。請舉出似此翻轉變化的句子。

參考答案

1. 豬頭不顧，顧土豆仁。（諺語）
2. 死亡並不可悲，可悲的是你沒有好好活著。（《深夜加油站遇見蘇格拉底》）
3. 美永不停留，留住的都不是美。（隱地）
4. 厭倦並不可怕，可怕的是只有新的厭倦，沒有新的欲求。（隱地）
5. 相愛不難，難在能相處；離開不難，難在不回頭；割捨不難，難在毫無牽掛。（張春榮）
6. 論心不論行，論行天下無孝子；論行不論心，論心天下無完人。
7. 失敗不並可恥，可恥的是你沒有想爬起來。（錦池）
8. 簞食瓢飲不美，美的是居陋巷不改其樂的人。（簡媜）

簡析 二分兼頂真的重點，在頂真後揭示真正的體會，更深入的凝視。

如果是「當句」二分兼頂真，則有「敬酒不吃吃罰酒」、「人面不看看佛面」、「小錢不捐捐大錢」等。

題目九

頂真往往結合反諷，開高走低，如「他是天才，天下的蠢才！」請舉出似此造句。

參考答案

1. 我們很熟，熟在金錢交往上。
2. 他是國家的棟樑，棟樑裡的蛀蟲。
3. 這家店很純，純做黑。
4. 你長得真不錯，錯不在你。
5. 我十八歲不抽菸，不抽菸會死。
6. 我喜歡你一點，一點一點的遠離我。
7. 你是我心目中的神，神經病。
8. 你真漂亮，漂亮得很假。
9. 你真帥，帥在假髮上。
10. 我們很團結，團結在關說上。（筆者）

簡析 第一例指賄賂，第二例是混吃等死，第三例婉轉道出這家是「黑店」，第四例點出完全遺傳自你父母，「真的不是你的錯」。第五例耍嘴皮，用抽菸來提早抽掉人生。第六例根本就是「離

我遠一點」，第七例亦屬耍嘴皮，先揚後抑。第八例講人工美女，全靠整型，根本不自然。第九例指本人根本不帥，只有「蟋蟀」的「蟀」。第十例是開高走低的諷刺，彼此沆瀣一氣。

題目十

散文、小說在敘述與對話、對話與獨白間，常運用頂真，銜接變化，舉例說明。

參考實作

1.「聽說有隻野狗進來了。」

「聽說牠昨夜在外面咬過人，小心！」

小心。共同的威脅使大家不只點頭而且開口。開口雖不一定關懷也使人覺得親切了。（許達然〈伏〉）

說明：

以「小心」頂真，將對話（第二行）轉入認同的敘述（第三行）。

2.「露西是誰？上櫃上市電子公司的總裁嗎？」有人問。

「裁妳的頭！」J 說，「她就是三百五十萬年前的非洲南猿，我們的遠古始祖。」（簡媜〈手工刑法〉）

說明：

以「裁」字頂真，在此有「光火」的意味，如同對牛彈琴。

3.「真的要走？」

「當然。」

「我們，」他說：「我們都喜歡你的執著……」執著？我禁不

住被看透的淚！不曾有人把我看得這樣赤裸。我究竟執著些什麼？無非信仰和原則！……（白辛〈落幕〉）

說明：

以「執著」頂真，亦由對話（第三行）轉入作者的自問自答。

4. 老是這樣子，冬季裡懷念夏天，雨日裡冀望晴空，或者在繁漠的北城想南方，在安定的日子想流浪。流浪？許久不曾提這字眼，因為，畢竟是十七歲那年未了的情節，在驚來疾去的年歲裏，淌著餘溫。（史玉琪〈火車就要開〉）

說明：

以「流浪」頂真，同時藉由「流浪」的反問，蟬聯而下，敘述對這字眼的特殊情懷。

5. 他靜下來，摸摸肚子，又哭著餓。再也找不出哄騙的話，母親生氣了，給一個耳光，說餓了叫也無用，要他堅強。堅強？兒子似聽不懂，吃著沉默苦笑。母親苦笑。（許達然〈等，等等〉）

說明：

以「堅強」頂真，由母親的訓斥，轉為兒子對「堅強」空洞意義的疑惑。

6. 離開的時候，在公共汽車外，天色已黑，外面盡是新亮起的燈。這帶給我們一陣生疏而又熟悉的感覺。新的燈光，新的燈光？我忽然感到一陣莫名的開心。（也斯〈太陽下山〉）

說明：

「新的燈光」承接上面的「新亮起的燈光」，並以此頂真，作內心的獨白。（筆者）

六　回文

題目一　顛倒語序，完成以下空格：
　　　我喜歡有什麼不可以，我□□的我都□□。（余美人）

參考答案

可以、喜歡

簡析　此即「愛吾所擇，擇吾所愛」，充滿喜感。事實上，「我可以的我都喜歡」代表一種豁達。由此觀之，人生的上半場是追求自立自主（「擇吾所愛」），下半場是追求自由自在（「愛吾所擇」）。

題目二　顛倒語序，完成以下空格：
　　　「□□□□□」是大詩人，「日夜大江流」是小詩人。（王鼎鈞）

參考答案

大江流日夜

簡析　「大江流日夜」句法活潑，大江流去日光與夜光，人即使找回空間，也找不回時間。

反觀「日夜大江流」，沒有「時間」當受詞，語法平常，缺乏「大江流日夜」的陌生化與新鮮感。

題目三　顛倒語序，完成以下空格：

樂觀的人□□□（laughs to forget），悲觀的人□□□（forgets to laugh）。（西諺）

笑了忘、忘了笑

簡析　樂觀的人充滿笑的陽光，悲觀的人是沒有陽光的雨天，一念之差，判若雲泥。

題目四　顛倒語序，完成以下空格：

辣椒達人，不怕辣，□□□，□□□。（順口溜）

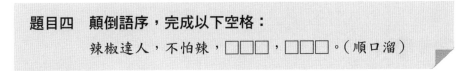

辣不怕、怕不辣

簡析　辣椒達人，無辣不歡；嗜辣成性，唯恐不辣。猶如「不怕罰」，也可以延伸出「罰不怕」、「怕不罰」。

至於辣妹胸部整型，最希望「大不一樣」、「不大一樣」，最怕「一樣不大」、「不一樣大」。

題目五　顛倒語序，完成以下空格：

悲觀的人看見機會後面的問題，樂觀的人看見□□□
□的□□。（諺語）

參考答案

問題後面、機會

> **簡析**　悲觀的人負面思考，戴黑色思考帽；樂觀的人正面思考，戴黃
> 色思考帽。

題目六　顛倒語序，完成以下空格：

政客用鈔票買選票，用□□騙□□；血汗工廠是沒死
的操到辭，□□的操到□。（筆者）

參考答案

選票、鈔票、沒辭、死

> **簡析**　回文是一種雙向變化，下焉者每下愈況。此例為惡性循環，回
> 文中兼頂真，批判黑心行徑。

題目七　顛倒語序，完成以下空格：

海是沒有□□的□□，沙漠是沒有眼睛的瞳孔。（林
燿德）

參考答案

瞳孔、眼睛

簡析　此例是譬喻兼回文，這樣的聯想是對比聯想，跨越接近聯想、相似聯想，難度較高。

另如：「鳥是沒有枝幹的葉子，葉子是沒有翅膀的鳥」（羅青〈不明飛行物來了〉）、「神話是一個民族的夢，夢是一個人的神話」（楊格），無不透過對比聯想，形成警句。

題目八　顛倒語序，完成以下空格：

愛情使人忘了空間，□□使人忘了□□。（筆者）

參考答案

空間、愛情

簡析　「心無二用，情有獨鍾」，視時間為無物，視空間為無隔；反觀「小別勝新婚，大別會離婚」，則是另一番親密與疏離。

題目九　顛倒語序，完成以下空格：

相信奇蹟，才有機會；相信□□，才有□□。

（諺語）

參考答案

機會、奇蹟

簡析：所謂「夢有多大，世界就多大」。若從類字造句，就變成：「相信奇蹟，才有奇蹟；相信機會，才有機會。」

題目十　顛倒語序，完成以下空格：

寂靜得只剩下風聲

寂寞得只剩下思念

□□是驛動的風

風是透明的□□（綠蒂〈剩下〉）

參考答案

思念、思念

簡析：風可以是夢的顏色，也可以是思念的顏色，隨意遊走，四方四方，籠罩心上。猶如「葉子是不會飛的翅膀，翅膀是會飛的葉子」，形成雙向的觀照。

題目十一

回文常常結合二分法，形成正（肯定）反（否定）敘述，舉例說明。

參考答案

（一）一正一反（先肯定後否定）

1. 要打倒失敗，不要被失敗打倒。

2. 要克服困難，不要被困難克服。

3. 讓食物變成醫療，不要讓醫療變成食物。

4. 要做牛頓，不要做頓牛。

5. 男生要 OK，不要被 KO。

6. 男子漢要有 ON 的擔當，不要只有 NO 的閃躲。

7. 要為夢想而忙碌，不要因忙碌失去夢想。

8. 用你的微笑改變世界，不要讓世界改變你的微笑。（新聞）

9. 作家必須處理世界，非被世界處理。（簡媜）

10. 是真理使人變得偉大，而不是人使真理變得偉大。（羅曼・羅蘭）

（二）一反一正（先否定後肯定）

1. 人不面對現實，現實就會面對你。（邱吉爾）

2. 不要把所有的意外當成不幸，要把所有的不幸當成意外。（西諺）

3. 不要祈禱你能力能勝任的工作，要祈禱能勝任你工作的能力。（布魯克斯）

4. 你不理債，債一定會加倍來理你。（諺語）

5. 我不能選擇最好的，要讓最好的選擇我。（泰戈爾）

6. 我們不要看錯了世界，卻說世界欺騙了我們。（泰戈爾）

7. 少女不是因美麗而可愛，而是因可愛才美麗。（章村）

8. 宇宙不自限人，人自限宇宙。（陸九淵）

9. 這齣戲不是英雄救美，而是美救英雄。（電影臺詞）

10. 不做不會怎樣，做了很不一樣。（廣告詞）

11. 不要問國家為你做了什麼，要問你為國家做了什麼。（約翰‧甘迺迪）

12. 藝術難以改變現實，但現實常常壯大了藝術。（簡媜）

簡析 回文中有正反相逆，如：「當家不鬧事，鬧事不當家」、「香花不色，色花不香」、「信言不美，美言不信」、「水深不響，水響不深」、「真人不露相，露相非真人」、「來者不善，善者不來」、「用人不疑，疑人不用」、「難者不會，會者不來」、「響屁不臭，臭屁不響」、「勢在人為，人為勢在」，均結合頂真。但結合二分抑揚，前後翻疊，要提出重點所在，兩者宜清晰明辨，不可混淆。

肆　意義性

教學重點

意義性是修辭的思維系統，藉由問題意識的迸發，形成邏輯的分析比較、演繹歸納，再至辯證思維的體現，充分展現由知識而走向見識的穿透力。

一　設問

設問標誌思考的深度與強度，主要以「提問」（自問自答）、「激問」（答案在問題反面）方式引人注意，並藉由刻意的設計問話，激起讀者腦力激盪的波瀾。

(一) 提出問題，解決問題

提問是胸有成竹的自問自答，胸有定見的明知故問，面對問題，毫不閃躲，有清晰的問題意識。如：

1. 世間謗我、欺我、辱我、笑我、輕我、賤我、惡我、騙我、又如何處之。
   只是忍他、讓他、由他、避他、耐他、敬他、再過幾年，你再看他。（寒山）
2. 是誰多事種芭蕉？早也瀟瀟，晚也瀟瀟。
   是君心緒太無聊，種了芭蕉，又怨芭蕉。（蔣坦《秋燈瑣憶》）

第一例寒山針對人際關係，提出有氣度的解決方式，以謙沖禮讓提升自我品質，再看對方的下場。第二例針對人的「多事」，指出人常犯的毛病，即拿石頭砸自己的腳，自相矛盾，自找麻煩。

（二）面對問題，反詰揭示

激問以問而不答映射語氣的強度，以看似質疑不定的問句，留下空白，表達肯定的見解。如：

1. 人生的蟪蛄怎麼能看透神的春秋呢？（余光中）
2. 舉世皆笑，我不妨獨哭；舉世皆哭，我何忍獨笑？（周夢蝶）

第一例指出有限人生看不透無限神意，人的偏知如何能透視神的全知。第二例指出內省智能的必要，眼見舉世淚海，滔滔苦難，哀矜勿喜，怎能缺乏同情心、同理心、慈悲心？

二　映襯

映襯，簡言之即「對比」、「比較」，主要有「映照」（並列）、「襯托」（賓主）兩大類；旨在藉由相反、共構，比較差異，鮮明凸顯，展現分析覺察的明確認知。

（一）對立並列，鮮明呈現

映襯首重「今昔」、「大小」、「時空」、「見聞」、「情景」強烈對照，鮮明共構。如：

1. 來年的蝴蝶，怎能找到今年的花？今天的醇酒，怎能澆熄昨

　　日的哀愁？

　　2.青草尋求地上的擁擠，樹卻尋求天空的寂靜。（泰戈爾）

第一例藉由當句的「今昔」，激問的口吻，道出「往日已矣」，無法彌補，逝者如斯，徒留悵然。第二例藉由「大小」（「青草」、「樹」）的對比，呈現不同格局、不同結局的情境，高下立判。

（二）以賓形主，明確立意

　　映襯次重「正反」、「有無」、「人我」的對比，在翻疊互補中，斬釘截鐵表達鮮明主旨。如：

　　1.在孤獨中感受到別人的孤獨，我不孤獨；在寂寞中感受到別
　　　人的寂寞，我不寂寞。（高大鵬）

　　2.人的有情必須放在無情的滄桑之中，才看出晶亮。（簡媜）

　　3.唱經典歌曲，想自家心事；看別人離散故事，流自家眼淚。
　　　（錦池）

第一例自二分的「正」（「孤獨」、「寂寞」），「反」（「不孤獨」、「不寂寞」）變化中表明自己的最終的領悟（「享受孤寂」、「享受寂寞」）。第二例自「有」（「有情」）、「無」（「無情」）的襯托中，揭示「有情」的晶亮可貴。第三例自「人」（「別人」、「我」（「自家」），相襯中以客形主，點明互動中的主體感覺。

三　反諷

　　反諷照見「言與意反」、「事與願違」的矛盾，藉由「言辭反諷」、「情境反諷」展現自我解嘲的幽默與名實不符的批判，搖曳著

清明知性之光。

(一)表裡不一，有意顛倒

反諷每針對名實兩乖，有所針砭，直指其中應然與實然的反差，如金庸武俠小說《笑傲江湖》中的「君子劍岳不群」，實為偽君子之劣質賤行、「辟邪劍法」實為一套自宮的邪門劍法，均為似褒實貶的言辭反諷。至於生活中習慣性倒辭，如稱「阿飄」（亡魂）為「好兄弟」，稱「豐盛佳餚」為「便餐」、「簡單」則為傳統文化中的謙語，無自嘲之意。

(二)事與願違，抑揚變化

在情諷反諷中，或開高走低，惡化陡轉，每下愈況，終成悲劇；或開低走高，改善上揚，漸入佳境，喜劇收場。如：

1. 「如果你老公有外遇，你會怎樣？」

「我會睜一隻眼，閉一隻眼。」

「喔！你那麼大方！」

「不！我是用鎗瞄準他」（笑話）

2. 黑夜給了我黑色的眼睛

我卻用它尋找光明（顧城〈一代人〉）

第一例第二句「睜一隻眼，閉一隻眼」，看似要原諒先生，等到朋友誇她時，語意陡轉，在雙關中揭露「絕不手軟」的射殺真相，即為開高走低的「惡化」。第二例身陷困境，跌入谷底，但並不放棄，觸底反彈，化危機為轉機，則是開低走高的「改善」。至於「睜一隻眼，閉一隻眼」，底下接「要對自己好一點」則為開低走高的「改善」。

四　層遞

層遞蘊含結構的推力，跨越一般人的兩層（表裡）思維，邁向三層的深入探討。自規律化的遞升（前進式），或遞降（後退式）的敘述中，建構「言之有序，言之有理，言之有味」的見識。

（一）遞升推論，高度理解

遞升是由淺至深，由輕至重，由低而高，由近而遠，由始至終，由本至末，力求脈絡層次分明，立意層層深入。如：

1. 那一排方磚使你了解這個國家所有的不僅是昨日的傳統，不僅是今日的科技，他們也是有明天的一個民族。（張曉風〈欲淚的時刻〉）
2. 稚子之心，美在無邪；少女之心，美在無瑕；志士之心，美在無私；壯士之心，美在無畏。（筆者）

第一例自「昨日、今日、明天」的進化中，分析這個國家「繼承、納新、開創」的軟實力與競爭力。第二例自「稚子、少女、志士、壯士」的演化中，剖述生命形態的進境，升級臻美，境界上揚。

（二）遞降剖析，深入透視

遞降是由深至淺，由重至輕，由高而低，由遠而近，由末至本，由終至始，循序漸進，洞悉變化。如：

1. 失去金錢的人，失去很多；失去朋友的人，失去更多；失去信心的人，失去所有。（沈香）

2. 先為別人的快樂著想，是賢人；先為自己的快樂著想，是凡
   人；使別人不快樂，自己也不快樂的，是笨人。（秋實）

第一例藉由越演越烈，每下愈況，終至滿盤皆輸，深刻體會一個人
最終不能喪失信心，全面崩潰。第二例藉由「上中下」三等，揭示
「活著的底線」，不能損人不利己，玉石俱焚，把自己和別人都推
向痛苦的深淵。似此精闢立論，如暮鼓晨鐘，喚醒迷失的心性，重
返清明。

五　婉曲

　　婉曲是間接的表現手法，以適度的遮掩，揭露飽滿的情意，召
喚詩中的含蓄，詞中的蘊藉，畫中的留白，小說中的點到為止，電
影中的定格；藉由冰山一角，拉長時間，推遠空間，充滿暗示。

(一) 曲折敘述，話說一半

　　婉曲以迂迴、隱藏取勝，拒絕「明示」的一覽無遺，直指話中
有話的婉轉吞吐，弦外之音。以「醜」為例：

1. 長得很有創意，活得很有勇氣。
2. 你照相根本浪費底片。
3. 一定要選我當校花，以後你們都可以說：「我比校花還漂
   亮！」（笑話）

三句均是「醜」（「貌甚寢」）的另類說法，猶如說「根據你的長
相，你只能當實力派歌手。」、「長這樣，真的不是你的錯！」委婉
曲折，其中不乏揶揄、自嘲、調侃之趣。但仍以第一例的「長得很

有創意，活得很有勇氣」最具幽默感。

（二）以景暗示，託物寓情

詩詞、電影結尾，講究用畫面呈現，推遠味，開拓「不說之說」的想像空間。如：

1. 玉階生白露，夜久侵羅襪。
   卻下水晶簾，玲瓏望秋月（李白〈玉皆怨〉）
2. 電影《純真年代》結尾：妻過世，伯爵夫人獨居巴黎，他和長大成人的兒子來到伯爵夫人公寓住處樓下，他沒上去，坐在公園椅上，遙望窗戶，閃現當年夕陽下伯爵夫人一身白紗盛裝撐傘的美麗身影，彼此情意相契……最後等兒子下來，默默離去。

第一例意在景外，情餘篇末，藏鋒不露，卻折射女子滿懷的心事，心如水晶，我心如月，卻是擁抱無邊的冷清，無盡的悵惘。第二例是「曲終人不見，江上數峰青」（錢起〈省試湘靈鼓瑟〉）的餘音嫋嫋，當年委屈自己，成全妻子，沒有勇氣背叛，也沒有勇氣承擔；或許所有的遭遇都是最「好的安排」，望空懷想，保留初衷時的美感經驗，誠然「相見爭如不見」，心裡永遠保有海邊燈塔旁伯爵夫人「一瞬之美，一生之美」的動人時光。

六　悖論

悖論是以更寬的視野，更長的觀照，打破形式邏輯（「同一律」、「矛盾律」、「排中律」）的偏知，而走向辯證思維（「對立的統一」、「質量互變」、「否定的否定」）的宏觀真知，掌握宇宙人生的

動態變化。

(一) 對立的統一，亦彼亦此

悖論既看事情的正面，也看事情的反面，目納陽光與陰影，容受正向與逆向並存。如：

1. 巨大的財富前面充滿巨大的善行，巨大的財富前面充滿巨大的惡行。（王鼎鈞）
2. 上帝使信他的人，「得」也福，「失」也福，這的確是福音。（王鼎鈞）

第一例指出巨大的財富帶雙刃，既是利刃救人，也是凶器傷人。第二例指「福音」包括有得有失，得是訓練，失是磨練，均有不同的意義，共構「福音」的複雜面貌。

此外須辨析「悖論」中「對立的統一」，是一件事物正反兩種觀點（即「雙襯」）；「映襯」是兩種事物，兩種觀點（又稱「對襯」），明顯不同。

(二) 相反相成，往返循環

悖論注重「正、反、合」的動態變化，層遞把握「A、B、C」三者的規律開展。大抵悖論凝視是非關係不穩定的裂變，與層遞的是非明確（「遞升」、「遞降」）明顯不同。如：

1. 他是羊群裡走出來的虎，最後要還原為羊，回歸羊群。（王鼎鈞）
2. 地上的落葉增了許多，樹上的黃葉卻不見減少。（王鼎鈞）

第一例謂打天下你要變成虎，治天下你要變回羊，「馬上」、「馬下」要有不同的本領，「剛柔相濟」不同變化的能耐。第二例生滅不已，循環不止，有落葉才有新葉；時間的風吹落了落葉，也吹生了新葉，相剋相生，無須悲傷也無須歡喜，寂照同顯，生死交輝。

　　似此悖論，以相反的方式呈現事物動態之理（即「反襯」），與映襯的平行對比不同，更見複雜，更顯深刻幽微。

七　仿擬

　　仿擬以舊元素，釋出新景觀；以別人舞臺，跳出自己舞姿；鎔鑄重塑，吐故納新，自文本互涉中展現「正仿」（化原作為精進）、「戲仿」（化嚴肅為詼諧）的雙重趣味。

（一）正仿精進，更顯精湛

　　正仿是後出轉精，別出新裁，別具慧眼，層樓更上，相互輝映。如文天祥的「人生自古誰無死，留取丹心照汗青」（〈過零丁洋〉）為例，可以正仿為：

　　1. 人生自古誰無死，一代紅妝照汗青。（吳偉業〈圓圓曲〉）
　　2. 人生自古誰無死，馬革裹屍是英雄。（沙天香）

第一例是「士為紅顏死」、「溫柔鄉是英雄塚」，另有諷刺意味。第二例則是「為國為民，俠之大者」，拋頭顱，灑熱血，視死如歸。另如「妻不如妾，妾不如偷、偷不如偷不著」、「積非成是，沒有包青天」，正仿為：

　　1. 欺不如竊，竊不如偷，偷不如偷不著痕跡。（張啟疆〈小

偷〉）

2. 積非勝是，只有包陰天。（筆者）

第一例是寫作上的正仿，張啟疆謂創作時「欺騙傷感情，不如剽竊；剽竊會挨告，不如化轉妙用」，此即創作是高明的轉化，轉化得別有新貌，看不出來。反觀第二例進一步描繪「阿諛端坐廳堂，正直摒置門外」的沉淪光景，有所批判。

（二）戲仿詼諧，另增俗趣

戲仿是水平思考，解構經典，化雅為俗，食古化今，充斥遊戲趣味如杜甫：「舍南舍北皆春水，但見群鷗日日來」（〈客至〉），有人戲仿為：

舍南舍北皆垃圾，但見蒼蠅日日來。

用來諷刺現今環境髒亂。又如王鼎鈞：「每一滴露珠裡都有驚鴻一瞥」，戲仿成：

每一次下午茶裡都有恐龍一瞥。（秋實）

則用來諷指「吃到飽」的下午茶，處處都有「恐龍」的身影，何止一瞥，甚至兩三瞥。凡此即活化經典名句，再造生猛有力的生新喜感。

八　其他

其他，如引用，亦屬意義性的辭格。引用旨在引用中西名言佳句，闡明事理，印證自己的論點，增強文章的說服力。

　　歷來引用，不管明引（明白指出所引出處）、暗用（未指用出處），力求正確無誤，有所辨析。以「陽光」為主題，有以下的佳句：

1. 把臉迎向陽光，你便看不到陰影。（海倫・凱勒）
2. 當你背向太陽的時候，你只看到自己的陰影。（紀伯倫）
3. 無論前往何處，無論天氣如何，請帶著你的陽光。（迪安迪羅）
4. 你的身旁有陰影，只因為你自己擋住了陽光。（劉明鑒）
5. 沒有陽光，你就把自己變成陽光。（隱地）
6. 真理的陽光可以穿透謊言的烏雲。（秋實）

以上七句，各有重點。海倫・凱勒強調正向能量，積極心態；紀伯倫指出負面心態的結果；迪安迪羅強調要不受環境影響，永保樂觀；劉明鑒指出要明察秋毫，切莫當局者迷；隱地強調要變成發光體，發光發熱；秋實指出陽光的方向，就是真理的方向，不可混淆視聽。凡此，闡明事理的差異，宜確切引用，增強論證的效果。

題型

說明：

一、本題型主要採用填空，旨在訓練學生前後表達的立意變化，並兼及繪畫性（「形文」）或音樂性（「聲文」）的美感。

二、本題型僅提供原作答案，現場實施時，均宜由學生先練習。交出答案後，宜分「高、中、低」三級討論。當然每級中僅挑特殊者比較說明。

三、原作答案僅供參考。創造力教學欣見學生多元多樣的思考視角，教師宜以學生為主體，多所鼓勵，有所激活，提升學生思維的質感與美感。

一　設問

題目一　自提問，完成以下空格：

什麼是最好的宗教？使人變得□□的宗教。（隱地）

　更好

簡析 可以填「善良」、「慈悲」，但沒有「更好」來得有音樂性，更強調宗教的本質。猶如問：什麼是最好的愛人？使人變得更好的愛人。強調「愛」的積極功能。

題目二　自提問，完成以下空格：

家在哪裡？□在哪裡，家就在哪裡。（章容）

參考答案

心

簡析 也可以填「你」、「人」，代表思念；也可以填「腳」、「床」，代表處處無家處處家；也可以填「錢」，代表拜金淘金；均不如「心」來得蘊藉，來得深刻。

題目三　自提問，完成以下空格：

幸福像什麼？像手握□□，握太緊會死掉，握太鬆會飛掉。（諺語）

參考答案

鴿子

簡析 如果是「手掬」，喻解就變成「手掬雨滴，會一分一秒慢慢流失。」如果是「手捏」，喻解就變成「手捏蝴蝶，捏太緊會死掉，捏太鬆會飛走。」

題目四　自提問，完成以下空格：

律師什麼時候說謊？當他□□時。（西諺）

參考答案

說話

簡析 這是諷刺的提問，表示律師看錢說話，看錢多錢少辦事。若改成「呼吸」、「出現」，則更為誇張諷刺，表示說謊無所不在。

題目五　自提問，完成以下空格：

為什麼要蓋□□館？因為蚊子太多，蚊子沒地方住，蚊子也有人權。（新聞）

參考答案

蚊子

簡析 這是諷刺的提問。因蚊子孳生在積水處，根本不必為此輩設想，諷指浪費公帑。

題目六　自激問，完成以下空格：

慾望編織成的□□，怎能捕捉幸福的□□？（洪秀貞）

參考答案

粗網、小魚

簡析 慾望是「粗網」,不是「細網」;幸福是「小魚」,不是「大魚」,才見貼切。幸福來自於細細的珍惜與知足。

題目七 自激問,完成以下空格:

你被瘋狗咬,你還要□□□嗎?

參考答案

咬回去

簡析 當然不能「咬回去」,自己不能降低水準。對方已經失去理性,難道自己也要降低水準,退化成瘋狂,跟著發失心瘋?那就不必了。

題目八 自激問,完成以下空格:

有□□可以做,誰願意做壞人?有神仙可以做,誰願意做畜牲?(《1895》)

參考答案

好人

簡析 這是「壞人」的心聲，生不逢由，為環境所迫，逼上梁山，才走上不歸路，猶如「有英雄可以做，誰願意做狗熊？」、「有頭髮，誰願意做禿驢？」。

題目九 自激問，完成以下空格：

縱有良田千宅，一個晚上，怎能睡□□床？（諺語）

兩張

簡析 在激問中「大小」映襯，指出「一個晚上，還是睡一張床」，「兩張床」或「千張床」都是「不必要」。當然「一張床」不等於「單人床」。

題目十 自激問，完成以下空格：

你怎能經過一片海而忘記它美麗的□？（章容）

藍

簡析 激問中兼及借喻，喻指對方有眼無珠，視而不見，把珍珠當魚眼，輕忽錯失我的美好。若空兩格，可以填「浪花」、「沙灘」。

題目十一　填上古典詩詞，完成以下問答：

　　1. 什麼人臉皮最厚？

　　　「待到重陽日，□□□□□。」

　　2. 什麼人架子最大？

　　　「□□□□□□□，自稱臣是酒中仙。」

　　3. 什麼船開得最快？

　　　「朝辭白帝彩雲間，□□□□□□□。」

參考答案

　　1. 還來就菊花。（孟浩然）

　　2. 天子呼來不上船。（杜甫）

　　3. 千里江陵一日還。（李白）

簡析　臉皮最厚的人，不請自來；架子最大的人，連皇帝也不理；最快的船，其奔若風，日行千里。

題目十二　填上古典詩詞，完成以下問答：

　　1. 什麼人最害羞？

　　　「□□□□□□□，猶抱琵琶半遮面。」

　　2. 什麼人最瘦？

　　　「簾捲西風，□□□□□。」

　　3. 什麼人最沒有才華？

　　　「□□□□□，一吟雙淚流。」

參考答案

1. 千呼萬喚始出來。（白居易）
2. 人比黃花瘦。（李清照）
3. 兩句三年得。（賈島）

> **簡析** 最害羞的人，自然要千呼萬喚；人比黃花瘦，當然紙片人似的瘦到不行；三年只能得兩句，真的幾乎江郎才盡。

題目十三　完成以下最短篇對話：

他每次在電視上看到美女，就忍不住誇讚幾句，而她都裝作沒聽見。

直到某天，他問她：「妳怎麼都跟他們不一樣？」

她才回答：「□□□□□，□□□□□□？」（晶晶〈實話〉）

參考實作

跟他們一樣、我會嫁給你嗎

> **簡析** 「她」的回答，要跟上句話銜接，才能形成激問兼反諷。否則填上「別人在吃屎，你也跟著吃嗎」、「別侮辱我嘍，她們是美女嗎」、「你眼睛脫窗，被牛屎塗到嗎？」均於指責謾罵，缺少「話中有話」、「用語極淺，用意極嗆」的對話藝術。

題目十四　完成以下最短篇對話：

又是才藝課又是補習的，她緊密安排他的生活作息。

有一天，才小三的他突然考她：「如果花要長得好，最需要什麼？」

「陽光。」她不假思索地回答。

「可是，媽，」他邊模仿她緊盯的模樣邊說：

「妳一直這樣低著頭看我，□□□□□□□□□？」

（梁正宏）

參考實作

陽光怎麼照得到我

簡析 由「陽光」銜接過來，形成小孩「說真話」的激問。

如果填上「都擋住了我的視線？」、「我幾乎都快要窒息？」、「我不就變成草莓族？」「我不就是溫室花朵？」均沒有原作來的嚴謹有力。

題目十五

以激問，完成一行詩。

參考實作

1. 他總自誇他的字寫得真好，兒子聽煩反問既然好為什麼還是天天練？

　　（向明〈兩代邏輯〉）

2. 老鷹飛翔的高度決定了天空嗎？（徐國能〈嚮往〉）

3. 一生相互刻劃掣肘，一路蜿蜒的是恩愛嗎？（白水〈溪和
　　石〉）

4. 有沒有一條河流，能讓漂流木記起童年？（小明〈淙淙的水聲
　　擱淺在岸邊〉）

5. 有什麼姿勢比你的俯身更令人費解？（荒雲〈問號〉）

簡析
以上為聯合報「問句一行詩」優勝作品。

第一例點出兒子吐嘈不無道理。第二例影射再怎麼飛，高不過
天空，每雙翅膀都有它的極限，都有它的「天空」。第三例質
疑恩愛的真諦，正是相互限制，相反相成，相互成全。第四例
渴盼漂流木的悲哀。除非有一條逆向迴溯的河（時光之河），
才有回鄉的可能，再度呼喚童年消失的美好。第五例點出「問
號」（？）向前俯身豈不變成「鉤」，這是親切的擁抱還是必要
的傷害。

大抵激問一行詩，都以「矛盾」、「衝突」、「想像的可能」「人
生隱喻」為亮點，照亮詩心。

題目十六
　　以激問，完成一首童詩，題目自訂。

參考實作

1. 問號
　　問號！問號！

你愛釣魚嗎？
不然怎麼又帶鉤子
又帶魚餌？

問號！問號！
你愛收割嗎？
不然怎麼又帶鋤頭
又帶鐮刀？（蔡孟翔）

2. 眼睛
我的眼睛好大啊！
像月亮一樣大，
裝得下整個世界。

媽媽的眼睛好小啊！
像珠子一樣小，
怎麼看得到針孔呢？（蔣孟瓊）

簡析 童詩激問，最善於「無理而妙」。第一例自問號造型（「鉤子」、「鐮刀」），呼告激問，凸顯合理的質疑。第二例自「大」、「小」映襯（對比）中反思，反思媽媽穿線縫衣，即使「眼睛小」，卻是「小而細」，能看見「我看不見」的針孔，激問中浮現純真觀察；赤子之心，別有童趣。

題目十七

以「什麼最青」為題，結合排比，自問自答，完成一篇散文。

參考實作

誰最青？春天最青。走到戶外，眼前一畦畦的稻田，就像綠色的波浪，一波波的翻湧。順著綠波一直綿延至遠處的山峰，春天把大地都染綠了。山腳到山頂，從鄉村的原野到城市的分隔島，何處不青？

誰最青？媽媽生氣時的臉色最青。當我把七十三分的考卷拿給媽媽簽名時，媽媽整個臉色都發青了。接著「啪！」一聲，考卷裂成了兩半，我的雙手也被打得瘀青，真是悽慘。

誰最青？我的點子最青。不論什麼難題，儘管來找我，保證幫你出一個最「青」的點子，讓你拍案叫絕。不過你得請我喝一杯青蘋果汁，因為我最喜歡青的滋味了。（李晉萱）

簡析　「青」有「綠」的意思，可以指臉色，同時也可以指「好」（尚青），形成不同雙關。本篇由雅而俗，在排比提問中，結合雙關，讓全篇語言活潑生動。

題目十八

以「幸福是什麼」為題，自問自答，完成一篇文章。一千字以內。

參考作品

1. 幸福是什麼？

幸福是等待。

幸福是在春天等待，在微風中等待清爽，在樹梢下等待翠綠，

在小溪的歌聲旁等待歡笑，在花朵的芬芳中等待甜蜜，幸福就在春天的等待中發芽。

幸福是在夏天等待，在光熱中等待衝勁，在濃蔭下等待悠閒，在一片蟬噪中等待生機，在星夜的閃爍裡等待柔情，幸福就在夏天的等待中茁壯。

幸福是在秋天等待，在雲霓間等待回憶，在情人的眼淚中等待堅定，在落葉上等待一聲美麗的嘆息，在暮靄的煙波裡等待滿滿詩意，幸福就在秋天的等待中開花。

幸福是在冬天等待，在雲煙繚繞的高山頂等待晶瑩，在微笑的冬陽下等待暖意，在一片銀白世界裡等待靜謐的智語，在聖誕與鞭炮中等待艷紅的驚喜，幸福就在冬天的等待裡結果。

幸福是在四季裡等待，在日常生活中等待，在分分秒秒裡等待，因為能在每個等待中接受平凡而知足，才能從知足裡看見幸福。或許當等待只是等待，幸福便將在發現自己的那刻等待你的到來。（曾詩涵）

2. 幸福是什麼？

幸福是看著爺爺挽著奶奶的手在黃昏的街道散步著。

幸福是看著小男孩一手牽爸爸一手牽媽媽激動地說著學校今天發生的事。

幸福是與自己最喜歡最親愛的人膩在一起。

幸福與最喜歡的人相聚在一起，感受彼此心意相連的感覺，不管做任何事都會感到幸福，即使當時颳著強風下著大雨，環境的惡劣也不滅這種親愛之情的幸福感受，尤其看著銀髮夫妻相知相惜，和父母與小孩家庭和樂融融的畫面，就會有幸福的感受，這是「真心摯愛」的幸福感。幸福是在大太陽底下吃著清涼退火的冰棒。

幸福是在冷颼颼的寒風吹襲下喝著暖呼呼的熱可可。

幸福其實就是在極端的環境中，做一件與當時情境相斥的具體感受。

幸福是「相對」而感受到的快樂感受，沒有經歷過痛苦與悲傷，怎麼會知道什麼是快樂和幸福呢？像小時候的童話故事，王子公主之後幸福快樂的日子，也是在經過一番辛苦的努力，打敗惡勢力後而得到了完美結局，才能過著幸福的生活。假若一開始沒有重重阻礙與困難，怎會知道無憂無慮、舒適閒逸的那種感覺叫做幸福？這是「相對」而來的幸福。

幸福是一種心靈的感受，只要感覺舒服快樂就是幸福，看著別人也會覺得幸福，那是一種難以形容的美好感受，就像冬天感到溫暖的感覺，幸福就是讓人內心充滿暖暖感受的一個奇妙又神秘的禮物，幸福出現就會充滿溫馨愉悅的開心感受，這個禮物無法輕易取得，只有「真心」與「知足」的人才有辦法得到，這是獲得幸福的兩張通行證，知足而真心的人就會是「幸福」眷顧的寵兒。（謝曉雯）

簡析

第一例是「總、分、總」結構，先提出對「幸福」的判斷、立意，再做四段的排比、鋪陳。

第二例是「分、總」結構，先做五段的排比、鋪陳，再由具體至抽象，剖析歸納「幸福是一種心靈感受」。

事實上，也可以採用「排比」、「層遞」的結構；其中以「層遞」的書寫，展現結構的推力，更見深刻，難度更高。

二　映襯

> **題目一　完成以下空格：**
>
> 男人消極，女人□□。

參考答案

1. 消瘦
2. 消失
3. 逍遙
4. 消風
5. 囂張
6. 積極
7. 孤寂
8. 太急
9. 獨立

簡析 一至四例類字（「消」），第五例雙關（「消」、「囂」），最為特殊，最引人警惕，當為答案中的首選。

第六例類字（「極」），最為常見；至於七至九例均押韻立意；指涉男女互動關係，消長變化，正在其中。

如空三格，可以填「等不及」、「靠自己」、「乾著急」，押韻立意。

題目二　完成以下空格：

教育是探照燈，不是□□□。

參考答案

1. 後照鏡
2. 三稜鏡
3. 哈哈鏡
4. 放大鏡
5. 煙火秀
6. 舞台秀
7. 甜甜圈
8. 手電筒
9. 霸凌區
10. 霓虹燈
11. 走馬燈
12. 鎂光燈
13. 紅綠燈

簡析　藉由「正反」映襯，強調教育是有光有亮，有前瞻性，絕非消極鏡照，聊備一格，嚴長壽曾謂：「教育是點亮蠟燭，不是注水入壺」，可謂有心者言。其中以第一例最佳。

當然，如果填四格，可以填「意若思鏡」，如果五個空格，可以填「阿拉丁神燈」，賦與不同體會。

題目三　完成以下空格：

一個人不怕沒缺點，只怕□□□。

參考實作

1. 沒特點
2. 沒優點
3. 有汙點
4. 愛露點
5. 沒亮點
6. 沒笑點
7. 沒Q點
8. 不要臉

簡析　此亦「正反」映襯。一至七例，均以類字（「點」）完成，第八例則押韻（「臉」）。其中以第一例最佳。

如果空四格，可以填「說話沒重點」、「白目沒心眼」；如空五格，可以填「一輩子沒高點」、「一輩子都缺錢」、「一輩子矇著眼」，每下愈況。

題目四　完成以下空格：

要相互成全，不要相互□□。

參考實作

1. 求全

2. 出拳

3. 揮拳

4. 爭權

簡析 兼用類字，以第一例為佳。二至四例兼用押韻。反之，若填「陰險」、「棄嫌」、「埋怨」、「討厭」、「為難」，則未完全押韻。

題目五　完成以下空格：

人生要珍惜，不要□□。

參考實作

1. 惋惜

2. 嘆息

3. 缺席

4. 放棄

5. 遲疑

6. 抄襲

7. 懷疑

簡析 第一、二例均類字（「惜」），二至七例均押韻。就精簡而言，第一例積極點醒；就押韻而言，第二例、第三例琅琅上口。若空三格，可以填「老嘆氣」、「老生氣」；空四格，可以填「忘了打氣」、「輕言放棄」、「老說可惜」、「只喝奶昔」。

題目六　完成以下空格，也可以兩個字以上：

□□沒有□□，只有□□。

參考實作

1. 桌上沒有蘋果，只有橘子。
2. 現代人沒有頭腦，只有電腦。
3. 現代公寓沒有鄰居，只有鄰近的人。
4. 世上沒有陌生人，只有還沒認識的人。
5. 世上沒有醜女人，只有懶女人。
6. 世上沒有不能講的話，只有不會聽的耳朵。
7. 臺灣沒有法治，只有政治。
8. 臺灣沒有政治家，只有政客。
9. 臺灣沒有人權，只有特權。
10. 臺灣沒有教養，只有教育。
11. 選舉沒有黑白，只有藍綠。
12. 選舉沒有是非，只有立場。
13. 政客沒有臺灣，只有臺幣。
14. 現實社會沒有雪中送炭，只有錦上添花。
15. 現實社會沒有濟弱扶傾，只有逢迎拍馬。
16. 作父母的沒有放心，只有擔心。
17. 作行政的沒有功勞，只有疲勞。
18. 學校裡沒有問題兒童，只有兒童問題。
19. 學校裡沒有教不好的學生，只有不會教的老師。
20. 今天沒有富貴命，只有富貴手。
21. 今天沒有失敗，只有失常。

22. 人生沒有對錯，只有選擇。

23. 商場沒有不景氣，只有不爭氣。

24. 商場沒有公益，只有利益。

25. 世上沒有兩好，只有一好。

26. 世上沒有走不通的，只有想不通的人。

27. 男女沒有平等，只有平權。

28. 怨偶沒有福分，只有緣分。

29. 佳偶沒有心結，只有團結。

30. 佳偶沒有幽怨，只有幽默。

31. 佳偶沒有天成，只有變成。

32. 佳人沒有狐媚，只有嫵媚。

33. 佳人沒有小心眼，只有小心。

34. 世上沒有漂亮的命，只有漂亮的人。

35. 大陸沒有法治，只有法制。

36. 兩岸沒有好和，只有講和。

37. 損友沒有抱負，只有抱怨。

38. 損友沒有認真，只有認錢。

39. 損友沒有情操，只有情緒。

40. 損友沒有無私，只有自私。

41. 損友沒有喝采，只有喝倒采。

42. 損友沒有幫忙，只有幫倒忙。

43. 損友沒有勇敢，只有很敢。

44. 損友沒有堅強，只有逞強。

45. 達人沒有無明，只有文明。

46. 達人沒有浮華，只有昇華。

47. 達人沒有走位，只有到味。

48.達人沒有說幹，只有按讚。

49.達人沒有曖昧，只有愛情。

50.達人沒有揀現成，只有去完成。

51.民生沒有拉齊，只有拉近。

52.兩人沒有告白，只有對白。

53.慈悲沒有暴力，只有勝利。

54.慈悲沒有敵人，只有貴人。

55.智慧沒有歧視，只有齊視。

56.真理沒有彎腰，只有直立。

57.婚姻沒有保鮮期，只有保固期。

58.生命沒有版權頁，只有最後一頁。

59.尊嚴沒有價格，只有價值。

60.成就沒有一時，只有一世。

61.幸福沒有不滿足，只有知足。

62.悲觀者沒有熱情，只有熱量。

63.創意沒有平常，只有超常。

64.做父母的沒有放心，只有擔心。

65.家裡沒有論理，只有倫理。

66.世上沒有天生的壞人，只有變壞的好人。

67.法律沒有保護好人，只有保護知法玩法的人。

68.宗教沒有使人變得更壞，只有使人變得更好。

69.法家沒有不忍，只有殘忍。

70.死神沒有大小眼，只有冷眼。

71.司法沒有包青天，只有包陰天。

72.政客沒有十字架，只有烤肉架。

73.創意沒有想不到，只有做不到。

74.分手沒有理智，只有幼稚。

75. 世上沒有不會長的莊稼，只有不會種的農夫。

76. 世上沒有不能搭的衣服，只有不會搭的人。（筆者）

簡析 造句模式，依據語詞的具體、抽象，主要有三：

（1）具體沒有具體，只有具體；

（2）具體沒有抽象，只有抽象；

（3）抽象沒有抽象，只有抽象。

針對不同年級，出題時，可以加以限定，檢視限制的創思。

1. 造句的向度有二：（1）直接白描，述說事實，以「通不通」為考量，屬於文法；（2）介入修辭，述說體會，以「好不好」、「妙不妙」，為考量。

2. 優質造句，力求用語極淺，用意極深，兼具音樂性。如第四例「世上沒有陌生人，只有還沒認識的人。」第六例「世上沒有不能講的話，只有不會聽的耳朵。」、第十八例「學校裡沒有問題兒童，只有兒童問題。」第六十四例「做父母的沒有放心，只有擔心。」分別藉由「有無」對襯，先反後正，同異比較，提出獨到見解。

題目七　完成以下空格，也可以兩個字以上：

人生沒有□□，只有□□。

參考實作

1. 人生沒有「早知道」，只有「想不到」。

2. 人生沒有寂寞易開罐，只有孤獨隨身包。

3. 人生沒有智慧醒腦丸，只有糊塗後悔藥。

4. 人生沒有天長地久，只有曾經擁有。

5. 人生沒有喜劇，只有悲喜劇。

6. 人生沒有偶然，只有偶然的必然。

7. 人生沒有悲壯，只有悲哀。

8. 人生沒有王子，只有王子麵。

9. 人生沒有公主，只有公主症。

10. 人生沒有偶然，只有必然。

11. 人生沒有所有權，只有使用權。

12. 人生沒有無限擁有，只有無限享有。

13. 人生沒有什麼大事，只有比大事重要的小事。

14. 人生沒有照常，只有無常。

15. 人生沒有將計就計，只有將錯就錯。

16. 人生沒有將錯就錯，只有將就將就。

17. 人生沒有用不完的心機，只有參不透的天機。

18. 人生沒有禍福對立，只有禍福相倚。

19. 人生沒有心想事成，只有事與願違。

20. 人生沒有先見之明，只有後見之智。

21. 人生沒有一路順風，只有逆風飛翔。

22. 人生沒有永遠飛龍在天，只有亢龍有悔。

23. 人生沒有完美，只有完結。

24. 人生沒有不散的筵席，只有別後的回憶。

25. 人生沒有老大，只有老化。

26. 人生沒有四大天王，只有四大皆空。

27. 人生沒有入人意中，只有出人意外。

28. 人生沒有功勞，只有苦勞。

29. 人生沒有行藏由己，只有身不由己。

30. 人生沒有絕對，只有相對。

31. 人生沒有制式的劇本，只有即興的演出。（以上章容）

32. 人生沒有寧靜的湖泊，只有瞬息萬變的大海。（蘇奕心）

33. 人生沒有如果，只有結果。

34. 人生沒有看不開的挫敗，只有放不下的心。

35. 人生沒有過不去的難關，只有想不開的人。（張瑋軒）

36. 人生沒有無悔，只有後悔。

37. 人生沒有注定孤獨，只有自我放逐。（楊雅琳）

38. 人生沒有糖果屋，只有競技場。

39. 人生沒有「不可能」，只有「不！可能」。（牟善慈）

40. 人生沒有命中注定的悲情，只有自我不斷編織的苦情。（賴蓉蒂）

41. 人生沒有永久的站牌，只有短暫的票根。（黃羽靖）

42. 人生沒有永恆誓約，只有死亡契約。（蘇倍儀）

43. 人生沒有失敗，只有失誤。（許舒涵）

44. 人生沒有過不去的事，只有過不去的心。（冒牌生）

45. 人生沒有解答，只有各自感受。（簡媜）

46. 人生沒有悲傷，只有滄桑。（秋實）

簡析 這題由於主詞（「人生」）限定，只能在受詞上求變化。

變化的模式有二：一、短語的對襯，如：「寂寞易開罐」與「孤獨隨身包」、「智慧醒腦丸」與「糊塗後悔藥」、「看不開的挫折」與「放不下的心」、「永久的站牌」與「短暫的票根」等；二、同異詞的對襯，如：「喜劇」與「悲喜劇」、「如果」與「結果」、「無悔」與「後悔」、「失敗」與「失誤」等。

以上實作，以第三十九例「不可能」與「不！可能」的映襯（對比）最具巧思。由此觀之，吾輩亦可造句：

　　人生沒有「不巧」，只有「不！巧」。

題目八

舉出「大、小」對比的映襯佳句。

參考答案

1. 大口吃四方，小口吃健康。

2. 若要好，大做小。

3. 擁有一塊錢的人有一塊錢的快樂，擁有百萬家財的人有百萬家財的煩惱。（何秀煌）

4. 大人物的傳記是給小人物看的，小人物的傳記是給大人物看的。（王鼎鈞）

5. 男人的肚子要小，女人的肚量要大。

6. 一粒老鼠屎可以壞一鍋粥，一滴髒水卻無法汙染大海。（秋實）

7. 充實的一天得到好眠，充實的一生得到好死。（達文西）

8. 講到整畚箕，做到一湯匙。（臺灣諺語）

簡析　「大小」對，最簡單的是出現「大」、「小」，如第一、二、四、五例。第四例則映襯兼回文。

其次，數目（空間、時間）上的對比，如第三、六、七例。其中第六例「一滴髒水卻無法汙染大海」是當句大小對，猶如「一花一天國」、「一沙一世界」、「一葉一菩提」、「天使一滴淚是地上一座湖」，均為當句對。

至於第八例，則藉由大小對比，諷刺有的人「說到驚死人，做到笑死人」，根本言行不一，落人口實。

題目九

舉出「情景」對比的映襯佳句。

參考答案

1. 山是凝固的波浪，淚是融化的心。（沈香）

2. 人身是繭，心是繭中的蝴蝶。（杜十三）

3. 烏龜縮頭不縮殼，凡人長肉不長智。（諺語）

4. 為了彩虹，強忍愁雨；為了重逢，強忍分離。（李抱忱）

5. 男人永遠少一根筋，女人永遠多一個心眼。（諺語）

6. 種樹者必澆其根，種德者必養其心。（王守仁）

7. 天地不可一日無和氣，人心不可一日無喜神。（《菜根譚》）

8. 孩子小時踩在媽媽的腳尖上，長大了踩在媽媽的心尖上。（琦君）

9. 頂上不能沒有一片藍天，心裡面不能沒有一方淨土。（朱炎）

10. 人忙心不忙，身動心不動。（錦池）

簡析　單純「情景」對比，有第二、四、五、六、七、九例。

第一例兼用譬喻（對比聯想），第三例兼用當句「正反」（「縮」、「不縮」、「長」、「不長」）翻疊，第十例兼用悖論，「人忙」、「心不忙」與「身動」、「心不動」均是對立的統一。

題目十

映襯分「正反」、「有無」、「人我」、「大小」、「時空」、「今昔」、「見聞」、「情景」八類，請舉例說明：

參考實作

（一）正反

1. 心靈要像焚化爐，不要像垃圾場。
2. 要把自己當海綿，不要把自己當牙膏。
3. 數得清的是回憶，數不清的是回味。
4. 只做一任出色的總統，不做兩任平庸的總統。
5. 一家人不說兩家話，一樣床不睡兩樣人。
6. 不能拍出一部影片，起碼也拍出一張好照片。
7. 寧願燒盡，不願鏽壞。（馬偕博士）
8. 寧犯小人，不犯女人。
9. 不怕一萬，只怕萬一。
10. 可以說傻話，不可以做傻事。
11. 反貪會亡黨，不反貪會亡國。

（二）有無

1. 目中有人，心中無己。
2. 愛美無罪，微整有理。
3. 有法依法，無法依例。
4. 單身無罪，不婚有理。
5. 有小三，無江山。（張明覺）
6. 悟道無我，捫心有愧。
7. 天道無私，人間有愛。
8. 有分別的是相對論，是知識；無分別的是絕對論，是見識。
9. 海納百川，有容乃大；壁立千仞，無欲則剛。

（三）人我

1. 別人吃魚刺，我們生骨刺。
2. 健康是自己給自己的肯定，掌聲是別人給自己的肯定。
3. 你看我浮浮，我看你霧霧。
4. 人來求我三春雨，我來求人六月霜。
5. 當你是刀子嘴時，別忘了別人是豆腐心。
6. 帶給別人歡樂是一種慈悲，帶給自己歡樂是一種智慧。
7. 種別人的田，荒了自己的園。
8. 你待我一丈，我捧你天上。
9. 被人揭下面具是一種失敗，自己揭下面具是一種勝利。（雨果）
10. 做自己的引擎，也要做別人的推手。
11. 借別人的戲臺，唱自己的戲。
12. 自知者英，自勝者雄。（《文中子》）

（四）大小

1. 做天使要一輩子，做魔鬼只要一秒鐘。
2. 人與人培養一段關係要十年，斷絕一段關係，只要十秒鐘。（王文華）
3. 婚禮是一時的，婚姻是永久的。
4. 小日子要滋潤，大生活要開闊。
5. 大善帶來震動，小善帶來感動。
6. 同事是一時的，同道是永久的。
7. 文學獎是一時的，文學是永久的。
8. 氣話是一時的，真話是永久的。

9. 交錢一陣子，領錢一輩子。（保險廣告）

10. 立足小分子，縱情大宇宙。

11. 天使一滴淚，地上一座湖。

12. 器小易盈，器大能容。

（五）時空

1. 時間作弄人間，空間成就人生。

2. 時間中點染滄桑，空間中俯仰飄泊。（秋實）

3. 用腳讀地理，用心看歷史。

4. 一沙一世界，一生一瞬間。

5. 在歐洲，你們有手錶；在沙漠，我們有時間。

6. 你給我空間，我給你時間。

7. 多留一點時間給自己，多留一點空間給別人。（錦池）

8. 空間只跨了幾步，時間，卻邁過百年。（余光中）

9. 湖色千頃，水波是冷的；光陰百代，時間是冷的。（張曉風）

10. 空間找到了，但是時間一去不復返。（洪淑苓）

（六）今昔

1. 婚前看缺點，婚後看優點。

2. 當你住在過去的陰影裡，你就看不到現在的陽光。

3. 不要讓昨天的風來吹熄今天的火。

4. 昨天是冥紙，今天是現鈔。

5. 今日不負擔昨日留下的餘韻。（簡媜）

6. 沒有一個今天的果實，能否定昨天的種子。（劉墉）

7. 古聖先賢創設神話，今聖後賢修正神話。（王鼎鈞）

8. 當你糾葛於過去，你便看不到現在。（秋實）

9.古代大概是地靈然後人傑，現在大概是人傑然後地靈。（木心）

（七）見聞

1.木欣欣以向榮，泉涓涓而始流。（陶潛）

2.操千曲而後曉聲，觀千劍而後識器。（劉勰）

3.清光四射，天空皎潔，四野無聲，微聞犬吠。（梁實秋）

4.人有兩隻眼睛，是要多看；有兩隻耳朵，是要多聽。（諺語）

5.當你想傾吐時，我會送上耳朵；當你看不見前方時，我會送上眼睛。（秋實）

6.他們沒有眼睛看別人，更沒有耳朵聽別人。（楊明）

7.受傷的耳朵被慰於寧靜，刺痛的眼睛被撫於翠青。（余光中）

（八）情景

1.身要動，心要靜。

2.身閒是富，心閒是貴。

3.沒有波浪不成大海，沒有意外不成人生。（秋實）

4.湯裡放鹽，愛裡放責任。（簡媜）

5.山是突然被固定了的波浪，淚是突然被融化了的心。（張妙如）

簡析　「正反」是一句肯定，一句否定，往往用二分法。

「有無」是一句寫「有」，一句寫「無」。

「大小」是空間、數量的大小。一句寫「大」，一句寫「小」。

「時空」是一句寫時間，一句寫空間。

「今昔」是一句寫現在，一句寫過去。

「見聞」是一句寫視覺（「見」），一句寫聽覺（「聞」）。

「情景」是一句寫景，一句寫情。

三　反諷

題目一　自言辭反諷，完成以下空格：

如果你相信歐巴馬說失業率會下跌，經濟會好轉，我寧可相信太陽會從□□升起。

參考答案

西邊

簡析 太陽自「東邊」升起，旭日東升的希望，才是褒；自「西邊」升起，純屬不可能的幻想，則是貶，變成故意顛倒情境的反諷。

題目二　自言辭反諷，完成以下空格：

問作家對批評家的看法，就像問電線桿對□的看法。（漢普敦）

參考答案

狗

簡析 這是諷刺的譬喻，喻批評家為狗，隨便對電線桿灑尿，對作家作品妄肆菲薄。

若改成「就像臉對鏡子的看法」、「就像球員對教練的看法」，則是正面肯定。

題目三　自言辭反諷，完成以下空格：

我們社會需要有這樣的□□，大聲說出逆耳的忠言。
（隱地）

參考答案

傻子

簡析　「傻子」是似貶實褒。如果換成「笨蛋」、「呆人」，亦為反諷，直指「不察顏觀色，不識時務，實心實意」的耿直之輩。

題目四　自言辭反諷，完成以下空格：

張無忌做事婆婆媽媽，滅絕師太，□□人性。（章容）

參考答案

滅絕

簡析　張「無忌」，做事應乾淨俐落，卻婆婆媽媽，凡事猶疑「有忌」，分明為名字的反諷。「滅絕」師太，主張對魔教「滅之絕之」，結果剛愎自用，連對自己徒弟也下手無情，亦為名字的反諷。

題目五　自情境反諷，完成以下空格：

我最討厭兩種人：一種是種族歧視的人，一種是□□。（笑話）

參考答案

黑人

簡析　似此「笑話」開高走低，自相矛盾，確實是反諷人物的獨白，指涉人物表裡不一，言行相悖。

題目六　自情境反諷，完成以下空格：

我很窮很可憐，窮到只剩下□，可憐到整天吃燕窩，吃到□□□□。（沈香）

參考答案

錢、營養不良

簡析　如果說「窮到沒飯吃」、「吃到很快樂」，前後一致，合乎常理。但說「窮到只剩下錢」，則是開低走高，意在炫富；「吃到營養不良」，偏食不悔，完全是「白目」的告白。

題目七　自情境反諷，完成以下空格：

花枯萎以後，蜜蜂才長出□□。（李長青）

參考答案

翅膀

簡析　如果「花盛開時，蜜蜂長出翅膀」，這是和諧狀況，對的時間
碰上對的事物。但「枯萎以後」，才遇上振翅蜜蜂，則是時不
予我，事與願違的遺憾。

題目八　自情境反諷，完成以下空格：

他自稱「酒仙」，千杯不醉□□倒。（笑話）

參考答案

一杯

簡析　如果「千杯不醉不會倒」是名副其實的「酒仙」。但開高走
低，一杯即倒，分明是「假酒仙」，浪得虛名。
其次，所謂「千杯」的「杯」，若指「小杯」，則「千杯不醉」，
無足觀也。顏承繁學姐結婚，與周益忠同桌，筆者戲稱亦「千
杯不醉」，用「小杯」裝啤酒，到處和人乾杯，製造笑場。

題目九

電影中有不少反諷佳句，挑出你最欣賞的，並說明理由。
二百字。

參考實作

1. 電影《人在囧途》

「你的智商真的很提神。小張，你今年還是有進步的，去年你是

弱智，今年晉級為愚蠢了。」

「從今以後你不用來上班了。」

「老闆，這是我的辭職信。」

「這是你本年度作得最正確的一個決定。」

理由：

前後運用開高走低的手法，雖然大老闆稱讚員工小張今年的表現
大有進步，但是從老闆使用的形容詞，明顯可以知道其實小張去
年和今年表現大同小異，皆是慘不忍睹，一塌糊塗。在第四句
中，老闆稱讚某員工說這是他本年度做得最正確的決定，竟然是
辭職，真是欲哭無欲。分明將喜劇「笑果」與真實的悲慘遭遇巧
妙地結合在一起。（尹姿驊）

2. 電影《鬥陣俱樂部》

「你是因為造了孽而被詛咒，逃不過宿命，才會長得好看、有
錢、有名氣。」

理由：

此句話以開低走高的諷刺呈現，前半段乍看之下會認為後半段話
沒什麼好，但出乎意料之外，話鋒一轉，後半段竟是誇讚，使人
哭笑不得。（尹姿驊）

題目十

金庸武俠小說中有「言辭反諷」、「情境反諷」，舉例說
明。

參考實作

1 言辭反諷

只見大廳上站著兩個老者，羅帽直身，穿的家人服色，見到張翠山出來，一齊走上幾步，跪拜下去，說道：「姑爺安好，小人殷無福、殷無祿叩見。」張翠山還了一揖，說道：「管家請起。」心想：「這兩個家人的名字好生奇怪，凡是僕役家人，取的名字總是『平安、吉慶、福祿壽喜』之類，怎地他二人卻叫作『無福、無祿』？」但見那殷無福臉上有一條極長的刀疤，自右邊額角一直斜下，掠過鼻尖，直至左邊嘴角方止。那殷無祿卻是滿臉麻皮。兩人相貌都極醜陋，均已有五十來歲年紀。（金庸《倚天屠龍記》）

說明：

取名「無福」、「無祿」，似貶似褒，反而「有福」、「有祿」，起碼活五十歲以上。其他如「君子劍」岳不群，是偽君子，小人行徑，「李莫愁」一輩為情愁困，看不開，均為似貶實褒的名字反諷。（筆者）

2 情境反諷

段譽道：「你這位大爺，怎地如此狠霸霸的？我平生最不愛瞧人打架。貴派叫做無量劍，住在無量山中。佛經有云：『無量有四：一慈、二悲、三喜、四捨』這『四無量』麼，眾位當然明白；與樂之心為慈，拔苦之心為悲，喜眾生離苦獲樂之心曰喜，於一切眾生捨怨親之念而平等一如曰捨。無量壽佛者，阿彌陀佛也。阿彌陀佛……」（金庸《天龍八部》）

說明：

「無量派」卻行徑好勇霸凌，滋生事端，唯恐天下不亂，完全違背「無量」（慈、悲、喜、捨）真諦，毫無修養；絕無心量可言，表裡不一，行與言反，自成情境反諷「不良示範」，段譽不免有所批判。（筆者）

題目十一

反諷中有「命運的反諷」、「天真的反諷」、「自我欺騙」的反諷，分別舉例說明。

參考實作

（一）命運的反諷

1. 人算不如天算。
2. 鬥得過人，卻鬥不過天。
3. 命運是當你是禿子時，才給你一把梳子。
4. 當命運打盹的時候，我們就絕處逢生。（王鼎鈞）
5. 命運走了康莊大道後一定會彎入羊腸小徑。（簡媜）
6. 只有完美的動機，沒有完美的結局。（章容）

說明：

命運的反諷，是「天者誠難測，而神者誠難明」（韓愈）的玄奧，沒有做什麼壞事，卻生不逢時，逃不出時代的荒謬，一輩子倒楣衰爆，猶如《倩女幽魂 2》寧采臣所呼喊：「難道好人都沒有好下場？」面對命運反諷，吾輩要學會面對「危機中的天機」，始於面對、接受、處理、放下，終於跨越。（筆者）

（二）天真無知的反諷

1. 被人賣了，還替人數鈔票。
2. 偷了別家鳥籠，丟了自家的黃鶯。
3. 好心做壞事。
4. 揀了芝麻，丟了西瓜。
5. 煮熟的鴨子飛了。
6. 拿石頭砸自己的腳。

說明：

天真無知的反諷，未能認清事實，不分輕重，自毀長城，盲目樂觀，未有「世事洞明，人情練達」的睿智，終導致「期望落空」、「事與願違」。面對天真無知的反諷，要學會真正成長。（筆者）

（三）自我欺騙的反諷

1. 貓哭耗子——假慈悲；黃鼠狼給雞拜年——不安好心。
2. 謊話講到最後，連自己也相信。
3. 又要拿貞潔牌坊，又要當妓女；又要馬兒好，又要馬兒不吃草。
4. 滿口仁義道德，滿肚子男盜女娼。
5. 扮豬吃老虎，批著羊皮的狼。
6. 嘴甜心苦，兩面三刀，上頭笑著，腳底下就使絆子，明是一盆火，暗是一火刀。（《紅樓夢》）
7. 一邊放火，一邊救火。

說明：

自我欺騙的反諷，表裡不一，名實不符，裝模作樣，偽善欺世，混淆視聽，比「真小人」更惡劣。面對這樣的「假面」、「虛

偽」，自當戳破謊言，檢驗批判，揭露真相。當然一個人再如何
「騙人」、「騙自己」，終究仍「騙不過天」，到頭來仍有公斷，仍
有報應。（筆者）

題目十二

　　舉出始於轉化，終於反諷的寓言或小詩。

參考實作

1. 「美」開了一家當鋪，
　　專收人的心，
　　到期人拿票去贖，
　　他已經關門。（朱湘〈當鋪〉）
2. 一枝草對一枝草說：「明天我們就成年了。」割草機呼嘯而
　　過。（陳瑞獻）
3. 樵夫的斧頭向樹求取他的斧柄，樹給了它。（泰戈爾）
4. 次春，小草長滿原野，一片欣欣向榮。
　　命運之神訝然說：「你們不是已經死了嗎？」
　　小草回答說：「你扼殺得了生命，扼殺不了生機！」（杏林子）

簡析 朱湘此詩開高走低，點出「美」的「心」是不能典當，有去無
回。換成簡媜散文〈風中的白楊樹〉則是「美，從來不等任何
人，除了把握別無他途。」陳瑞獻寓言先揚後抑，點出生命無
常，危機四伏。第三例泰戈爾此詩開低走高，拈出樹的偉大，
無懼斧頭日後砍傷；猶如父母對子女的慈愛寬容。
至於第四例，是「野火燒不盡，春風吹又生」（白居易）的現
代寓言。全篇開低走高，展現小草的精神意志，以喜劇收場。

題目十三　以下三篇最短篇均自反諷立意，你最欣賞哪一篇，
**　　　　　請說明理由：**

1. 犧牲

現在，四周火舌正狼吞虎嚥，濃煙逐漸剝奪我的視
線。動彈不得的我，眼看即將吞噬我的祝融狂飛亂
舞，我趕忙搜尋主人的身影。遙想當年，當我感到
自己的存在是如此卑賤失格時，主人大方地收留
我，賜我華衣，託我管理農場，幫忙嚇跑偷糧的盜
賊，讓我重拾人之價值。我早有將生命交付給他的
覺悟，是時候了。

夥伴正催促著男人上路。

「該離開了，敵軍隨後就到。」

「再一眼吧，這片田和稻草人就這樣一把火燒了，
心疼呀。」

2. 關起來的人

母親房間的衣櫃裡放了一個白色手提箱，有種四〇
年代的味道，是個時髦小姐的皮箱。母親把皮箱打
開，拿出了兩件衣服，一件桃紅色的絲質洋裝，有
著大大的荷葉領、荷葉袖，飄逸的裙襬，苗條的腰
線。另一件是白底紅色小花的新型旗袍，薄薄的布
料、簡潔的樣式，上面綴著紅色旗袍鈕。她把兩件
洋裝往身上比了比接著說：「要出嫁了。」

母親患了老人癡呆症，時常忘了自己，甚至自己的
親人，對於回憶先前的記憶，常會出現不可預期的
狀況。

「新娘子！先吃飯。吃飽了，才去敬酒。」我拿著湯匙一口一口餵她。

午後的雨一直下個不停，終於看到太陽稍稍露臉，微弱陽光從母親房間的窗戶射了進來，房間暗暗的，沒有開燈，在我們眼前漂浮的是時間的塵埃。

3. 仆街的少女

前面街角有一個女孩似乎又在搞 kuso，以「仆街女孩」（立正姿勢正面朝下平躺）的姿態趴在地上，但動作不太標準，手沒有貼緊大腿外側，體態也有一點歪斜。不過她也真大膽，就這樣大剌剌的趴在熙來攘往、上下班時間交通最壅塞的十字路口轉角，重點是，因為妳的自以為是的有趣，逼得眾人都得繞道而行，看在上班快遲到且被困在比冰川流速還慢的車河裡的我眼裡，這樣幼稚的行為可一點都不有趣。

女孩依然靜靜躺在路邊，漸漸有路人在一旁圍觀，一個、兩個、⋯⋯最後是一大群，人數多到把「仆街女孩」淹沒在人群之中，其中也包含了我，好奇心真的會殺死一隻貓啊！圍觀的人越來越多，找不到一點間隙趁虛而入，直到一陣「依喲！依喲！」聲傳來，如摩西過紅海般的神蹟，眾人不約而同的排開一條走道讓救護人員進來，看到女孩傷重的模樣，換我像雕像一樣的呆立，而女孩頭上的血卻汩汩的流個不停。

參考實作

1. 最欣賞〈犧牲〉。因以擬人手法處理，再將視角拉大，帶入客觀情境，呈現戰爭的殘忍，命運無奈的反諷，餘味無盡。（秋實）

2. 最欣賞〈關起來的人〉。由於母親回到過去的時光，最鮮明的場景。兒女陪伴順著「演戲」。以「時間的塵埃」結尾，帶出場景，也帶出滄桑、無奈的寓意。（章容）

3. 最欣賞〈仆街的少女〉。因運用現代生活「街頭表演」，帶出馬路新聞，也帶出「會錯意」的殘酷真實，一刀雙刃，自成反諷。全篇客觀呈現，隱隱道出對殘酷人性的批判。（錦池）

四　層遞

題目一　自遞升，完成以下空格：

在那一刻，山是小的，太陽是大的；太陽是小的，宇宙是大的；宇宙是小的，□□是大的。（劉開林）

參考答案

心胸

> **簡析** 結合兩次關聯的映襯（對比），推論出「心胸」最大。畢竟「宇宙不自限人，人自限宇宙」（陸九淵），只要打開心胸便能心外無物，物在心中。

題目二　自遞升，完成以下空格：

學歷是銅牌，能力是銀牌，人脈是金牌，能善用這三者才是□□。（網路）

參考答案

王牌

> **簡析** 由「銅牌」、「銀牌」、「金牌」、「王牌」看出成功的「三加一」，最後要能綜合活用。

題目三　自遞升完成以下空格：

戀愛三部曲：起初□□□□，其次□□□□，最後一心一意。（沈香）

參考答案

有心無意、三心兩意

簡析　由無感至有感，再至心有靈犀的感動，是戀愛的必然成長；由相遇、相識的不穩定、不確定，至相戀、相愛的熱烈，再相知相守的貞定，終至和諧的美好，才是戀愛的聖歌。

題目四　自遞升，完成以下空格：

一人拿不起，兩人擡得動，三人不費力，四人□□□。（諺語）

參考答案

更輕鬆

簡析　此亦「一人計短，兩人計長，三人好商量」的延長版。所謂「人多好辦事」即此也。

題目五　自遞升完成以下空格：

教育老大，我們用法家；對老二，我們用儒家；對老三，我們用□□。（王鼎鈞）

參考答案

道家

> **簡析** 對小孩教育，父母多由生手、新手至老手，由嚴而寬，由寬而鬆，用道家，旨在避免過多人為干擾，適性適情。至於儒、釋、道三家，可以「以儒濟世，以道修身，以佛治心。」相輔相成。

題目六　自遞降完成以下空格：

讀金瓶梅而生憐憫心者，□□也；生畏懼心者，□□；生歡喜心者，禽獸也。

參考答案

菩薩、君子

> **簡析** 讀者層次不同，讀後反應自不同；所謂「見賢思齊，見不賢而內省」，自然菩薩、聖人悲憫，君子狷者有所不為，小人、禽獸，日趨下流。

題目七　自遞降完成以下空格：

現代人話題很多，話很少；話很多，□□□很少。
（筆者）

參考答案

真心話

簡析　「相識滿天下，知音有幾人？」如果只有言不及義的話題，只有言不由衷的話，自然不見真心。

人世間交淺不宜言深，掏心掏肺，失言失人，終至「真心換絕情」，自取其辱。

題目八　自遞降完成以下空格：

上焉者因機造勢，中焉者□□□□，下焉者逆勢悖情。（諺語）

參考答案

順勢利導

簡析　此即「造勢、順勢、逆勢」三部曲。因此「等待機會不如尋找機會，尋找機會不如創造機會」，才能逆勢操作，順勢而為，造勢創局。

題目九　自遞降完成以下空格：

年輕時愛情是□□□，中年時是裝飾品，老年是□□
□。（順口溜）

參考答案

必需品、紀念品

簡析 愛情在人生三階段自有不同的價值，從「愛情是生命中的全
部」至「愛情不是生命的全部」，愛情扮演的角色，觀點改
變，由「情人」至「親人」，自然改觀。

題目十　自遞降完成以下空格：

少年怕失學，青年怕□□；中年怕失業，老年怕□
□。（吳進財）

參考答案

失足、失戀

簡析 「怕」是怕失去，失去機會，失去美好，失去熱力。「失足」
是「青春不留白，而留黑」，「失落」是「沒有成就感，只有挫
折感，無力感」，日薄西山，一切都走下坡，自是「多麼痛的
領悟」！
就「失學」、「失業」、「失足」觀之，正是近義詞、同異詞的層
遞運用，藉差異開展意義的建構。

題目十一　完成以下層遞。

命好不如運好，……。

有情不如無情，……。

墳地好不如住地好，……。

……，坐而言不如起而行。

……，戒不如節，節不如解。（諺語）

參考實作

1. 命好不如運好，運好不如形勢好。
2. 有情不如無情，無情不如無執情。
3. 墳地不如住地好，住地好不如心地好。
4. 躺而思不如坐而言，坐而言不如起而行。
5. 結不如戒，戒不如節，結不如解。（錦池）

簡析　第一例「形勢好」即大環境。第二例「無執情」非有情，非無情，而是「當牽手時牽手，該放手時放手」的隨緣。第三例「心地好」強調境由心造。第四例「躺而思」是懶人版，層次最低。第五例剖析「冤家或仇家」宜解不宜結的四個進境。其中「結、戒、節、解」四字音近，讀來簡潔有力。

題目十二　將以下映襯改寫成為層遞：

1. 吃著碗裡，瞧著鍋裡。
2. 待人藹然，律己超然。
3. 人生賺累，不賺飽。（諺語）

4. 做人要像水，做得好可以載舟，乘風破浪；做不
　　好終將覆舟，自陷險境。

5. 他處理禍事像在辦喜事。（林良）

6. 他把女人當禍水，把男人當禍根。

7. 不罰不做事，罰做錯事。

參考實作

1. 吃一挾二，想三望四。

2. 用公分量自己，用公尺量身邊的人，用公里量遠方的人。

3. 人生沒有功勞，只有苦勞；沒有苦勞，只有疲勞。

4. 做人要像水，原則要像固態，想清楚明白；做事要像液態，
　　因地制宜；心境要像氣態，透明虛空。

5. 把禍事當喜事辦，把喜事當大事辦。

6. 他把女人當男人用，男人當畜生用。

7. 大做大錯，小做小錯，不做不錯。（村農）

> **簡析** 映襯是兩層關係，層遞是三層關係。因此在意義性上，層遞是
> 映襯的精進。
>
> 值得注意的是第四例，實作中的喻解，發揮水的三態（「固
> 態」、「液態」、「氣態」），指出做人的三種境界，深刻入理，醒
> 心豁目。

題目十三

舉出最欣賞的層遞佳句，說明理由。

參考實作

1. 生活，我本來以為是琉璃，其實是琉璃瓦；生活，我本來以為是琉璃瓦，其實是玻璃；生活，我本來以為是玻璃，其實是一河閃爍的波光。（王鼎鈞）

2. 聽上去總有一些淒涼、淒清、淒楚，於今在島上回味，則在淒楚之外，更籠上一層淒迷了。（余光中）

3. 一流教師把課堂變成天堂，二流教師把課堂變成菜市場，三流教師把課堂變成靈堂。（張春榮）

4. 先生七點回家，是懶鬼；十點回家，是醉鬼；夜不歸戶，是色鬼；整天在家，是死鬼。（順口溜）

5. 一個巧皮匠，沒有好鞋樣；兩個笨皮匠，彼此好商量；三個臭皮匠，勝過諸葛亮。（諺語）

6. 孩子

   在土裡洗澡；

   爸爸

   在土裡流汗

   爺爺

   在土裡埋葬。（臧克家〈三代人〉）

簡析　第一例句藉由「琉璃」、「琉璃瓦」、「玻璃」、「波光」的同異，層層比較，帶出生活不是預期的美好，美好只是抓不住的「波光」，逝者如斯。

第二例藉由「淒涼」、「淒清」、「淒楚」、「淒迷」的層層辨析，寫出聽雨的四種心境，越來越沉重。這樣的遞降運用，並非機械的排列。

第三例藉由「天堂」、「菜市場」、「靈堂」的遞降，指出一流教師使人忘了身在天上人間，二流教師讓人感到熱熱鬧鬧，充滿活力；三流教師使人昏睡沉沉，默默低首無語。此例兼及押韻，琅琅上口。

第四例刻劃四種差勁的先生，隨著時間變化，從「懶鬼」、「醉鬼」、「色鬼」，最後至「死鬼」，每下愈況，極盡批判。

第五例一般常聽到「三個臭皮匠勝過一個諸葛亮」，但例中遞升，完整呈現。同時兼及押韻，上口順耳。

第六例寫出三代在黃土地生活縮影，代代相傳，死生相續自成循環模式，無法跳出命運的軌迹。

題目十四　自遞升，完成以下問答：

五十歲時，你問我說：「快樂在哪裡？」

我說：「快樂在我心裡。」

六十歲時，你問我說：「快樂在哪裡？」

我說：「快樂在哪裡，我就在那裡。」

七十歲時，你問我說：「……？」

我說：「……。」

參考實作

七十歲時，你問我說：「快樂在哪裡？」

我說：「我在哪裡，快樂就在那裡。」（秋實）

簡析 五十歲注重內心快樂。六十歲與快樂為友。

至七十歲，化身為快樂，正呈現「快樂」的三境界，由內求至追尋，最後打通任督二脈，徹內徹外，成為「快樂」的光體，「快樂」的源泉活水。

題目十五　自層遞結構，讀寫〈比〉第三段。二百字。

三十年前同學會，高中死黨老陳是「歸國學人」，頂著哈佛的光環，瑞氣千條，洋墨水噴滿噴濺。抱著自由女神的大腿，遠來的和尚會念經。對於國內政經改革，未來科技遠景，他這個土博士，夾在大火伙中只有洗耳恭聽的份。畢竟鍍金學歷，如倚天劍一出，誰與爭鋒。

二十年前同學會，輪到老林誇誇其談。老林「學而優則仕」，由系主任、院長、總務長、副校長，一路扶搖直上，借調至副市長。當晚桌上滔滔不絕猛爆政府「緋聞」、「醜聞」的料，讓迄今守著研究室燈光、守著「學海無涯，唯勤是岸」的他，登臨「無風三尺浪，有風浪千呎」的宦海世界，這樣經歷，令他大開眼界，拍案驚奇。

今年同學會，……。

參考答案

1. 今年同學會，和老陳、老林同桌，老陳大嘆：「此身非我有。大前年健檢，肝裡有囊腫，幾乎得了敗血症，鬼門關前走一回，撿

回一條命。」老林接腔,聲音不復往日宏亮,整個人瘦了一圈,沙啞訴說:「現在每個星期要到醫院報到,固定洗腎。半個月前,胃部大量出血,把家人都嚇壞了。」兩個人同病相憐之餘,問起他健康狀況。他談說:「眼睛有白內障,氣喘、痔瘡不舒服……」兩人搖搖頭,一副「這算什麼?小兒科!」他知道,對於三人這大半輩子的互相較勁,自己終於在「病歷」上扳回一城。(張春榮)

2.十年前同學會,大家還是一樣的踴躍出席,熱情不滅。只是還是少了幾個熟面孔,他心中不由得開始納悶,事業過於繁忙?家庭的牽絆?或是分散在世界各地,各自努力?想到自己土博士的身分,又是孤家寡人一個,不禁感到慚愧。暢談的話語與歡笑聲交雜成悅耳的交響樂,他慶幸這樣的美好,但一個個令人哀傷的壞消息慢慢傳出。老陳發生的意外,老林罹患肝癌,失去參加同學會的權利。惆悵之餘,他體會到健康最可貴。(卜慧文)

3.十年前同學會,參加的成員沒有太大的更動,不一樣的是,看不到老陳的趾高氣昂,聽不到老林口中的政壇祕辛;看到的是一樣疲憊的眼神,聽到的是一樣哀怨的嘆息。每個人都對自己的現況不滿,想要隱退。這時,只是守著學海的他,竟是唯一滿足現況的人,由傾聽者轉為訴說者,向大家分享書中的黃金屋與顏如玉,娓娓道來,細細數著研究生涯的酸甜苦辣。他為自己堅持而欣慰。(卜慧文)

簡析 此篇三段重點在「年輕時比學歷」、「中年時比經歷」、「老年時比病歷」,形成層遞。

結構講就「聯貫」,因此第三段要對「老陳」、「老林」有所交代,前後呼應。

極短篇注重畫面感染,因此,宜多呈現情境,少概念陳述。

題目十六　自層遞結構，完成〈葉子〉第三段。三百字左右。

「葉子是綠色的！」大學剛畢業，他斬釘截鐵答。

葉子是沒有翅膀的鳥，青在眼裡，翠在心裡，永遠迎向陽光，展開光合作用，向上的感覺，讓人覺得前途綠意盎然，欣欣向榮。

他精力旺盛，要說自己是「動物」一點也不為過。無動不舞，無調不歌；一旦在職場、情場上充分發揮「人際」光合作用，他將是「尚青」的科技明日之星。

「葉子隨著四季變化，會有不同的顏色。」步入發福中年，他冷冷道。

葉子是落在凡間沾雨帶露的翅膀。奔波在桃園、新竹、淡水、基隆之間，行道樹的葉子由嫩青、青翠、油綠、凝碧、泛黃、焦褐、棕黑，如走馬燈般周而復始。他頭頂開始冒出白髮，眼睛飛蚊乍起，臉色逐漸黯沉。尤其是離婚再婚，什麼事都要重新來過。

他直覺自己是植物，只能畫地自限，深耕茁壯，批枝散葉，撐起一片天。

…………

參考實作

「當心情好時，葉子是金黃色；當心情不好時，葉子是黯淡的。」退休後，他重拾畫筆，逐漸領略。

葉子是會飛的翅膀。置身公園晨曦林間。老張的話飄過耳際：

「人老了，就成廢物，惹人嫌，沒有用！」怎麼會沒用？他笑了笑，尤其多次自殯儀館回來後，他更加確定想做的事要及時。不看的書，捐給圖書館；不再用的衣物，送給宗教團體；錢可以挪一些，設清寒獎學金；也可以挪出時間，當志工……

滴溜鳥鳴聲中，端視亮澄澄陽光中迎風翻飛的葉子，翻過來黃金，翻過去金黃；雖說自己是定了型的礦物，但曖曖含光，仍可以彩繪人生。銀髮族也可以有亮麗的春天。（張春榮）

簡析 全篇以「動物」、「植物」、「礦物」為脈絡，配合對葉子顏色的三種體會，開展三個階段不同的生命情調，形塑「意義追尋」的上揚。

題目十七 自層遞結構，完成〈一隻蚊子〉第三段，一百字左右。

戀愛時，兩人在灌木叢下促膝密談，一隻蚊子不識相，在旁嗡嗡叫，咬了她一口，又咬他一口，兩人的手臂腫了個包，卻不以為忤，念及英國玄想派詩人鄧約翰的〈跳蚤〉詩，浪漫的想起兩個人的血液在蚊子體內結合。

婚後，他習慣早起寫作。一日清早，她滿臉惺忪，氣沖沖對他抱怨：「一隻蚊子吵得睡不好。」他緊蹙雙眉，伏案疾書，被她突如其來的聲音打斷，不禁怒從中來：「我一個大男人，還要管妳一隻蚊子的事，怕吵，怎麼不掛蚊帳？」望著他的不耐煩，她心底一陣酸澀委屈。

如今老夫老妻生活下來………

參考實作

　　如今老夫老妻生活下來，他每晚必將蚊帳掛好，先行入睡暖被，她常戲稱他是「現代孝子」。一日，她一躺下來，聽見有細微的嗡嗡聲，不禁驚呼：「有蚊子！」他睡意朦朧，卻弓身仰起：「有什麼？——」

　　「一隻蚊子在蚊帳內，算了，不是很吵……」

　　「不行，妳不是怕吵嗎？」

　　他一躍而起，戴上眼鏡，在蚊帳內追捕那隻蚊子。（顏藹珠）

簡析

　　〈一隻蚊子〉，具體而微，卻是男女情感的極佳顯影。篇中經由「戀愛」、「婚後」、「老夫老妻」三種不同情境的映射，呈現情感的遞進模式：由「相親」至「相怨」，最後再至「相知」。直指由「衝突」再至「和諧」的成長軌跡。

　　這樣的寫法，聚焦同一意象，發揮不同情境的意旨，深化意象的不同內蘊。經由「蚊子」的媒介，三段不同的處理態度，在在彰顯「愛」的不同層次。尤其最後，經由今生相濡以沫的洗禮，「老夫」不再「只為自己設想」，告別大男人心態，展現愛的積極性格。在瞭解的寬朗中，自自然然點出婚姻中「太太的小事正是先生的大事」的無上真諦。

五　婉曲

題目一　自以景停格，間接暗示，完成以下空格：

幾年前，軍隊撤離營區後，站了幾年的木樁倒了，兩旁的鐵絲網固執地還想禦敵，卻連□□都擋不住。（吳鈞堯）

參考答案

蝴蝶

簡析 結合轉化擬人，表示鐵絲網已形同虛設。輕盈的蝴蝶都無法擋，那更不用說鴿子、老鼠、流浪狗了。

題目二　自以景停格，間接暗示，完成以下空格：

他要了點水便暈過去，其他的就只有□才知道。（沙穗）

參考答案

水

簡析 暈過去，其他的就完全沒印象，根本不知道再來發生什麼事。此處結合轉化，不直接說明，而是換個視角，間接呈現。

題目三　自以景停格，間接暗示，完成以下空格：

他想以後非點名不可，照這樣下去，只剩有腳而跑不了的□□和□□聽課了。(錢鍾書)

參考答案

桌子、椅子

簡析 將桌子、椅子轉化，藉以間接敘述「學生蹺課，上課根本沒人聽」，自我調侃，揶揄一番。

題目四　自話說一半，留下空白，完成以下空格：

一輩子有多少次嘆息，遇見你無法呼吸，這都是你□□□的事。(《戀愛通告》)

參考答案

不知道

簡析 換言之，你根本不知道我的嘆息、緊張、悸動。藉由半遮，表白自己心事，彰顯傾慕之意。

另如：「可惜不是你」、「忘記你我做不到」、「你們不是普通的笨」、「我不是你能信任的女人」、「兩隻腳不是我的」等，都是用否定句的方式，婉轉訴說。

題目五　自話說一半，留下空白，完成以下空格：

其他女生和你比起來，都算□□。（村農）

參考答案

男人

簡析 「都算男人」，即「沒有女人味」、「沒有女人風采」，間接敘述對方魅力四射，其他女人沒得比，相形失色。

題目六　自話說一半，留下空白，完成以下空格：

天堂和地獄的牆塌了，魔鬼要上帝派銀行家、律師、會計師來處理，上帝說：「這三種人都□□我這一邊。」（西洋笑話）

參考答案

不在

簡析 所謂「不在我這一邊。」當然在「你那邊。」，意指銀行家、律師、會計師都在地獄，並非善類。

題目七　婉轉曲折，換個方式說。以「長得醜」為例，完成以下空格：

他長得很有□□，活得很有□□。（章容）

創意、勇氣

> 簡析　換個角度來看醜，其貌甚寢，與人不同，求怪求變，當然是另
> 類「創意」。

題目八　自婉轉曲折，完成以下空格：

「你三分之一像茱麗葉。」

「哪三分之一？」

「茱麗葉的□。」(《腦筋急轉彎》)

參考答案

茱

> 簡析　茱是「豬」的雙關，這是婉曲的雙關嘲諷，開高走低。

題目九　自婉轉曲折，完成以下空格：

他做事只通□□，唱歌五音□□。(笑話)

參考答案

六竅、俱有

> **簡析** 「只通六竅」即是「一竅不通」,「五音俱有」是「五音不全」
> 的另類說法。

題目十

舉出對話中運用婉曲者,並明其省略的意思。

參考實作

1. 就像畢業典禮去忠烈祠上香。
   有人問:「為什麼來忠烈祠?」
   「來看位置。」(蘇偉貞《歲月的聲音》)

2. 柳原笑道:「這一炸,炸斷了多少故事的尾巴!」
   流蘇也怡然,半晌方道:「炸死了你,我的故事就該完了。炸
   死了我,你故事還長著呢!」(《傾城之戀》)

3. 宋少卿:「萬一我怎樣……」
   黃士偉(做上香動作):「我一定到!我一定到!」(《相聲瓦
   舍》)

4. 國王:「你為什麼要回來?」
   安娜:「因為暹邏不能沒有你!」(《安娜與國王》)

說明:

第一例中「來看位置!」即「看為國捐軀,死後入忠烈祠的位
置!」第二例中「炸死了我,你故事還長著呢!」語意未完,後
面即「你故事還長呢!有多少風流韻事?」第三例中所謂「我一
定到!我一定到!」即「公祭我一定到!」第四例國王希望安娜
說:「因為你,不能沒有你!」但安娜自「大愛」回答,以國家
為重,把自己遮掩起來。(筆者)

題目十一

舉出古典詩、現代詩中運用婉曲者，並說明其省略意思。

參考實作

1. 煬帝行宮汴水濱，

   數株殘柳不勝春；

   晚來風起花如雪，

   飛入宮牆不見人。（劉禹錫〈楊柳枝〉）

2. 見證島嶼的

   不只是觥籌交錯時，濺出的酒香

   見證戰爭的

   不只是那輛骨頭生了銹的坦克車

   見證太武山的

   不只是從廈門那邊升起的太陽

   見證砲彈的

   不只是把歲月切成一個個好日子的菜刀（洛夫〈見證傷痛的〉）

簡析　第一例「飛入宮牆不見人」，即「不見當時人聲鼎沸，只見今日荒涼」，兜出物是人非的傷感。

第二例結合排比，間接道出「見證島嶼」不是酒香，而是人的眼睛；「見證戰爭」不是坦克，而是身上疤痕；「見證太武山」，不是太陽，而是我們弟兄的身影；「見證炮彈」，不是菜刀，而是我們傷痕累累的手刀。

題目十二

舉出現代散文結尾運用婉曲者，並說明其省略意思。

參考實作

1. 而我，在看了別人美麗古城，啓發雄壯的「祖國交響樂」的山川後，回到我居住半世紀的台北，在行人道上戰戰兢兢地疾走著，我嘆息的聲音，只有無聲無翼的熱帶薰風聽到。（齊邦媛〈我的聲音只有寒風聽見〉）

2. 這時，有鐘聲傳來。發自遠方近方、大大小小各寺院鐘樓的鐘聲齊響。每一個行人都習慣地看一看自己的手錶。

   「請對時吧。這是五點半的鐘聲。」導遊附帶加了一句說明。

   我也看了看手錶。一點三十分，這是臺北的時間。有一滴雨落在錶面上。（林文月〈翡冷翠在下雨〉）

簡析　第一例「我的嘆息聲，只有無聲無翼的熱帶薰風聽到」，亦即無人聽到，畢竟是踽踽涼涼的行者迎著風，迎著自身的孤單。第二例「有一滴雨落在鐘面上」，「這一滴雨」既指現在臺北時間，又指此次天涯行旅的點點滴滴，甚而影射此身的渺小，此生須臾，滴在宇宙的大錶上，令人玩味。

題目十三　自婉曲角度，賞析以下最短篇：

田莉在捷運車站上告訴阿明她快要活不下去了，阿明午餐時對淑敏說他工作壓力好大，淑敏跟大有講電話：「我昨天失眠了！」大有寫了 E-mail 給李

> 蘋：「最近好嗎？我好無聊乙……」李蘋下班時在
> 電梯裡碰到劉永說自己頻頻作噩夢。
> 劉永和田莉躺床上，他們一句話也沒說。（蔡逸君
> 〈關係〉）

參考實作

　　全篇以一百多字，剪接出「田莉」、「阿明」、「淑敏」、「大有」、「李蘋」、「劉永」六組男女「溝而不通」的單向關係。篇中人際網路的短路現象，正概括出都會高速運轉下「簡訊」似的片面告白，情緒的碰撞、感染（「活不下去」、「壓力好大」、「失眠」、「好無聊」、「頻頻作噩夢」），無法化解快節奏中的深層焦慮；在在激化「親密而疏離」的存在訊息。於是結尾，劉永和田莉斷訊（「躺在床上，他們一句話也沒說」），各有各的心事。

　　全篇空白處，點出每個人均攜帶「孤獨隨身包」，仰飲「寂寞易開罐」，置身於層層相因的「關係連環套」間，享受寂寞，忍受孤獨。而這樣的作品精簡如偈，也可以由「有情」、「無情」中鬆綁，參出「無執情」、「無情執」的真諦。（張春榮）

簡析　此篇賞析，見筆者《文學創作的途徑》中〈機智的火花——最短篇小論〉，頁一六二，有興趣者可參。

六 悖論

題目一 自對立的統一，完成以下空格：
□□是最好的利己。（施振榮）

參考答案

利他

簡析 自辯證性思維中，體現「無私，故能成其私」，成就別人，才能成就自己；亦彼亦此，「對別人好」也才是真的「對自己好」。

題目二 自對立的統一，完成以下空格：
情思深深是若□若□，不□不□。（秋實）

參考答案

即、離、離、棄

簡析 真正動態的和諧，是兩人感情「有一點黏，又不會太黏」，永遠深化活化，保持相互隸屬而各自獨立的張力，保有空間，絕非僵化。

題目三　自對立的統一，完成以下空格：

我愛罪人，恨其□□。（沈香）

參考答案

罪行

簡析 「既愛又恨」的態度，是「恨事不恨人」；對罪人有「同情的理解」，對其罪刑有「客觀的批判」，兩者不同層次，並不衝突。

所謂「沒有正義，就沒有自由；沒有寬恕，就沒有正義」，即強調要有溫暖的心和冷靜的腦。

題目四　自質量互變，完成以下空格：

最好的茶只給會喝的人，但是不能□□，□□就不會珍惜。（羅龍冶）

參考答案

太多、太多

簡析 「太多」每每牛飲，不是品茶，無法「得味」、「得趣」、「得神」（羅龍冶〈台北茶坊的美學〉）。只有少，才能細細品味，才會珍惜。

此亦王安石〈詠石榴花〉：「濃綠萬枝紅一點，動人春色不須多。」以少總多，餘味無窮。

題目五　自質量互變，完成以下空格：

節儉成性，不論什麼，若□□□，正面也會變成負面。（張明覺）

參考答案

過了頭

簡析　過猶不及，最難拿捏。洪應明《菜根譚》謂：「憂勤是美德，太苦則無以適性情。」流於太苦，凡事太過，均走偏鋒，不夠圓融。

題目六　自質量變化，完成以下空格：

明星娶回家就不是□□，英雄回到家就不是□□。（諺語）

參考答案

明星、英雄

簡析　明星娶回家是主婦，英雄回家是主夫；鎂光燈前，鎂光燈後；不同角色扮演，宜身段柔軟，要有不同的應對進退，明白清醒，不宜被光環沖昏了頭。

事實上，忘了明星頭銜才是真正的明星；忘了英雄光環，才是英雄。

題目七　自相反相成，完成以下空格：

凡事不要目的性太強，不要被太想贏壓垮，要保持□□的□□。（章容）

參考答案

積極、消極

簡析　積極的消極，正是「盡人事，聽天命」、「謀事在人，成事在天」、「看人，也要看神」，保持從容的優雅，不過於積極，也不過於消極。

題目八　自相反相成，完成以下空格：

生活裡沒有什麼大事，都是比大事□□的□□。（張文寶）

參考答案

重要、小事

簡析　此即五月天所唱〈最重要的小事〉。能把每一件小事做好，就不簡單。芸芸眾生，每個人都是「細節加細節」、「小事加小事」，把小事當大事來做，全力以赴，當下即是。

題目九　自相反相成，完成以下空格：

一個犀利的投手，投出□□的□□，讓打者打不好；投出□□的□□，讓打者打不到。（錦池）

參考答案

最壞、好球、最好、壞球

簡析　厲害的棒球投手，會把球投在「好球帶」的邊邊角角，九宮格的四個角落，是「最壞的好球」，即使不打，可以好球三振對方；不然採用欺敵策略，投出「最好的壞球」，接近好球帶，看似好球進來，其實是壞球，根本打不到，讓打者無計可施。

題目十

電影中不少悖論佳句，挑出你最欣賞的，並說明理由。兩百字。

參考實作

1　電影《鬥陣俱樂部》

「不管你擁有什麼到最後都將箝制你；唯有失去一切，你才能自由自在隨心所欲。」

理由：

很多人都會認為當我們擁有權力、金錢、名聲等等，才能完美掌握自己的人生，但矛盾的是，我們擁有的許多東西會反過來牽制

我們，我們一再想要更多，我們渴求那些不該屬於我們的；然後
這些慾望，便使我們失去人生的方向。唯有放下一切，我們將發
現，有許多事情不是真的「握」在手裡才算擁有，真正的擁有，
應當以真心相待及包容。此句話表面看起來矛盾，其實是再真實
不過！（尹姿驊）

2 電影《大智若愚》

「我必須在平淡的真實與美麗的虛幻中選擇。」

理由：

為什麼真實一定只能平淡，為何美麗的一定是虛幻呢？我們認為
太過美麗的東西，凡人是無法輕易觸及，它們只留在夢想之中。
乍看之下挺有道理，有時我們根本連哪一個是虛幻，哪一個是真
實，都無法分辨。事實上，平淡本身也有美麗，只要用心體會，
而美麗終究會歸於平淡。我們無須選擇，也無權選擇。（尹姿
驊）

3 電影《軍火之王》

「我的存在是必要之惡。」

理由：

邪惡怎麼會有充分足夠理由存在這世界上呢？為什麼邪惡的事物
有存在的「必要」呢？這句話是電影中的男主角尼可拉斯凱吉所
說。剛開始咀嚼此句話，會覺得挺不合理，但經過深思之後，卻
發現，其實世界上有的東西，都是相輔相成存在，不管是正義和
邪惡、美和醜等等，莫不相互依存。（尹姿驊）

題目十一

舉出電影、小說中善用悖論立意的佳作，並分析說明。

 作

1 村上春樹《發條鳥年代紀》

悖論三個面向是對立的統一、質量互變、相反相成。而以下引村上春樹的《發條鳥年代紀》中重要的一段。

間宮中尉在與主角會面和信中都敘述戰爭時入侵蒙古沙漠事件，在受到極度恐怖驚恐後（即上司山本被蒙古人剝皮的酷刑），被敵人丟至於乾枯黑井中，感受著井的完全黑暗，使他極度無依與緊繃，感到完全的絕望和如此接近的死亡恐懼，隨後受到突如其來，一瞬間的光之洪水的洗禮，使他的人生像是達到了前所未有的高峰，彷彿受到救贖般。但離開那口井後，他的人生卻只剩下像是一副空殼子，就算再怎麼安逸舒適，但卻都無法讓他有「活著」的感受，信中言：「過去在我身上所有的有生命的東西，不知道為什麼，曾經有過價值的東西，已經一個不剩地死光了。」明明是在那困頓接近死亡的枯井中，忍受著飢餓、乾渴、精神折磨，但他卻也在那口井中得到「真正的生命的啟示和恩寵」；而當他真正離開了那口井之後安穩的人生卻無法再讓他擁有「活著」的感覺。

可以簡單的說，在井裡的痛楚的時光是間宮中尉人生中的巔峰，這就是「對立的統一」所表達的概念，可以一窺其中的複雜性，同一場景時空中，既是人生中最大的磨難，也是人生中最大的恩寵。

其次,「質量互變」則可以從信中發現。那樣的苦難,不知道時間流動,飢餓乾渴,一點一點的精神崩潰中,人生似乎就要達到死亡;但卻在陽光射進來的瞬間,受到啟示般達到人生的高峰。量變是質變的準備,沒有量變就不會發生質變;經過質變,在新的基礎上又開始新的量變,循環不已。

最後,以「相反相成」(反襯)的角度來說,他在黑井中的苦難是他人生的最高點,在最痛苦的時候卻是他最充滿生命力的時候。間宮中尉的情形能夠完整的呈現悖論的三個特質。(洪靜婷)

2 電影《魔法情緣》

電影尾聲,男主角尤金身受重傷,長髮公主即將被偽母親強行帶走。這時長髮公主卻向偽母親做一個交易:若是讓她以魔法治癒男主角尤金的傷,就願意跟她走,否則此後餘生將竭盡所能的逃離偽母親的身邊。相愛的兩人都願意犧牲自己,渴盼著對方能擁有幸福。尤金不願長髮公主為了救治他而失去自由,長髮公主更不願眼睜睜看著尤金死去。

當長髮公主要尤金相信他的決定時,尤金順從似的不再說話。當公主傾身向尤金時,尤金忽然將左手探到了公主身後握住她頭髮,以玻璃碎片割斷那具有魔力的長金髮。魔力消失,仗著魔力而保有青春的偽母親也隨之湮逝。尤金說:「You are my new dream」他決定犧牲自己,保住長髮公主自由之身,長髮公主傷心地回答:「and you are mine」之後,尤金安然逝去。以偷盜為業的男主角尤金在遇到長髮公主前總是不務正業,與她的相處原本也是建立在得到皇冠上。但尤金找到了這世上想要保護的東西、明白自己的希望與夢想將寄託在誰身上,最後以自己生命的

結束來成全所愛之人。尤金卻選擇讓自己死亡，乍看之下不合邏輯，但也正因為尤金的犧牲，長髮公主才能擁有自由。悖論手法的使用，強調了情節的「衝突」，也正是這情感上的矛盾讓劇情能扣住觀眾的心。（曾靖華）

3 電影《令人討厭的松子的一生》

（1）姊妹之間的情感

松子與其臥病在床的妹妹久美，彼此之間的情感非常複雜。松子愛她的妹妹，但也恨她；因為愛，造成彼此的傷害。當松子指著妹妹說：「都是你！都是你！」以及她對著妹妹大吼：「我一點都不覺得你可憐！」時，松子對得到父親關愛的久美恨意十足，卻也能看出松子愛著妹妹，因松子不像父親將妹妹當成病人，而是當成一般親姊妹，久美才能有病人以外的身分。這兩個姊妹之間，愛與恨這兩種對立的情感同時存在，如此的情節設計，乃是巧妙地運用悖論的手法呈現，使劇中人物情感的層次更豐富。

（2）因為愛所以不能在一起

松子最後一段戀情是與洋一一起，後來鋃鐺入獄的洋一在獄中多有反省，而松子死心塌地等待洋一出獄，殊不知在開心地迎上前去欲擁抱洋一時卻被洋一推開。

洋一其實依然愛著松子，卻因為自慚形穢，認為自己配不上松子，甚至是認為繼續與松子在一起只會對她帶來不好的影響，因此儘管越是愛她，就表現得越是冷酷峻然、更是奮力將其推開。這樣的考量正是對立的統一，也藉由此種情感更加營造出電影的戲劇張力。

（3）從絕望中看見希望

整部電影雖是在陳述一個悲慘的人生，卻選用高彩度的色調及活

潑豐富的音樂輔以呈現,透過鮮明的對比,不僅是強烈的反諷,其中也寓含悖論——松子在絕望的時候,往往不時散發著希望與勇氣。

每當新戀情開始,便時常有華麗布景,例如快要滿溢出螢幕外的花朵、如迪士尼卡通般夢幻的場景等,松子從悲慘中總能看見一些希望,然而也因為充滿希望,往往受的傷害又更深。松子人生就在這樣體現中不斷輪迴。

（4）結束即開始

電影中,松子故事由諸多片段所組成,而在每一個故事片段裡,松子每一次經歷錯誤、打擊的那一瞬間,她總會說:「我的一生就在那個時候結束了。」然而,在這句話以後,下一個故事、下一段戀情又會以另一種模式開始。

看似此段故事的終點,卻是下一段故事的起點——正因為每一次的失敗,都讓松子階段性放棄某些事物,卻也因此更專注投入在下一段戀情之中;每一次的失敗,亦是下一次希望的開始,儘管另一段人生希望總會毀滅,卻總會再生、重生。

（5）人生的價值

整部電影裡,帶出松子一生極其悲涼淒慘,但片尾她的姪子一句:「人的價值,不在於從別人那裏得到什麼,而是自己究竟可以給別人什麼。」從松子人生的失敗中,看到她的成功。她從他人身上一直得不到她想要的,她對愛的追求與付出似乎落得一場空,但是,她的付出卻成就自己的價值。

松子卑微而頹廢的一生顯示出人在現實中的渺小,但電影後半部,她姪子對松子的評價從鄙夷態度轉變稱其為:「與神無異」。松子為愛不求回報勇敢付出,讓自己那麼沒價值,卻也讓自己最有價值,甚至讓其姪子以神比擬。電影以似非而是的相反相成,

肯定松子的人生意義。（許瑞娟）

4 電影《姊姊的守護者》

雖然電影名為《姊姊的守護者》，一路往下看，反倒覺得生病的
姊姊一直是家人的守護者。她是家庭衝突的來源，也是凝聚家庭
力量的核心。十五歲女孩，從小就倍受病魔折騰，正值花樣年
華，卻不能和一般女孩一樣過燦爛的日子。她深愛她的家人卻常
因身體的痛而情緒失控，直到遇見和她同病相憐的男孩泰勒，兩
人惺惺相惜，展開一段純真戀情。樂觀泰勒帶給了凱特極為正面
的影響，此後，她不再自怨自艾，也不再恐懼生命逝去，她開始
更加關心身邊人：她心疼被她奪走父親關愛兄妹，心疼為了她放
棄一切的母親，也心疼努力維持家庭平衡的父親。那本用照片和
文字記錄凱特幸福生活的本子，裡面裝著滿滿的愛，時時提醒她
不要害怕。

泰勒對她說：「因為得了癌症，我才能認識妳，所以我很高興我
得了癌症。」凱特笑著掉淚，我也掉淚。誰能說這樣的愛情不圓
滿？她們努力在稍縱即逝的生命中盡情燒燃，不浪費相愛的每一
刻。相對於身體健康的我們，總以為還有揮霍不盡的時間，總以
為愛情會等我們，卻忘了珍惜相愛的當下。此刻我希望自己能像
凱特一樣，不管有沒有明天？要極致的愛，要盡情的活，不要再
苦苦等待。

最後，凱特把心愛的本子送給母親，就像把她一生的愛都送給母
親，她想讓母親知道，不管她在哪裡？她的愛永遠不會消失。因
為相信愛，她比任何一刻都勇敢，她伸手擁抱母親，把原本保護
她的母親抱在懷裡，一向堅強的母親竟在凱特懷裡嚎啕大哭，這
一刻，凱特變成母親，母親變成女兒，她輕拍著母親，彷彿說

著：「媽媽不要害怕，我會永遠跟妳在一起！」這次，凱特守護
母親和家人的幸福。

當他們不再恐懼分離，回憶將成為最美好的印記，讓他們得以放
下痛，重新擁抱愛。

凱特因化療不適嘔吐，泰勒貼心的在旁照顧，以輕鬆態度化解她
的痛苦，兩人嘻嘻哈哈打成一片，完全不像癌末病人。坐在一旁
看書的母親，抬起頭看著兩人，露出難得一見的安心笑容，似乎
可以暫卸心頭重擔。凱特為了和泰勒參加舞會，第一次盛妝打
扮，眾人開心為她拍照，鏡頭卻轉向身後安靜的父親，像是看著
待嫁的女兒，眼神有一絲欣慰，也有淡淡感傷，或許他想永遠記
住女兒最美的模樣。那一晚，所有親人聚集在凱特病房裡，歡樂
的氣氛差點將屋頂掀開，凱特一一和大家擁抱，閒話家常，凱特
的笑容也比平日更燦爛！太幸福的景象讓人恍如置身夢中，看著
三兄妹緊緊相擁，父母眼神有著一切都值得了的光芒。藉由安靜
凝視，回歸愛的深處，讓傷痛不再是唯一記憶。

生命來去沒有任何理由，忽然來了，也忽然沒了。而時間依然繼
續再走，唯一不同的是離開的人留下了深刻的記憶，讓活著的人
永遠不忘，曾交會的短暫光亮亦足以照亮漫長的一生，這就是生
命的終極意義。這世上只有家人的愛不會消失，即使有過無數爭
吵，最終仍會過去。這世上也只有家人不需要「永不分離」的誓
言，一心牽掛，永不遺忘。每年，凱特都與家人同在，他們去凱
特最喜歡的地方，凝望凱特最愛的景色，寒風中，握在手中的熱
咖啡彷若凱特的溫度，不管過了幾年，永遠存在心中最溫暖的一
角，守護她摯愛的家人，一直到最後。

最後，這些矛盾的存在，相反相成的幽微，所有對立的統一，也
點出：愛，從來不是單純擁有。愛還包含犧牲和成全。死命抓著
不放的愛，到最後只會面目全非。（謝易均）

七　仿擬

題目一

據「山從人面起，雲自馬頭生」（李白），分別加以正仿、戲仿。

參考實作

1. 文從會說起，詩自放心來。
2. 文從胡說起，詩自放屁來。（沈香）

> **簡析** 第一例正仿，肯定「文」、「詩」寫作；第二例戲仿，調侃「為文造情」、「為詩湊句」。

題目二

據「風聲、雨聲、讀書聲，聲聲入耳；國事、家事、天下事，事事關心」（顧憲成），分別加以正仿、戲仿。

參考實作

1. 松聲、竹聲、鐘鼓聲，聲聲自在。
   山色、水色、煙霞色，色色皆空。（寺對聯）
2. 打聲、罵聲、吵架聲，聲聲入耳，
   閒事、雜事、無聊事，事事關心。

3. 車聲、狗聲、電話聲，聲聲聒耳，

　　東事、西事、南北事，事事分心。（丹扉）

簡析 第一例正仿，堪稱立意高妙。第二、三例戲仿，諷指現代人居家環境沒有品質，思慮煩雜未能清靜。

題目三

　　據「沒有三兩三，不敢上梁山」（諺語），分別加以正仿、戲仿。

參考實作

1. 沒有強中強，不敢來稱王。
2. 沒有勇中勇，不敢來稱雄。
3. 沒有四兩四，不敢進教室。
4. 沒有五兩五，不敢來跳舞。（筆者）

簡析 前二例正仿，正所謂「有青才敢大聲」（廣告詞），後兩例純粹押韻，說好玩的，如：「沒有四兩四，不敢得近視」、「沒有五兩老，不敢叫老五」、「沒有六兩六，不敢去斗六」、「沒有七兩七，不敢漆油漆」、「沒有八兩八，不敢吹喇叭」、「沒有九兩九，不敢去喝酒」、「沒有十兩十，不敢腎結石」。

題目四

　　據「腹有詩書氣自華」（蘇軾），分別加以正仿、戲仿。

參考實作

1. 胸有仁義氣自俠。（王鼎鈞）
2. 腹有異物屁自臭。
3. 胸有金錢氣自狹。（張春榮）

簡析 第一例正仿，所謂「為國為民，俠之大者」（金庸）。二、三例戲仿，消化不良，自有臭屁；見錢眼開，只有價格，沒有價值。

題目五

據「好漢不怕運來磨」（諺語），分別加以正仿、戲仿。

參考實作

1. 栗子不怕鐵鍋炒。
2. 酒好不怕巷子深。
3. 死豬不怕開水燙。
4. 肥婆不怕臭屁響。（筆者）

簡析 前兩例為正仿，比好的，比口碑，強調優質不怕打擊，自然魅力四射，正是「花若自開，蝴蝶自來」。後兩例為戲仿，比爛的，比賴皮，諷指臉皮厚，不在乎面子問題。

題目六

　　據「人類因夢想而偉大」（廣告詞），分別加以正仿、戲仿。

參考實作

　　1. 人類因夢想而成為夢想家。

　　2. 人類因樂觀而天真。

　　3. 人類因堅持而崇高。

　　4. 人類因亂想而糗大。

　　5. 人類因亂吃而腫大。

簡析　前三例為正仿，是人類美麗的 DNA；後二例為戲仿，是人性的弱點；可見態度決定高度，格局決定結局。

題目七

　　據「一人做事一人擔」（諺語），分別加以正仿、戲仿。

參考實作

　　1. 好漢做事好漢擔。

　　2. 老公做事老婆擔。

　　3. 叮叮做事叮叮噹。

簡析　第一例正仿，指英雄有肩膀，有胸膛，能扛責任；第二、三例
戲仿，第二例諷指老公沒種，做錯事往往躲起來，把老婆推上
火線，第三例兼雙關，「叮叮噹」其實就是「叮叮噹」響不
停，吵人耳根。

題目八

將「問世間情為何物？直教生死相許。」（元好問）戲仿
造句。

參考實作

1. 問世間錢為何物？直教生死相爭。
2. 問世間情為何物？一物剋一物。（張明覺）

簡析　元好問此句，另版本作「恨人間情是何物？直教生死相許。」
肯定情逾金石，至此不渝。

第一例改換「情」為「錢」，就不是「情比石堅」，而是爭得頭
破血流（如電影《玫瑰戰爭》），第二例掀去真善美光環，拉回
事實，即是「龍配龍，鳳配鳳」、「胭脂馬遇到關老爺」，冤家
路窄，剋得死死的，自有其宿世因緣。

題目九

將「化悲憤為力量，可以成為偉人。」（諺語）戲仿造
句。

㊣考㊣作

　　1. 化悲憤為食量，可以成為胖子。

　　2. 化悲憤為刷卡，可以成為卡債族。

簡析　「轉化」有不同的向度。如果向下沉淪，往生理、消費發展，沒有知性，只有軟性；只有發洩，沒有昇華；終將自找麻煩，無法改善。

題目十

　　將「易漲易退山溪水，易反易覆小人心。」（增廣昔時賢文）正仿造句。

㊣考㊣作

　　1. 不消不長大海水，不反不覆君子心。

　　2. 能動能搖龍捲風，不變不驚達人心。（筆者）

簡析　兩例均自逆向思維，指出「君子」、「達人」揮別「心隨境轉」的情境，走向「境隨心轉」的情操與淡定。

題目十一　仿寫造句：

　　嘴唇在不能接吻時，才會唱歌。（梁實秋《雅舍小品》）

參考實作

1. 花朵在不能長開時，才會結出果實。
2. 腸胃在沒有完全消化時，才會唱一首「有味道」的歌。
3. 礦石在不能變成黃金時，才會想念熔爐。
4. 雙手在不能沾滿血腥時，才會種花。
5. 耳朵在沒有手機時，才會聽大自然的天籟之音。
6. 蛀牙在沒有根管治療時，才會呻吟。
7. 欲望在不能滿足時，才會昇華。（筆者）

簡析 題目出自梁實秋《雅舍小品》。實作中以第三例較具文學性，
第七例應是梁實秋此句的抽象概念版。

題目十二　仿寫造句：

來年的蝴蝶怎能找到今年的花？（王鼎鈞）

參考實作

1. 來年的額頭怎能靠在今年的肩膀？
2. 來年的玫瑰怎能尋回今年的尖刺？
3. 去年的落花怎能綻放今朝的枝頭？
4. 去年的葡萄酒怎能喝出今年的陽光？
5. 老年的皺紋怎能閃耀童年的歡顏？
6. 水裡的魚怎能找到天空的飛鳥？
7. 荒蕪的峽谷如何能聽到智慧的回音？（秋實）

簡析　王鼎鈞此句激問，旨在照見時間的變動流逝，未來還沒來，現在又將成過去，只有因緣俱足，才能「剛剛好碰上」。而齊豫〈飛鳥與魚〉中唱：「夏天的海如何明白冬天的雪？」亦屬同樣的慨嘆。

題目十三　仿寫造句：

黑貓、白貓，能捉老鼠的就是好貓。（順口溜）

參 考 實 作

1. 金窩銀窩，能貼心的就是好窩。（沈香）
2. 國片西片，能叫座的就是好片。（秋實）
3. 好名臭名，能上報紙頭條的就是出名。（錦池）
4. 黑人白人，能做好事的就是好人。（張春榮）
5. 重生再生，能保護環境就是絕處逢生。（王鼎鈞）

簡析　實作第一例最醒心豁目，正是「此心安處即吾家」。
王鼎鈞此句乃環保議題，因句法相似，故置於此處。

題目十四　仿寫造句：

老兵不死，只是凋零。（西諺）

參 考 實 作

1. 藝人不死，只是淡出。

2. 青春不死，只是揮別。

3. 政治家不死，只是典範長存。

4. 政客凋零，只是不死。（張明覺）

5. 文學不死，只是改變形式。（周芬伶）

6. 搖滾不死，只要高飛。

7. 政客不死，絕不凋零。

8. 愛情不死，只是殘念。（秋實）

簡析　實作中以第四例最具批判性，這樣的仿寫，結合回文，比起
「政客不死，只是厚顏」，更具音義效果，警挺勝出。

如果採映襯形式，採取正仿，則是「老兵不死，夢想不死。」

題目十五　仿擬瘂弦〈如歌的行板〉：

溫柔之必要

肯定之必要

一點點酒和木樨花之必要

正正經經看一名女子走過之必要

君非海明威此一起碼認識之必要

歐戰，雨，加農砲，天氣與紅十字會之必要

散步之必要

遛狗之必要

薄荷茶之必要

每晚七點鐘自證卷交易所彼端

草一般飄起來的謠言之必要。旋轉玻璃門

之必要。盤尼西林之必要。暗殺之必要。晚報之必
要。
穿法蘭絨褲之必要。馬票之必要。
陽臺、海、微笑之必要
懶洋洋之必要
而既被目為一條河總得繼續流下去
世界老這樣總這樣：──
觀音在遠遠的山上
罌粟在罌粟的田裡

參考實作

偶然之鎮暴
偶然之否定
偶然一口維士比和一小株梅花
正正經經在家看飯島愛作愛之偶然
以及春上村樹並非爵士此一認識之偶然
選戰，垃圾，大聲公，記者與 SNG 之偶然
戒嚴之偶然
打高爾夫之偶然
騎單車撞死之偶然
每天跑銀行三點半吃沙西米
風一般吹起來的模仿秀之偶然。打開天窗說亮話
之偶然。雞尾酒療法之偶然。暗殺之偶然。陳水扁之偶然
戴艾瑪仕穿 LV 之偶然。百達翡麗之偶然
五克拉裸鑽暗藏之偶然

誠品、MP3、泡馬子之偶然
宅男腐女懶洋洋之偶然

而既被目為一座寶島總得繼續挺立下去的
世界老這樣總這樣：──
老母雞在海峽的對岸
小地瓜在地瓜的田裡（孟樊）

簡析 如果說瘂弦此詩是現代主義、虛無主義的告白，孟樊戲擬，則
是臺灣政治環境的反思。瘂弦以十八個「必要」，直指篇末悖
論中「必要之善」與「必要之惡」的對立統一；孟樊以十九個
「偶然」，揭示兩岸「偶然」的荒謬劇；看似偶然，背後總有個
「必然」在冷冷高空凝視。

又孟樊《戲仿詩》（2011，秀威科技資訊）仿擬臺灣現代詩名
篇計四十五首，展現文本互涉的創造力，值得有志者觀摩相
善，欣賞探究。

伍　非辭格

教學重點

　　「非辭格」力求辭趣的極致，充分發揮語言文字的實驗空間，挑戰「形、音、義」的美感與質感，言人之所罕言，言人之所未言，展現創意的豐沛能量。

　　「非辭格」並無固定的表現模式，與辭格不同；始於講究空間智能、音樂智能與語文智能的敏覺，次於排列、組合的變通、流暢，終於邁向優質的精進與別出新裁的獨創。

一　標點

　　標點是表情達意的符號。不同標點，可以標出新節奏，點出新意義，表現人物說話的語調神態，渲染特定景物的氛圍，此均作家書寫精妙之所在。

(一) 把握不同標點的性質

　　逗號以歷時性（時間先後關係）為主，頓號以共時性（空間並列關係）為主，分號用在平行句法，引用旨在交代出處，刪節號代表語意未完，破折號代表聲音的延長，問號旨在反詰致疑，驚嘆號彰顯強烈情緒。

(二) 強化不同標點的積極功能

　　逗號進而可以強調語氣，揭示重點，建立新的關係；頓號貴於

「文字蒙太奇」，空間畫面的呈現；引號貴於別有解釋，與雙關、反諷相融；刪節號貴於話中有話，與婉曲接軌；破折號重在補充說明，意外轉折，與反諷、抑揚相涉；問號以設問的提問，自加解說，激問的另有所指）為要；驚嘆號往往與呼告結合，震撼人心。

二　押韻

押韻注重韻腳的規律再現，藉由「元音＋韻母」的相同或相近，形成前後呼應，重複統一的效果。

（一）同聲相應，琅琅上口

押韻旨在同聲相應，和諧優美，入耳動聽，使句子更易記憶，口耳相傳。

以「爭功諉過」為例，可以改成「有功我有領，有過你來擔。」毫無押韻可言；若換成「有功我領，有過你來頂。」則兼具押韻，更為和諧悅耳。又如「保守保守，故步自封。」只有意義上的衍生，改成「保守保守，寸步難走。」則義顯音諧，琅琅上口，留下深刻印象。

（二）聲情相諧，渲染情境

聲音是有表情、有意義。不同的韻腳，不同的音響，可以指涉不同的情境；讓外在的呼應與內在的情感氛圍密切結合，音義兼美。

如「父母像老虎，占地為王。」、「父母老虎，肉弱強食。」均無押韻，換成「父母像老虎，愛誰誰受苦。」、「父母像老虎，子女像老鼠。」則押韻順耳。同時用「ㄨ」（魚、虞韻部）押韻，有沉重、抑鬱的音效。又如「大口吃四方，小口吃養生。」未見押韻，

一旦換成「大口吃四方，小口吃健康。」以「尢」（陽、唐韻部）押韻，更顯開朗昂揚的音效，更見生命的朗暢。

三　排列

排列追求視覺的造型，節奏的變化，空間畫面的立體感。尤其在現代詩的排列上，更顯局部與整體的雙重創意，直指形音義的三重美感。

（一）局部顯影，具象模擬

字句排列的長度、高度可以用來模擬風景、建築的造型變化，更可以描摹情感的長度、強度。

以李煜〈虞美人〉結尾為例：

> 問君能有幾多愁？
> 恰似一江春水向東流。

情感加重，由七個字延展成九個字，模擬愁緒的綿延不盡。試如排列成：

> 問君能有幾多愁？
> 恰似一江春水
> 　　向東流

句子由長而短，由七個字至五個字，再至三個字，視覺長度與情感的強度明顯消失弱化。

（二）整體呈現，洞悉深刻

　　排列激發作者的視覺智能，展現美感經驗的多重追求，以畫面形成感染，以空白推遠時空，以獨特安排加深寓意。

　　以隱地〈池邊——「七種隱藏」的顛覆〉（《法式裸睡》）為例：

　　　死亡隱藏在生長裡
　　　痛苦隱藏在歡樂裡
　　　滄桑隱藏在皺紋裡
　　　白髮隱藏在黑髮裡
　　　影子隱藏在鏡子裡
　　　春天隱藏在圖畫裡
　　　曲線隱藏在衣服裡

　　　生長隱藏在死亡裡
　　　歡樂隱藏在痛苦裡
　　　皺紋隱藏在滄桑裡
　　　黑髮隱藏在白髮裡
　　　鏡子隱藏在影子裡
　　　圖畫隱藏在春天裡
　　　衣服隱藏在曲線裡

　　上排是池邊的「實景」，下排是池邊的「倒影」；上排是正向的晝立，下排是逆向的倒立。全詩在「池邊」共構的全景中體會虛實相生之美；在往返互動中，映射宇宙人生的理蘊，相反相成，具體而微，卻是循環不已。

四　組合

組合是一種創造，圖像組合貴於有機重構，發揮創意，完形揭示；文字組合貴於調整次序，參差對照，別具慧眼，有所發現。

（一）圖像共構，賦予新趣

圖像組合善於共構重塑，發揮「全體大於部分總合」的完形會通。以「A、B、C」、「12、13、14」為例，可以組合成：

12

A B C

14

以「B」、「13」形近為銜接點，組成十字架的構圖。而知道如何選擇「B」、「13」為軸心，即是一種敏覺，一種判斷。又如英文字母SIGMU，可以組成笑臉：

以「S」、「G」為兩眼、「I」為鼻、「M」為鬍、「U」為嘴，則成微笑圖案，此則「中興保全」的標幟。

（二）文字重構，改變意義

感性文字，創意組合，每每打破慣性，重塑新貌，綻放機智的火花。如以下各組：

1. 想死你、想你死

2. 玩真的、真的在玩

3. 有心人、心裡有人

4. 迷死人的眼睛、迷人的眼睛、死人的眼睛

5. 不可取代、不可取

明顯可察覺位置對調，高下立判（第一、二例）；同樣組合，增減一個字，則差之毫釐，謬以千里；此即遣詞造句的高明所在。

五　看圖造句

看圖造句，始於觀察，終於想像；正所謂「七分形像，三分想像」，化靜態為動態，化平面為立體，化無聲為有聲，讓景物活起來，亮起來，栩栩如生。

（一）整體觀察，由形似至神似

看圖看整體，抓重點，由景至情，由物至理，展開接近、相似、相對、因果的聯想。

以圓形為例：

接近的聯想，可以是銅板、圓鏡、杯蓋、眼睛、紅綠燈、化妝棉、電動刮鬍刀、圓形掛鐘等；相對的聯想，可以縮小成雨珠、淚珠、露珠、奈米，可以擴大成湖、飛碟、月亮、地球等；因果的聯想，

由具體至抽象，圓是團聚、幸福、飽滿，圓是空虛、空洞；可以代表機緣、機會，也可以代表輪迴、循環等。

（二）共構辨析，由局部至整體

看圖亦看空間位置，看出關係，看出層次，看出互動，看出整合變化。

以圓形、長形為例：

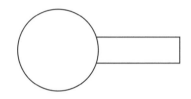

就整體而言，可以是站牌、路燈、球拍、鍋子、棒棒糖、向日葵等；就局部而言，可以是椰子和吸管、柳丁和水果刀、魚池和步道、杯蓋和筷子、耳洞和棉花棒、月亮蝦餅和沾醬盤子、氣泡與香菸等。

張春榮、顏荷郁編著：《世界名人智慧語》
（臺北市：爾雅出版社，2008 年 9 月初版）。

題型

一　標點

題目一　重新標點，豐富意義：

　　流水落花春去也，天上人間。（李煜〈浪淘沙〉）

參考實作

1. 流水落花春去也，天上？人間？
2. 流水落花春去也，天上！人間！
3. 流水落花春去也，天上，人間。
4. 流水落花春去也，天上人間……（筆者）

簡析

第一例強調追憶，你在天上？或仍在人間？惚兮恍兮。

第二例強調一個在天上，一個在人間，天人永隔，回不去了。

第三例強調空間遙遠的距離，空間會作弄人間，無法跨越，今生終究無緣。

第四例婉曲留白，若能再聚再續，時間作弄人間，還有一絲的可能嗎？只有殘念，只有無盡的思念。

題目二　重新標點，豐富意義：

　　噫吁嚱危乎高哉，蜀道之難難於上青天。（李白〈蜀
　　道難〉）

參考實作

　1.噫、吁、嚱！危乎！高哉！蜀道之難，難於上青天！（李正
　　治）

　2.噫！吁！嚱！危乎！高哉！蜀道之難難於上青天。（蔣勳）

簡析　李正治標點上由一字（三次）、二字（兩次）、再至四字、五
　　　　字，音節逐漸增強遞進。

　　　　蔣勳認為「用連續的單音，驚歎號與複沓冗長的句子，造成山
　　　　的跌宕奇險。」可以排列成：

　　　　　　噫！

　　　　　　吁！

　　　　　　嚱！

　　　　　　危乎！

　　　　　　高哉！

　　　　　　蜀道之難難於上青天！（《大度・山》）

題目三　重新標點，豐富意義：

　　天生麗質難自棄。（白居易〈長恨歌〉）

参考實作

天生麗質？難！自棄！（張文寶）

> 簡析
>
> 這是利用標點鬆動原意，要對方別做白日夢。當然也可以透過重新排列：「天生自棄難麗質」，表達另外的批判省思。

題目四　將以下簡訊重新標點：

前男友：我會去你的婚禮。

参考實作

前男友：我會，去你的！婚禮。（潘書偉）

> 簡析
>
> 此為第五屆 myfone 行動創作文學獎「簡訊文學情書組」評審團特別獎。在短句標點中，以「去你的」表達內心的不滿、批判。

題目五　重新標點，豐富意義：

1. 不一定
2. 不湊巧
3. 愛相隨
4. 愛去哪裡
5. 小心歧視
6. 不會很溫柔

參考實作

1. 不，一定！
2. 不，湊巧！
3. 愛，相隨！
4. 愛，去哪裡？
5. 小心！歧視！
6. 不會，很溫柔。（筆者）

簡析 重新標點，第一例化不確定為堅決肯定。

第二例化出人意外為入人意中，所有的偶然（「不湊巧」），源自於冥冥之中的必然（「湊巧」）。

第三例化「很愛跟」為「因為愛，所以相伴相隨」。

第四例化「喜歡去哪裡」的問句為質疑，質疑「愛消失，消失去哪裡」的傷感。

第五例由注意「種族歧視」問題，變成「注意自己，正在歧視」。

第六例由「拒絕用溫柔方式」，變成「會溫柔相待」。

題目六　重新標點，豐富意義：

天空在前方。

參考實作

天，空在前方。（白靈〈當候鳥飛臨金門〉）

簡析　「天空」是名詞，將「天」斷開，「空」（第四聲）變成動詞，
產生新義：「天空不空」，如今空下來，一片遼闊，虛空無盡；
等待會飛的翅膀，會看的眼睛。

題目七　重新標點，豐富意義：

1. 人定勝天。
2. 別來無恙。

參考實作

1. 人定，勝天。（劉墉）
2. 別來，無恙！（賴珊慧）

簡析　第一例敘事句，「定」動詞用。現在改成表態句，「定」當形容
詞，指人只有安定下來，冷靜下來，才能清楚面對大自然。只
有「定、靜、安、慮」，才能真的有「得」。
第二例「別來無恙」，原指離別後，一切安好。今加上逗點，
變成「不必來，我安好」。台灣大哥大第七屆 myfone 行動創作
獎「簡訊文學」情書組首獎即為「你別來，我無恙。」（賴珊
慧）

題目八　重新標點，豐富文義：

1. 很能吃苦。
2. 民眾有困難找警察。

參考實作

1. 很能吃，苦！
2. 民眾有困，難找警察。（沈香）

簡析　1.「很能吃苦」是吃得苦中苦，方為人上人；若「很能吃」，
　　　　吃到阮囊羞澀，寅吃卯糧，終至「沒錢吃」、「沒得吃」，是
　　　　人生最大的痛苦。
　　　2. 第二例標點後，變成有事找警察，人民的保母常看不到人，
　　　　不知在哪裡。標點中，有所批判。

題目九　重新標點，豐富文義：

1. 對牛彈琴。
2. 小心肝。
3. 有夢挺快樂。

參考實作

1. 對！牛彈琴！
2. 小……心肝！
3. 有夢挺，快樂！（筆者）

簡析　1. 原本被對方諷指為「牛」，不識音理；現變成贊成對方看
　　　　法，反諷對方是「牛」，牛在彈琴，無是觀也。
　　　2.「小心肝」原提醒對方注意身體，不要爆肝：今將「小」拆
　　　　開，變成親暱的稱呼，直呼對方是「心肝寶貝」。

3.「有夢，挺快樂」原指夢想帶來快樂；今改成「有夢挺」，
　　則指有「夢」情意相挺，不離不棄，充滿願景，才是快樂。

題目十　重新標點，豐富意義：

功課有沒有做？

參考實作

功課有，沒有做！（小明）

簡析　藉用相同的句子，讓原本疑問句變成有無句，這是小朋友最愛
耍嘴皮的答話。

題目十一　重新標點，豐富文義：

飲食男女，人之大欲存焉。

參考實作

飲食、男，女人之大欲存焉。（蘇青）

簡析　重新標點，由傳統論述變成新女性主義觀點，變成〈卡門〉裡
說的「男人只不過是遊戲的玩意，一點也不稀奇。」男人成為
女人的玩物。

題目十二　重新標點，豐富文義：

　　男人沒有了女人便茫然。

參考實作

1. 男人沒有了女人，便茫然。
2. 男人沒有了，女人便茫然。

簡析　男人、女人，合則雙美，離則兩傷。所謂孤陰不生，孤陽不長，各有缺陷；只有陰陽和諧，才是太極，才是太和，才是天殘地缺的完美組合。

題目十三　重新標點，豐富文義：

　　大安隊打敗了信義隊獲得冠軍。

參考實作

1. 大安隊打敗了，信義隊獲得冠軍。
2. 大安隊打敗了信義隊，獲得冠軍。

簡析　逗點位置不同，代表不同結果。第一例前半是表態句，第二例前半是敘事句。

題目十四　重新標點，豐富文義：

　　因病故不能出席。

參考實作

1. 因病，故不能出席。
2. 因病故，不能出席。

簡析　這一例是正常請假。第二例是驚悚請假，自己發訃文。

題目十五　說明以下標點的特色：

（一）這次我離開你，是風，是雨，是夜晚。（鄭愁予〈賦別〉）

（二）他說，他，將來，一定，使這裡的人能夠馬上知道國內國外發生的事情！（王鼎鈞〈言志〉）

簡析　這一例中「是風是雨是夜晚」若不標開，讀來冗長，逗開成三個短句，讀來短促、哽咽有力。

第二例中「他將來一定使這裡的人能夠馬上知道國內國外發生的事情」可以不用標點。但標出「他，將來，一定，」特別描摹他說話的語氣，慎重、篤定，絕非戲言口吻。

二 押韻

題目一 完成空格，句末須押韻：

人生無常，□□□□。

參考答案

1. 遲早受傷。
2. 短短長長。
3. 無欲則剛。
4. 少欲則強。
5. 行善最香。
6. 縱欲則亡。（筆者）

簡析 押韻，必須和前一句形成「有意義」的聯貫，如填上「大腸小腸」、「叮叮噹噹」較為不妥。

至於有的莘莘學子填上「這是正常」、「無常是常」，雖說別有意義（悖論），然只有類字，沒押韻，不合要求。

題目二 完成空格，句末須押韻：

老鄉見老鄉，□□□□□。

參考答案

 1. 兩眼淚汪汪。

 2. 淒涼在異鄉。

 3. 男兒當自強。

 4. 流浪在四方。

 5. 一起望遠方。

 6. 有事多擔當。

 7. 背後一把槍。

簡析 若填上「大家吃香腸」，純屬押韻，沒有必然關係。

至於第七例「背後一把槍」，則與前六例「人不親土親」的同鄉之誼相悖，形成鮮明反諷。

題目三　完成空格，句末押韻：
 沒有負責，就沒有□□。

參考答案

 1. 殺害

 2. 利害

 3. 亂來

 4. 人脈

簡析 以上四例在生態環保上，是一針見血之論。

若不押韻採用類字，則是「沒有買賣，就沒有出賣。」寫出利字當頭，無視環保；甚而翻臉無情，黑心背叛。

題目四　完成空格，句末須押韻：

人心□□，得隴望蜀。（諺語）

參考答案

1. 不足
2. 如谷
3. 如虎
4. 貪圖
5. 無度
6. 太苦

簡析 第二、三例運用譬喻，形象鮮明。但若填「人心如燭」，雖亦押韻，但燭照幽微，應有清明認知。

至於第六例則自人心的貪嗔癡加以省思，提出批判。因「心」若不能安頓，將永遠在人生苦海中載沉浮，靈魂永遠在黑洞裡不見天日。

題目五　完成空格，句末須押韻：

靠山山倒，□□□□。（諺語）

參考答案

1. 靠娘娘老。
2. 靠人人跑。
3. 靠己最好。
4. 靠妻最鳥。

簡析 此句後，亦有同樣採頂真形式，如「靠河河乾」、「靠地地塌」、「靠水水流」，完全不押韻。至於「靠牆牆倒」、「靠樹樹倒」則變成類字（「倒」），只兼映襯，沒有押韻。

題目六　完成空格，句末須押韻：

烈火見真金，□□□□□。（諺語）

參考答案

1. 板蕩見忠臣。
2. 艱苦育能人。
3. 諾言看做人。
4. 患難見真心。

簡析 此句後，常接「狂風識勁松」、「寒門出英豪」、「實踐驗真理」，可惜未兼及押韻。

題目七　完成造句，句末須押韻：
千金難買早知道，□□□□□□□。（順口溜）

參考答案

1. 萬金難買再年少。
2. 人生常吃後悔藥。
3. 人生難得樂逍遙。
4. 千千萬萬想不到。
5. 早知就會哀哀叫。
6. 早知就會讓人笑。（秋實）

簡析　人生的「不確定」、「不穩定」，充滿了變化性；問題是不知道有不知道的好處，知道有知道的處置。

此句下一般常接「萬金難買不知道」，只有類字，沒有押韻。

題目八　完成空格，句末須押韻：
強中自有強中手，□□□□□□□。（諺語）

參考答案

1. 山外青山樓外樓。
2. 還有強人在後頭。
3. 莫在人前強出頭。
4. 莫在人前誇海口。
5. 學習永遠沒盡頭。

簡析 此句後亦有接「一山還有一山高」、「能人背後有能人」、「英雄背後有英雄」、「天外還有九重天」、「惡人自有惡人磨」、「遇見高手變不強」，沒有押韻，而以類字〈「能」、「英雄」、「天」、「惡人」、「強」〉見長。

參考答案中以第二、三例最得我心。

題目九　完成空格，句末須押韻：

十個指頭有長短，□□□□□□□。（諺語）

參考答案

1. 一樹果子有酸甜。
2. 大河流水有深淺。
3. 世上誰人無缺點。

簡析 若不考慮押韻，可以「一山樹木有高低」、「荷花出水有高低」、「十個指頭都連心」、「十個兄弟有好壞」、「長短大小不一樣」，形成多角度、多樣化的考量。

參考答案中以第一例最耐人尋味，景語中自有理蘊。

題目十　完成空格，句末須押韻：

一天一蘋果，□□□□□。（西諺）

參考答案

1.醫生遠離我。

2.日子更開闊。

3.真相無法躲。

簡析 第一例是指健康，第二例指蘋果電腦，第三例是蘋果新聞的廣告。

題目十一　完成空格，句末須押韻：

善有善報，惡有惡報；□□□□，□□□□。
（諺語）

參考答案

1. 不是不報，時辰未到。

2. 時辰一到，報應難逃。

3. 莫道無報，只分遲早。

簡析 第一例是耳熟能詳的俚語，相對於二、三例的說明，兼用類字（「報」）三次，流傳最廣。另如「善有善報，循環果報；早報晚報，如何不報？」亦琅琅上口，讓人印象深刻。

題目十二　完成空格，句末須押韻：

人嘴兩層皮，□□□□□。（諺語）

參考答案

1. 正反都有理。
2. 上下隨人移。
3. 各說各的理。
4. 空言都是屁。
5. 表裡都是戲。
6. 顛倒都可以。

簡析　第一例最為常見。

有的學生填上：「言是又言非」、「千萬別當真」、「到處惹是非」、「愛講生風波」、「聒噪一陣風」，雖說道理可通，但沒押韻，少了音樂性。

題目十三　完成空格，句末須押韻：

山高遮不住太陽，□□□□□□□。（諺語）

參考答案

1. 兒女忘不了爹娘。
2. 富貴壓不倒賣場。
3. 兒大老不過爹娘。
4. 官高管不了方丈。
5. 手大遮不過天亮。
6. 眼大看不透情傷。

簡析　若填上：「困難下不倒好漢」、「人類踩不盡蟑螂」、「戰爭擊不倒英雄」、「前人擋不住後人」、「泥土掩不住黃金」，則無押韻效果。

參考答案中以第一、二、三、四、六例，形成由景入理的衍生；第五例則為景語的類比，意在言外。

題目十四　完成空格，句末須押韻：

有□□，才有幸福。（張文寶）

參考答案

1. 音符
2. 辛苦
3. 出路
4. 付出
5. 滿足
6. 知足
7. 追逐
8. 巧婦
9. 糊塗
10. 慎獨
11. 夢土
12. 忙碌
13. 食物

簡析　每人對「幸福」的體會不同、因人而異。

以第五、六例相較，「有滿足，才有幸福」較「有知足，才有幸福」的層次為低。反觀第四例，最獲我心，幸福不只是分享，而是共同分擔，交織著汗水與淚水。

事實上，也可以填「有副業，才有幸福」、「有專長，才有幸福」、「有專業，才有幸福」，但未合押韻。

題目十五　完成以下諺語，空格須押韻：

1. 種了別人的田，荒了自己的□。
2. 一樹之果有酸有甜，一母之子有愚□□。
3. 做官清廉，吃飯□□。
4. 遇到挫折，不能□□。
5. 團結力量強，不團結都□□。

參考答案

1. 園
2. 有賢
3. 拌鹽
4. 沒輒
5. 遭殃

簡析　第一例可以用「田」，但不押韻。

第二例若填「有智」、「有好」均不合要求。

第三例若填「沒油」、「不香」、「難吃」亦不合要求。

第四例若填「打折」，其實別有趣味，但類字重出，不合要求。

第五例若填「分散」、「孤單」、「完蛋」、「慘了」亦不合要求。

題目十六　完成以下臺灣諺語，空格須押韻：

1.聽某嘴，大□□。

2.一人分一半，感情才未□。

3.厝蓋一半，師傅不要□。

4.要顧佛祖，也要顧□□。

5.雙雙□□，萬年富貴。

參考答案

1.富貴

2.散

3.換

4.腹肚

5.對對

簡析　第一例強調男人不能獨大，不是「聽某嘴，小男人」的思維。

第二例強調「不患寡，而患不均」，如果「分不平，一定會把對方擺平」。

第三例強調順應時機，不要孟浪操切，畢竟「重換師傅問題多」。

第四例強調要信而不迷，仍要注意民生問題。

第五例強調夫妻相知相守，其利（「齊力」）斷金，才能老來作伴，福壽安康。

題目十七　完成以下詩句，須押韻：

生了癌　並不代表你比別人矮

生了癌　沒必要自憐又□□

生了癌　並不等於打入□□

生了癌　別去想成墜落□□（張曉風）

參考答案

1. 自艾
2. 塵埃
3. 懸崖

簡析　也可以依序填上「悲哀」、「障礙」、「死海」，但意象上不及原
作。

題目十八　將以下《哈姆雷特》國語譯本，改成有押韻的臺語：

生存還是毀滅，是個問題；默然忍受命運的暴虐的
毒箭，或是挺身反抗人世的無涯的苦海，在奮鬥中
結束一切，這兩種行為，哪一種更是尊貴的？死
了；睡去了；什麼都完了；要是在這一種睡眠中，
我們心頭的創痛，以及其他血肉之軀所不能避免的
打擊，都可以從此消失，那正是我們求之不得的結
局。

參考實作

喘氣，還是翹去，那是一個問題。要安怎做卡帥氣？是恁娘仔居居接受命運盎毒的捉用，還是管它去死、跟它拚到底？翹去就睏去了，一切都散散去了。若是睏去的中間，咱的心肝頭的疼，還有其他「囉個索個」〈注：雜七雜八〉的打擊攏可以作夥消失，這樣是真爽的代誌。（紀蔚然）

簡析 此例見紀蔚然《好久不見》，此處由戴立仁演出，臺語朗讀，煥然一新，生猛有力，當場觀眾笑成一團。

張春榮：《作文教學風向球》（臺北市：萬卷樓圖書公司，2008 年 5 月初版）。

三　排列

> **題目一　將以下句子，排成八行小詩：**
> 打開鳥籠的門讓鳥飛走，把自由送給鳥籠。

參考實作

打開
鳥籠的門
讓鳥飛
走

把自由
還給
鳥
籠　（非馬）

簡析　非馬〈鳥籠〉小詩，在最後將「飛走」、「鳥籠」拆開排出，讓語意更清晰。尤其自由的不只是「鳥」，同時也是「籠」，發揮相互成全的理蘊，相當精要。

基本上，由「意義」組合的「複詞」，尤其是聯合式複詞，如：忘記、睡覺、炎涼、浮動、記得、捨得、創作、搖撼、恩仇、學問、好了等，均可拆開，排列出「不同」、「兩種」意思。

題目二　將以下句子，排成五行小詩。

迎面遞上一大把怦然哀慟的白菊花。

參考實作

1. 白菊花
   怦然
   遞上
   一大把迎面
   哀慟
2. 怦然
   白菊花
   遞上
   迎面
   一大把
   哀慟
3. 怦然
   白菊花迎面
   遞上一大把哀
   慟　　（秋實）

簡析 散文和新詩節奏不同，新詩求變化，在分行排列中見功力。實作中第一例偏散文排列，以第二、三例節奏較錯落有致。

至於第三例將「哀慟」拆開排出，呈現更強的音義變化，因「哀」不等於「慟」，「慟」是由「哀」發展出更深的悲慟情感。

題目三　將以下句子，排成三行小詩，可加標點。

　　鳥飛過天空還在

參考實作

　　鳥，飛過
　　天空

　　還在　（林煥彰〈空〉）

簡析　林煥彰讓此詩節奏輕快。尤其「天空」形成頂真，既是上一句的處所補詞（接第一句），又是下一句的表態句主語（接第三句），形成語意的轉圜變化，形塑「天空不空」的指涉；不只「鳥」還在，「天空」也還在。

題目四　將以下句子，排成兩行，可加標點。

　　只留下發光的一個名字燙痛六個志士的嘴唇。

參考實作

　　只留下，發光的一個名字
　　燙痛六個志士的嘴唇。　（余光中〈刺秦王〉）

簡析　余光中藉由標點，形成「三、六、九」字節奏，逐漸拉長加重。一般人只會分成「只留下發光的一個名字，燙痛六個志士的嘴唇」，變成散文式的「九、九」字排列。

題目五　將以下句子，排行四行。

　　仰首偶然望見桑花靜靜爆裂。

參考實作

　　仰首
　　偶然望見桑花
　　靜靜
　　爆裂　（楊子澗〈桑花〉）

簡析　「靜靜爆裂」排成兩行，「靜靜」與「爆裂」工整對比，讀來
頗有「靜如響雷」之感。

此詩可與王維〈辛夷塢〉：「木末芙蓉花，山中發紅萼。澗戶寂
無人，紛紛開且落。」相較，一窺古典與現代句法的差異變
化。

題目六　將以下句子，排成三行。

　　滿山搧動著秋的翅膀落葉無聲。

參考實作

　　滿山搧動著
　　秋的翅膀
　　落葉無聲　（洛夫〈石濤寫意〉）

簡析　二、三行排成四字相對，讓音節變得柔和工整，兼具形式美。若排成「滿山／搧動著秋的翅膀／落葉無聲」，則在畫面、節奏上遜色無奇。

題目七　將以下句子，排成三行，字句可以調動秩序。

趁月色要一個鏗鏘的夢吧自琴弦我傳下悲戚的「將軍令」

參考實作

要一個鏗鏘的夢吧
趁月色，我傳下悲戚的「將軍令」
自琴弦……　（鄭愁予〈殘堡〉）

簡析　若排成：

趁月色，要一個鏗鏘的夢吧
自琴弦，我傳下悲戚的「將軍令」

音節過於平順，較接近散文敘述。
鄭愁予運用倒裝手法，讓音節遒勁變化，形成「長、短、長、短」的錯落呼應。又「趁月色」和「自琴弦」，形成工整對比。

題目八　將以下句子排成四行，要加標點。

無窮的迴風吹在中間而夜是屬於牀呢還是屬於燈屬於夢著的還是醒著的人

參考實作

無窮的迴風，吹，在中間，而夜
是屬於牀呢還是屬於燈
是屬於夢著的還是醒著的人？（余光中〈蒼茫來時〉）

簡析 若排成：

無窮的迴風吹在中間，而夜

是屬於牀呢還是屬於燈

是屬於夢著的還是醒著的人？

將過於平順，流於散文敘述。余光中第一句標出三個逗點，形成「五、一、三、二」的短句節奏，活潑輕快，最後再拉向「十、十二」的長句激問，較有詩的語感變化。

題目九 根據山的形狀排列，寫一首〈山〉的圖像詩。

參考實作

夏婉雲〈山〉

移到山頂就不見了
一定下到那頭去了
一會兒
卻又靜靜的　靜靜的
從山頂準備走下來
白白的綿綿的一團
啊——不對
是白雲一團
飄出
山
來

挪動　挪動
慢慢的
開始往上爬
吃過草後
白白的一團
遠遠的
有一大羣綿羊
綠色的山坡上
靜靜的

挪出　挪出
靜靜的　靜靜的

簡析 全評遠望山與白雲的可愛錯覺，藉由動靜變化，展開轉化的天真聯想。

又黃基博《圖象詩》亦有〈山〉，訴說對山的景仰呼告。林世仁〈山的連作〉計有六首，這是第六首，興趣者可參其《文·字·森·林·海》。

題目十　根據水田的形狀排列，寫一首〈插秧〉圖象詩。

參考實作

　　水田是鏡子
　　照映著藍天
　　照映著白雲
　　照映著青山
　　照映著綠樹

　　農夫在插秧
　　插在綠樹上
　　插在青山上
　　插在白雲上
　　插在藍天上（詹冰〈插秧〉）

簡析　以方塊排出水田。第一節靜態，第二節動態；兩者順序，形成回文，展現互動交湧的美感經驗，不是純粹「文字遊戲」而已。

題目十一 根據菱形排列，寫一首〈愛〉的圖像詩。

化成水的我淹沒妳時地球從床開始傾斜
妳我湧向深邃的兩極撞擊冰原
在望向天空出口瞬間哭了
雙眼因此呈金屬反應
卡在靈魂裡生鏽
刺進你的肉
像把刀
愛

愛
像把刀
刺進你的肉
卡在靈魂裡生鏽
雙眼因此呈金屬反應
在望向天空出口瞬間哭了
妳我湧向深邃的兩極撞擊冰原
化成水的我淹沒妳時地球從床開始傾斜

（杜十三〈愛〉）

簡析　菱形可以看成刀的尖銳部分。本詩將愛譬喻成刀刺。生鏽的愛只剩下機械反應，生命的撞擊是裂變的兩極體驗。

愛是一刀帶雙刃，自回文的排序中，愛是互動往返的「甜蜜的傷害」，充滿不和諧的吶喊。

參考書目

王希杰《漢語修辭學》，北京市：商務印書館，2004 年。

王希杰《修辭學新論》，北京市：北京語言學院，1993 年。

王希杰《學辭學通論》，南京市：南京大學出版社，1996 年。

王希杰《修辭學導論》，杭州市：浙江教育出版社，2000 年。

王希杰《漢語修辭學》，北京市：當代世界出版社，2003 年。

王景丹主編《成語教程》，上海市：復旦大學出版社，2008 年。

王鼎鈞《文學種籽》，臺北市：爾雅出版社，2003 年。

王鼎鈞《講理》（增印版），臺北市：大地出版社，2000 年。

王鼎鈞《古文觀止化讀》，臺北市：爾雅出版社，2013 年。

尹相如《實用文章分析法教程》，北京市：高等教育出版社，2005 年。

白　靈《一首詩的誕生》，臺北市：九歌出版社，1991 年。

白　靈《一首詩的玩法》，臺北市：九歌出版社，2004 年。

白　靈《一首詩的誘惑》，臺北市：九歌出版社，2006 年。

朱承平《對偶辭格》，長沙市：岳麓書社，2003 年。

沈　謙《文心雕龍與現代修辭學》，臺北市：益智書局，1900 年。

沈　謙《修辭方法與析論》，新北市：宏翰文化事業公司，1992
　　　　年；臺北市：文史哲出版社，2002 年。

沈　謙《修辭學》，臺北市：國立空中大學，1995 年。

李紹林《漢語寫作實用修辭》，北京市：語文出版社，2005 年。

林穗芳《標點符號學習與應用》，北京市：人民出版社，2000 年。

侯印、林春增《中國文字遊戲百科》，濟南市：山東人民出版社，

2004 年。

周芬伶《散文課》，臺北市：九歌出版社，2013 年。

周振甫《中國修辭學史》，北京市：商務印書館，1991 年。

胡亞敏《敘事學》，武漢市：華中師範大學出版社，2004 年。

胡性初《中文實用修辭學教程》，香港：三聯書店，2001 年。

胡范鑄《幽默語言學》，上海市：上海社會科學院，1991 年。

胡菊人《小說技巧》，新北市：遠景出版社，1978 年。

亞里斯多德，羅念生譯《修辭學》，北京市：三聯書店，1991 年。

洪淑苓《現代詩新版圖》，臺北市：秀威資訊科技公司，2004 年。

段寶林《笑話：人間的喜劇藝術》，北京市：北京大學出版社，1991
　　　　年。

師　　為《趣味語文》，上海市：上海古籍出版社，2001 年。

張高評主編《實用中文講義》，臺北市：東大圖書公司，2008 年。

張春榮《一把文學的梯子》，臺北市：爾雅出版社，1993 年。

張春榮《一扇文學的新窗》，臺北市：爾雅出版社，1995 年。

張春榮《極短篇的理論與創作》，臺北市：爾雅出版社，1999 年。

張春榮《修辭新思維》，臺北市：萬卷樓圖書公司，2001 年。

張春榮《文學創作的途徑》，臺北市：爾雅出版社，2003 年。

張春榮《國中國文修辭教學》，臺北市：萬卷樓圖書公司，2005 年。

張春榮《看圖作文新智能》，臺北市：萬卷樓圖書公司，2005 年。

張春榮《修辭散步》，臺北市：三民書局，2006 年。

張春榮《實用修辭寫作學》，臺北市：萬卷樓圖書公司，2009 年。

張春榮《現代修辭學》，臺北市：萬卷樓圖書公司，2013 年。

張春榮、顏荷郁《電語智慧語》，臺北市：爾雅出版社，2005 年。

張春榮、顏荷郁《世界名人智慧語》，臺北市：爾雅出版社，2008 年。

張春榮、顏藹珠《佛學大師智慧語》，臺北市：糜研齋出版社，2015

年。

孫紹振《審美形象的創造：文學創作論》，福州市：海峽文藝出版
　　　社，2000 年。

孫惠柱《戲劇結構》，臺北市：書林出版社，1993 年。

徐　岱《小說敘事學》，北京市：商務印書館，2010 年。

徐　學《台灣當代散文通論》，福州市：海峽文藝出版社，1994 年。

徐　學《當代台灣文學與中華傳統文化》，廈門市：鷺江出版社，
　　　2007 年。

徐國珍《仿擬研究》，南昌市：江西人民出版社，2003 年。

徐國能《煮字為藥》，臺北市：九歌出版社，2005 年。

高辛勇《形名學的敘事理論 —— 結構主義的小說分析法》，臺北
　　　市：聯經出版事業公司，1987 年。

高辛勇《修辭學與文學閱讀》，北京市：北京大學出版社，1997 年。

曹明珠《漢字修辭研究》，長沙市：岳麓書社，2006 年。

陳仲義《現代詩技藝透析》，臺北市：文史哲出版社，2003 年。

陳望道《修辭學發凡》，上海市：上海教育出版社，2001 年。

陳望道《陳望道語言學論文集》，北京市：商務印書館，2009 年。

陳正治《修辭學》，臺北市：五南圖書公司，2001 年。

陳滿銘主編《新式寫作教學導論》，臺北市：萬卷樓圖書公司，
　　　2007 年。

陳滿銘《比較章法學》，臺北市：萬卷樓圖書公司，2012 年。

陳啟佑《新詩形式設計的美學》，臺中市：台灣詩學季刊雜誌社，
　　　1993 年。

陳麗雲《打開寫作新視窗》，新北市：螢火蟲出版社，2008 年。

復旦大學語言研究室編《陳望道修辭論集》，合肥市：安徽教育出
　　　版社，1985 年。

康家瓏《趣味修辭》，上海市：上海古籍出版社，2006 年。

馮瑞龍《修辭教學遊戲手冊》，香港：中華書局，1995 年。

馮廣藝《變異修辭學》，武漢市：湖北教育出版社，1992 年。

馮廣藝《漢語修辭論》，武漢市：華中師範大學出版社，2003 年。

雷淑娟《文學語言美學修辭》，上海市：學林出版社，2004 年。

黃永武《中國詩學：設計篇》，臺北市：巨流出版社，1977 年。

黃永武《詩與美》，臺北市：洪範書店，1984 年。

黃永武《字句鍛鍊法》，臺北市：洪範書店，1986 年。

黃慶萱《學林尋幽》，臺北市：三民書局，1995 年。

黃慶萱《修辭學》，臺北市：三民書局，2003 年。

黃麗貞《實用修辭學》，臺北市：國家出版社，2000 年。

黃維梁《清通與多姿——中文語法修辭論集》，臺北市：時報文化
　　　出版社，1984 年。

黃維梁《怎樣讀新詩》，臺北市：五四書店，1989 年。

劉大為《比喻與創新思維》，山東市：山東人民出版社，2005 年

劉若愚《中國詩學》，臺北市：幼獅文化出版社，1977 年。

瘂　弦《記哈客詩想》，臺北市：洪範書店，2010 年。

蔡宗陽《應用修辭學》，臺北市：萬卷樓圖書公司。

蔡宗陽《修辭學探微》，臺北市：文史哲出版社，2001 年。

蔡宗陽《文法與修辭探驪》，臺北市：永望文化事業公司，2009 年。

鄭頤壽《比較修辭》，福州市：福建人民出版社，1982 年。

鄭頤壽《文藝修辭學》，福州市：福建人民出版社，1993 年。

龍協濤《文學閱讀學》，北京市：北京大學出版社，2004 年。

簡政珍《電影閱讀美學》，臺北市：書林出版社，1993 年。

關紹箕《實用修辭學》，臺北市：遠流出版社，1993 年。

蕭　蕭《現代詩創作演練》，臺北市：爾雅出版社，1991 年。

蕭　蕭《現代詩遊戲》，臺北市：爾雅出版社，1997 年。

蕭　蕭《蕭蕭教你寫詩、為你解詩》，臺北市：九歌出版社，2001年。

蕭　蕭《新詩體操十四招》，臺北市：二魚文化公司，2005 年。

顏藹珠、張春榮《英語修辭學（一）、（二）》，臺北市：文鶴出版
　　　社，1997 年。

顏藹珠、張春榮《英美名詩欣賞》，臺北市：文鶴出版社，1996年。

顏藹珠、張春榮《英美文學名著選讀》，臺北市：文鶴出版社，
　　　1998 年。

顏藹珠、張春榮《英美文學作品導讀》，臺北市：文鶴出版社，
　　　1999 年。

顏藹珠、張春榮《英美文學名著賞析》，臺北市：文鶴出版社，
　　　2001 年。

譚全基《修辭新天地》，臺北市：書林出版社，1993 年。

譚全基《修辭精華百例》，臺北市：書林出版社，1993 年。

譚達人《幽默與言語幽默》，北京市：三聯書店，1997 年。

文學研究叢書·辭章修辭叢刊 0812005

現代修辭教學

編 著 者	張春榮
責任編輯	吳家嘉
特約校稿	林秋芬

發 行 人	陳滿銘
總 經 理	梁錦興
總 編 輯	陳滿銘
副總編輯	張晏瑞
編 輯 所	萬卷樓圖書股份有限公司
排 版	浩瀚電腦排版股份有限公司
印 刷	晟齊實業有限公司
封面設計	斐類設計工作室

發 行　萬卷樓圖書股份有限公司
　　　臺北市羅斯福路二段 41 號 6 樓之 3
　　　電話 (02)23216565
　　　傳真 (02)23218698
　　　電郵 SERVICE@WANJUAN.COM.TW
大陸經銷　廈門外圖臺灣書店有限公司
　　　電郵 JKB188@188.COM

ISBN 978-957-739-906-9

2014 年 12 月初版

定價：新臺幣 320 元

如何購買本書：

1. 劃撥購書，請透過以下郵政劃撥帳號：
   帳號：15624015
   戶名：萬卷樓圖書股份有限公司

2. 轉帳購書，請透過以下帳戶
   合作金庫銀行　古亭分行
   戶名：萬卷樓圖書股份有限公司
   帳號：0877717092596

3. 網路購書，請透過萬卷樓網站
   網址　WWW.WANJUAN.COM.TW

大量購書，請直接聯繫我們，將有專人為
您服務。客服：(02)23216565 分機 10

如有缺頁、破損或裝訂錯誤，請寄回更換

版權所有·翻印必究

Copyright©2014 by WanJuanLou Books CO., Ltd.

All Right Reserved　　　　**Printed in Taiwan**

國家圖書館出版品預行編目資料

現代修辭教學 / 張春榮編著.
　-- 初版. -- 臺北市：萬卷樓, 2014.12
　面；　公分. -- (文學研究叢書)

ISBN 978-957-739-906-9(平裝)

1.漢語教學　2.修辭學　3.教學設計

802.03　　　　　　　　　　103026430